国家出版基金项目
"十二五"国家重点图书出版规划项目

中國京劇流派劇目集成

启功题签

《中国京剧流派剧目集成》编委会　编

第 叁拾壹 集

學苑出版社

图书在版编目（CIP）数据

中国京剧流派剧目集成．第31集 ／《中国京剧流派剧目集成》编委会编．— 北京 ：学苑出版社，2015.1

ISBN 978-7-5077-4719-5

Ⅰ．①中… Ⅱ．①中… Ⅲ．①京剧－剧本－作品集－中国 Ⅳ．① I232

中国版本图书馆 CIP 数据核字 (2015) 第 030939 号

出 版 人：孟　白
责任编辑：潘占伟
装帧设计：徐道会
出版发行：学苑出版社
社　　址：北京市丰台区南方庄 2 号院 1 号楼
邮政编码：100079
网　　址：www.book001.com
电子信箱：xueyuanpress@163.com
销售电话：010-67601101（销售部）　67603091（总编室）
经　　销：新华书店
印 刷 厂：北京信彩瑞禾印刷有限公司
开本尺寸：889×1194　1/16
印　　张：12.5
字　　数：320 千字
版　　次：2015 年 1 月第 1 版
印　　次：2015 年 1 月第 1 次印刷
定　　价：180.00 元（精装）

序言

◎黄克

京剧向称国粹艺术，内容博大精深，剧目十分丰富，人们常以“汉唐三千宋明八百”形容其浩瀚。其中流派剧目又以演员表演的鲜明个性使剧目显得更为多彩多姿，充满魅力，既被专业人员钻研承继，也为广大戏迷喜闻乐见，遂成为京剧舞台上一大亮点。

流派

举凡表演艺术，原本就无不带有表演者的个人色彩。京剧表演艺术因其唱念做打诸多方面功夫的综合性和繁难性，表演的个性化尤为突出；加以行当的粗分、剧目的雷同，于大致相同的条件下尽显各自的千姿百态、千变万化；一招一式、一腔一韵之中可以体现不同的特色，同样一出戏，甚至同样一个戏中人物也完全可以演出不同的风采，这种充满个性化的表演，遂成为京剧竞技场上最是为人乐道而又情趣无穷的审美内涵。倘若这种富于个性化的表演为受众所认可，且代有传人，形为规范，即可自成一家，成为迥异于他人的艺术流派。以“四大名旦”（梅兰芳、程砚秋、荀慧生、尚小云）为例，虽皆工旦行，却又各有千秋。京剧大师王瑶卿就曾这样分析这四位后起之秀的独到之处：“梅兰芳的样儿，程砚秋的唱儿，尚小云的棒儿，荀慧生的浪儿。”所谓“样儿”，指梅的艺术造诣全面，要什么有什么；所谓“唱儿”，指程以行腔之新颖动听为能；所谓“棒儿”，指尚的刀马功底深厚；所谓“浪儿”，指荀的柔媚多姿、风情万种。寸长尺短，一语道破各有专擅的各家流派特点。如此成就固然来自自己的勤学苦练、苦心孤诣，更少不了观众的知音捧场、鼓励有加。因此，一个艺术流派的形成，对于创始人来说，无疑是开拓了审美追求的新境界；对于受众戏迷来讲，则更是得到了多样化审美需求的新满足。梨园行有云：唱戏的是疯子——指其追求的执着，听戏的是傻子——指其享受的痴迷。二者相得益彰、相映成趣，或许正道出京剧流派形成之三昧。

流派剧目

在京剧传承的一二百年间，随着历史的变迁、社会的发展，以及新人辈出、师承转换，荡涤旧物、崇尚新声，传统剧目中的绝大部分早已绝迹于舞台，然而，其精华部分（包括剧目中表现出来的唱念做打等程式体系）还是被完好地保存了下来，并得到长足的发展。其间，流派创始人于剧目的推陈出新做出了不可磨灭的贡献。基于对剧目乃至剧中人物的理解和认识，以及更便于发挥自己技艺特长的需要，流派创始人对浩如烟海的传统剧目进行了严格的筛选，经过了整理加工再创作，使之又焕发出崭新的韵味和光彩；随着这样剧目的增多，最终形成了自己流派所特有的剧目系列。而另外的流派又在另外的剧目系列中发挥着自己的优势，即或剧目相同，不同流派依然可以于演出中表现出自己的独特风格。总之，在其演出的剧目中，无不打上自己表演风格的鲜明烙印。京剧舞台上一度出现的这种百花齐放、争芳斗艳的盛况，实由自丰富多彩的流派剧目，这在京剧发展史上已是不争的事实。

但也应看到，如今京剧流派剧目相对于京剧的鼎盛时期，已是光景不再。个中原因很复杂，就客观因素而言，新兴的艺术形式的多种多样，人们的欣赏习惯和娱乐方式已经有了更广泛的选择余地，因而完全可以去旁骛；此外，就京剧本身而言，演出剧目之贫乏不能不说是观众锐减的重要原因之一。本来演出场所和演出场次就不多，翻来覆去又只是那几出骨子老戏，怎么能吸引观众，特别是年轻观众呢？——连那些老戏迷们也都听腻歪了。

回过头来看，今日演出剧目的贫乏和流派创始人晚年艺术景况也不无关系。他们在艺术的巅峰期——集中在上个世纪二三十年代，创作或改编了一出出新戏，直令观众赏心悦目，目不暇接。当其时，除了富连成科班或游动的散班演出些大路戏外，北京的京剧舞台几乎就是流派剧目的天下。据 1932 年商务印书馆出版的《五十年来北平戏剧史材》的记载，自民国十二年（1923）至十八年（1929）这六七年间，以梅派剧目为例，只"初演"的剧目——也就是自家独创的新戏或整理改编的传统戏，就有前后本《西施》、《洛神》、《廉锦风》、头二三四本《太真外传》、《俊袭人》、全本《宇宙锋》、《凤还巢》、《春灯谜》等 12 出戏（其中前后四本《太真外传》这四出戏是在一年多时间里陆续完成的）；同一时间段，马派"初演"的剧目也有《化外奇缘》、全本《玉镯记》、《秋灯泪》、《战宛城》、全本《火牛阵》、《鸿门宴》、全部《临江馆（"馆"应作"关"）》、全部《浣纱溪》、《范仲禹》、全本《清风亭》、头二三四本《大红袍》、全本《天启传》、《许田射鹿》、全本《十道本》等15出戏（其中《大红袍》分头二和三四本两次演出），当然，其中还不包括“初演”以外的经常性的大量的传统戏演出。试问，这些曾经轰动一时的流派创始人编创的新剧目于今又有多少出传承下来了呢？个中主要原因就在于流派创始人到了晚年一些唱做吃重的剧目已难胜任，只有将其已臻于炉火纯青的技艺凝炼到少数剧目之中，或演出或教习也只拘囿于这少数几个剧目了。而其传人也就将这几出戏奉为圭臬，全不知其鼎盛时期的所谓“文武双全”、所谓“昆乱不挡”为何事，致使一些当年的热门戏几近失传，这不能不说是梨园一件憾事。记得梅兰芳先生曾撰文论述学艺过程中的“少、多、少”，大意是初学时会的戏（包括技艺）自然是少的。随着所学剧目的增多，技艺的增长，激发起拓宽其艺术驰骋领域的热情，兼收并蓄，从而极大地丰富了自己。进而又随着审美取向的定型，艺术见识的提高，势必要对自己所学所用下一番去芜存精的工夫，扬长避短，使自己的独特技艺集中在少数几个代表剧目之中。表面看来演出的剧目是少了，但炉火纯青，在艺术创新上却达到了新境界。从少到多，从多而少，贯穿着的是继承与发展的艺术成熟的过程，也闯出了一条攀升艺术高峰的必由之路。后学者以为，学会了几出流派代表剧目便可以薪尽火传，得到了真经，孰不料缺少广博的根基，既影响个人的发展，也造成了剧目越传越少的现实。这难道不是应该汲取的教训吗？

有道是“礼失求诸野”。由于流派剧目的独特韵味及其所富有的艺术魅力，由于京剧作为自娱自乐的审美取向已深入人心，更由于迷恋传统演唱艺术者的大有人在，京剧传统剧目——包括一些已经消失于舞台的流派剧目，至今仍在京剧爱好者中间传唱不息。我们不妨到公园里看一看那一圈圈围着的戏迷，他们来自四面八方，或许彼此并不相识，只凭一把胡琴就将大家凝聚在一起，有滋有味地互相欣赏着一段段流派唱腔。更不用说那遍布全国各地乃至国外华人聚居区的票房，他们还时不时地粉墨登场，过一把戏瘾呢！这种自拉自唱、自娱自乐的红火场面，充分显示了京剧流派剧目的深厚群众基础和顽强的生命力，对于相对落寞的京剧舞台不啻一种发人深省的挑战。然而，这又何尝不是对京剧振兴的潜在的呼唤和有力的支持呢！

流派剧目集成

正鉴于其强大的生命力和深厚的群众基础，“振兴京剧”作为文化建设的国策的提出可谓正得其时。而振兴之务，首要的是挖掘和继承优秀传统剧目，以之作为发展和创新的基础和借鉴。我们编纂《中国京剧流派剧目集成》的初衷正在于此：将流派剧目演出的精彩瞬间记录于永恒，将构成流派剧目的诸多元素一一记录在案。诸如每剧的剧情本事、创始人表演特点的提要，剧中人物行当归属、服装扮相，剧本曲文、唱腔谱、伴奏谱、锣鼓经，以及身段谱等得以再现流派表演风格的内容，都力图完整地记录整理出来，为流派艺术的教学和研究提供文字的基础资料。持此，内行自可作为表演的参考，京剧爱好者也可以作为演习的蓝本。

这一工作，对于京剧剧目的基本建设虽然可谓之善举，但具体做起来却困难多多。首当其冲的就是剧目的选定。京剧剧目虽称汗牛充栋，但保存下来的资料却十分有限。京剧形成初期，以“老生三杰”又称“前三鼎甲”的程长庚、余三胜、张二奎为代表的一代固然没有留下什么音像文字资料；即或以“老生新三杰”又称“后三鼎甲”的谭鑫培、孙菊仙、汪桂芬为代表的一代除了少量的唱片外也没有完整的剧目传下来，所以我们的剧目整理工作只能从民国初年以降的“四大须生”、“四大名旦”开始。他们受熏陶于前辈艺术家，可谓传统的集大成而又能创新的一代，整理剧目以他们为重点自然最合适不过。遗憾的是这些艺术大师大都已经作古，得到他们指点和首肯已不可能，为此，我们只能通过其亲传或再传弟子来进行流派剧目的整理工作。从中我们更深地体会到抢救要及时，当初未能抢救下来现在也不要嫌晚而不为，抢救一点是一点，否则能够保存下来的精华越来越少，越加难向历史向后人交代了。

更难的则是遴选整理者。剧目的全面整理需要全面的人才。我们在组织稿件的过程中却发现这样的人手颇不易得。如果流派创始人或其传人曾在戏校任教，且有较为完整的教案保存下来，今日稍加整理即可选用，自然不是难事。不过这样的情况并不多，大量的剧目尚需要对当年的演出本进行追忆记录，加工整理。曾经受业于流派创始人或其传人的京剧工作者虽然是整理演出本的合适人选，但是他们大都是单位的骨干，忙于演出，忙于剧务，或居于领导职位，很难分出身来。即或肯于应承下一两出戏，也常有如下的情况：能演不能说，能说不能写，能写又不能打谱。因此，完成一个剧目经常需由记录者、整理者和打谱人联袂而行，倘再加上剧目的传授者和提要的撰写人，则非四五人鼎力不可。《中国京剧流派剧目集成》收入二百多出戏，每出戏即使平均两三人参加，也要组织四五百人次。其繁难可以想见，其壮观亦可以想见。当然，这还仅就整理者的数量而言，更为难能可贵的还在于参与者的无私奉献。试想，跟演一出戏或教一出戏相比，以文字整理出一出戏，不仅费时而且费力，无疑是一桩一般人不肯为也不屑为的苦差事，而我们的整理者却能甘之如饴，乐此不疲，没有为京剧事业的传承而不计个人得失的宝贵情操，是难有这种积极性的。不仅如此，随着岁月流逝，整理流派剧日益困难，更需要求助一些老专家，他们或是资深艺员、教师，或是资深票友、戏迷，而今已是硕果仅存的京剧艺术的专家、流派历史的见证人。在他们身上洋溢着一种传承京剧流派的使命感，和对振兴京剧的期待。他们热情地参加到这项工作中来，或亲自动手，为我们整理剧目；或答惑解疑，给我们工作以指导。使我们在受教于他们的同时，油然而生一种深深的敬意。

克服了上述困难，《中国京剧流派剧目集成》终于呈现在读者面前。书中，除了囊括主要流派的主要代表剧目，试图反映京剧鼎盛时期的大致面貌而外，尚有可说道者。首先是挖掘整理出一批流派剧目，其中不乏已近失传的流派艺术精品。其中共收流派五十余家、剧目二百多出，不仅是从装扮到曲谱俱全，而且半数以上不曾整理出版过，可算是京剧剧目建设的一个不小的工程。下列剧目可为佐证。如王（瑶卿）派名剧《南天门》（今能见到的只剩下王和老谭合拍的剧照）、余（叔岩）派名剧《太平桥》（据说是老谭给余说的开蒙戏）、马派名剧《白蟒台》（写王莽被俘后向旧臣一一乞命事，老生扮演反面人物堪称奇特）、麒派名剧《斩经堂》（其中吴汉的悲剧性格曾引起过热烈争论）、荀派名剧《鱼藻宫》（写吕后残害戚姬事，乃荀派悲剧剧目之一），以及汪（笑侬）派名剧《哭祖庙》、龚（云甫）派名剧《徐母骂曹》、徐（碧云）派名剧《绿珠坠楼》、裘（盛戎）派名剧《打銮驾》等，都是难得一见的流派剧目之珍品。而以“关外唐”名世的唐（韵笙）派名剧经其家人和传人的努力竟整理出其代表作《驱车战将》、《闹朝击犬》、《好鹤失政》、《绝龙岭》、《未央宫斩韩信》、《刀劈三关》等七出之多，堪称流派剧目建设的新收获。除此之外，《中国京剧流派剧目集成》还特别着力于武戏的挖掘整理。较之文戏，武戏更难整理，需要将演员在台上的动作招式一一准确地反映出来，没有深入的钻研领会、亲身体验，很难下笔。众所周知，杨小楼作为一代武生宗师，其“武戏文唱”乃武生的不二法门，也是令人神往的一种表演境界，在武戏剧目整理中理应得到体现。资深票友朱家溍先生得其真传，整理了杨派名剧《麒麟阁》，并详细记述了前后六次观剧的心得，惜乎不及将其用工尺谱记下的昆曲吹腔翻为简谱便溘然而逝了。另一出杨派名剧《镇潭州》则是根据京剧耆儒刘曾复先生的讲授整理出来的，其中杨再兴上场的“蝴蝶霸”、和岳飞对打的“枪架子”，皆独得杨派之秘，给人以再闻《广陵散》般的惊喜。此外，高盛麟的《长坂坡》、《走麦城》，王金璐的《落马湖》、《八蜡庙》也都走的杨派的路子，有的就是直接跟杨宗师学的。南派大武生盖叫天武功盖世，他的剧目身后却乏人整理，多亏移居上海的原中国戏校武功教师赵雅枫先生以耄耋之年勉力整出《一箭仇》，也算保存了盖派一脉。还值得一提的是收获了一批武丑戏。叶盛章当年是以武丑戏挂头牌演大轴的第一人，勇于创新，能戏甚伙，现将其创作的名剧《酒丐》、《祥梅寺》、《打瓜园》、《徐良出世》、《三盗九龙杯》、《铜网阵》等七出代表作一并推出，既再现了叶氏当年神勇，也为乏人承继的武丑行当提供一些演习之本。尤为可喜的是我们也挖掘整理出富连成科班总教习、文丑“萧派”创始人萧长华老先生的《选元戎》、《荡湖船》、《变羊记》等已近绝迹舞台的拿手剧目。凡此，整理者挖掘流派剧目的辛勤劳作成果，均为我们编纂“集成”增添了光彩。

为了方便读者翻检使用，本书采取四五出戏合编一册的形式，这样全书约有五十册之多，并拟分三批推出。第一批为老生行的余派，以及号称“南麒、北马、关外唐”的三派，和武丑行的叶（盛章）派，计五家八册。第二批则以旦行“梅、尚、程、荀”为代表，包括老旦、刀马旦等流派。第三批是老生、小生、武生、净、丑等其他流派。预期一两年内出齐。倘若其中有重要疏漏，又得人整理，亦可考虑编辑出版“集外集”，以满足读者的需求，也使这部“集成”更为名副其实。

当然，《中国京剧流派剧目集成》的编纂，其目的只在提供流派剧目作为研究家和后学者的参考借鉴。而流派、流派，意重在“流”。所谓流，指流行和流变。流派艺术正是在流行、流变中最终形成的，即或在最终形成之后，也还是靠流行、流变而发展的，倘若泥古不化，抱残守缺，就会失掉其鲜活的生命力，艺苑奇葩也会枯萎，这已为京剧发展史所证明。不过，流派艺术发展也需要有个前提，那就是首先要掌握渗透在表演程式唱念做打、手眼身发步中的艺术个性，而流派剧目就是其艺术个性展现的载体。继承流派艺术，不能只满足于模拟外在的“体”，更要在剧目演练中去体味其艺术个性的“魂”，这样才能促使京剧流派艺术从剧目建设到表演个性都得到发扬光大。此乃传承流派剧目的题内之义，自毋庸赘言。

目录

谭富英

哈鸿儒 整理

朱砂痣

谭富英演出本

《朱砂痣》又名《天降麒麟》、《行善得子》。晚清余治编剧，收于《庶几堂今乐》。余治所编之剧说教意味过浓，戏剧性不强，大多数未演于舞台，只《朱砂痣》一剧因故事曲折而广为流传。

《朱砂痣》原剧也是前有离乱，后有团圆的格局，而在舞台上则只演中间一段。该剧故事梗概如下：宋朝时双州太守韩廷凤调任东平刺史，途中遇金兵，与妻郑氏、子玉印失散。告归林下后，为子嗣续娶江氏女。成婚之夜，韩见江氏痛哭不已，问后得知江氏实为救治夫吴惠泉而卖身。韩廷凤认为断不可做此有悖人伦之事，不但不要身价，反赠银两，命连夜送江氏返家。吴惠泉病愈后，去四川讨账，买得一男童赠予韩廷凤以续香火。韩廷凤问及男童身世，觉得与自己丢失的儿子玉印极为相似。最后通过男童左足一片朱砂红痣得以认定，此子即丢失的儿子玉印，父子团圆。

四喜班在京剧发展史上的贡献之一是编演了大量的新剧目，《朱砂痣》是其中之一。此剧孙菊仙经常演出，谭鑫培、汪桂芬也演过。孙菊仙、时慧宝、邓远芳、王凤卿都留有此剧的唱片。（孙菊仙唱片的真伪争议很大，但公认大部分都酷似孙本人的风格。）随着汪、孙两派艺术的淡出，这出戏也渐渐在京剧舞台上消失了。谭鑫培及其传人没有留下该剧的唱片。幸而谭富英在新中国成立后继承其祖父的表演艺术，演出《朱砂痣》并留下了全剧的录音，使该剧不致湮没。1999 年“音配像工程”又为该剧配了像。

《朱砂痣》是“后三鼎甲”时期的新编剧，不算骨子老戏。汪、孙两家唱腔更接近京剧形成初期的传统，直腔直调，实大声洪，神完气足。谭鑫培所创之腔曲折委婉、清新圆润，有其独到之处。“娶亲”一场，“借灯光”〔二黄慢板〕第二句“细看她与前妻一样的风光”的拖腔，不落窠臼。他把暂转调的部分由两板紧缩为一板，顿觉新颖。最后一句，“问娘行因何故两泪汪汪，为的是哪桩？你何妨细说端详！”腔没有大的变化，却别致动听，使人耳目一新。

谭富英扮演的韩廷凤非常传神，这大概与他的敦厚宽和、有长者风范的个性不无关系。韩廷凤在剧中的对白比较简短，却很动人。这些对白非常口语化，功力就在于人情冷暖的艺术化处理。全剧没有特别高亢的唱腔，每段唱都像是在娓娓诉说，非常动听。“我来救你的急”这段〔二黄顶板〕别致、紧凑。在京派京剧中很少见这种板式，腔不花，节奏快，有如黄河之水天上来，一泻而至。“认子”时唱的大段〔二黄原板〕，说唱之间没有明显界限，说与唱的情感完全融合起来，浑然一体，真实自然，毫无斧凿之痕。

《朱砂痣》中每个配角都有其表演的空间。贾洪林扮演的吴惠泉，表演精彩，为人传颂，《中国京剧史》里有这样的记述：“当江氏回家叫门时，贾洪林饰病夫吴惠泉，形容枯槁，台步蹒跚，动作有气无力，一听说叫门的是江氏，那种悚然惊怕的神情，跃然而生。唱‘你是人？你是鬼？快说分明！’全用立音，并有炸音、颤音，配以手中摇摇欲坠的烛光，声容并茂，浑身是戏，连谭鑫培也赞叹不已。”金氏、韩玉印的表演也相当出色。金氏用那种唠叨琐碎的言语和神态，非常逼真地刻画出贫苦老妪对生活的忧虑。当韩玉印被吴惠泉领走之后，金氏步履蹒跚地追赶不上，后悔莫及，伤感万分。表演深刻而真实，剖析了金氏的心理，丝丝入扣，生动感人。韩玉印由娃娃生扮演，表演既要表现出少年老成，又要表现出纯真质朴。金氏道出身世的那一哭，要哭出小孩失怙的那种凄苦；道破金氏要卖他的那一刻，要表现出小孩的聪明机灵。与韩廷凤交流，回答提问时要有正襟端坐、一丝不苟的神态；父子照镜时又要表现出那种难解成人心理的童心。这种繁难的表演由一个 10 岁左右的小演员完成，是非常不易的。

哈鸿儒

人物行当

韩廷凤	老生	韩玉印	娃娃生
江　氏	旦	丫　鬟	旦
吴惠泉	老生	家　院	杂
吴　婆	彩旦	轿　夫	杂
金　氏	老旦		

服装扮相

韩廷凤　俊扮。紫员外巾、黪三，紫帔、紫色褶子，香色彩裤，厚底靴。（第三场后换蓝员外巾、蓝帔）

江　氏　俊扮。梳大头、线尾子、银泡、耳坠，蓝素褶子、白裙子，彩裤，彩鞋。（第二场加红绣花褶子、红顶花）

吴惠泉　俊扮。高方巾、黑三，黑褶子、腰包，黑彩裤，白袜、黑方口鞋。（第四场后换厚底靴；第六场后换黑罗帽、蓝边黑箭衣、紫大带）

吴　婆　俊扮。平三套、帽箍，紫色大襟褂、黑大襟坎肩，黑彩裤，白袜、抹子鞋。

金　氏　俊扮。老旦冠、白网子、勒子、蓝绸条，白袜、福字履。

韩玉印　俊扮。孩儿发，蓝布茶衣、白腰巾，黑彩裤，白袜、带穗　鞋。

丫　鬟　俊扮。梳大头、线尾子、水钻头面、草花，浅色绣花袄子、蓝绣花大坎肩、白腰巾，浅色绣花裤子，彩鞋。

家　院　俊扮。黑罗帽、黑三，黑褶子、紫大带，黑彩裤，厚底靴。

轿　夫　俊扮。蓝毡帽，蓝布箭衣、大带，黑彩裤，薄底靴。

道具

红烛台	两座	折　扇	两把
烛　台	一座	婚书帖	一张
手提灯笼	一盏	包　袱	一个
茶　盘	一个	镜　子	一面
茶　杯	一个	红轿帘	一份
药　碗	一个	草　标	一个
银　子	两包	桌　子	三张

椅　子	七把
红色绣金团花桌围	一套
红色绣金团花椅披	两套
烟色绣金团花桌围	一套
烟色绣金团花椅披	三套
白色素桌围	一套
白色素椅披	两套

第一场

〔【撤锣】开大幕。场上置“正场桌”、“小座”、“大座”备椅。素色绣边桌围椅披。

〔【小锣旦上场】江氏“上场门”上，“九龙口”亮住。右袖垂下，提袖。进至正场台口。锣收住。

江　氏　（念）儿夫身染病，时刻挂在心。

〔【小锣单点】江氏左转身，坐“小座”。锣收住。

江　氏　奴家，江氏。（扎）配夫吴惠泉。只因他贸易归来，身染重病，数月有余，家财俱已花尽，衣食皆无。适才借得几个铜钱，买些草药。汤药已煎好，不免将官人搀了出来，也好用药。（站起，向“上场门”）啊，官人！药已煎好，请出来用药吧！

〔吴惠泉内白：“娘子，搀我来！”【撕边】

江　氏　来了。

〔【纽丝】江氏将“小座”摆成“大边”跨椅。吴惠泉“上场门”上，江氏迎上，在吴惠泉石侧搀扶，至“小边”。

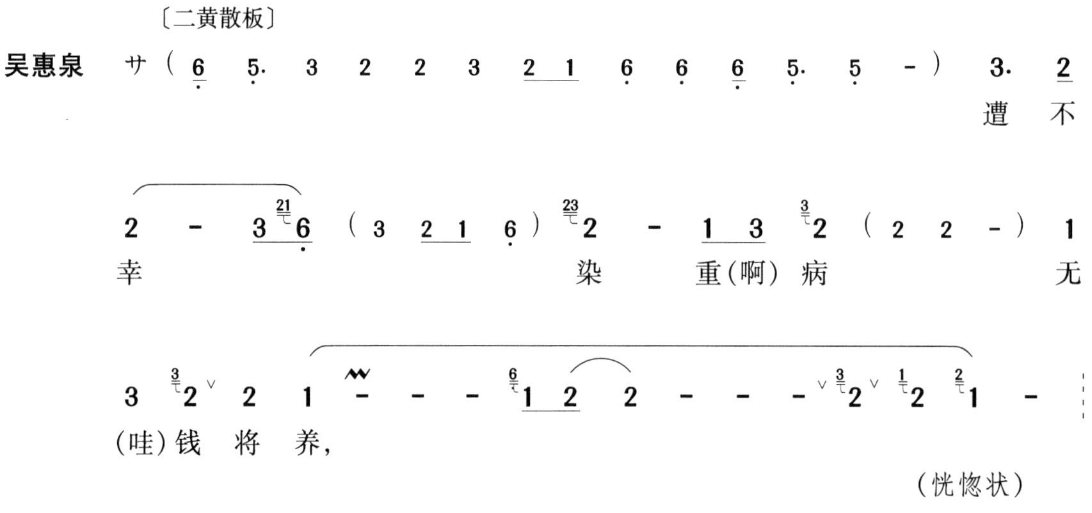

〔【纽丝】在江氏搀扶下，吴惠泉踉跄地走至“大座”，扶案，坐。江氏站桌案右侧服侍。

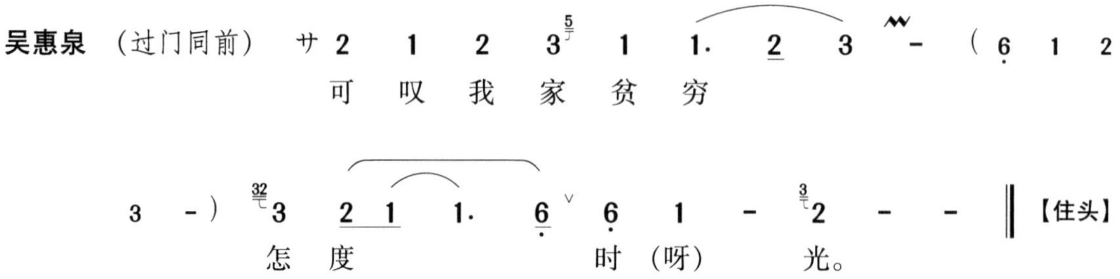

江　氏　官人，病体如何？

吴惠泉　越发地沉重了。

江　氏　官人不必着急，保重要紧。

吴惠泉　唉……

江　氏　官人，药已煎好，官人请用药吧！

吴惠泉　哎，哎。有劳娘子。

「江氏退步躬身，左袖垂下，提袖，“下场门”下。吴惠泉睡。

「吴婆内白：“啊哈！”

「**【小锣五击】**吴婆“上场门”上，至“小边”台口。

吴　婆　（念）自幼生来嘴头尖，说媒全凭两头瞒。

我，吴婆。说媒拉纤为生。我们城里头，有一位韩大老爷。当初他做过太守，只因年老无子，想再说一房。把我就叫进府去啦，让我给他物色一位德貌双全的佳人儿。哎呀，我想这档子事倒是件好事！这要是说停当了，多少不拘，我得发个小财儿呀！可是，这路子你往哪儿找去哪？嘿，忽然我可就想起来啦！我们这边有家街坊，姓吴，叫吴惠泉。他出去做买卖去，回来可就病了，是卧床不起呀！所挣的钱全都花完了，一干二净的啦。哎，他的那位娘子可真不赖，有几分姿色。我打算给她说说。可不行呀，人家爷们儿没死呀，我怎么跟人提哪？拆散了人家的婚姻，这也缺德呀！嗨，我又这么一想啊，这当子事呀，倒是好事。这真要是娶过门去，到那儿一当家，她倒享了福啦。这无形之中，我还做了点儿德行事。今儿个没事，干脆到她那儿，我探探她的口话儿怎么样。（在“小边”走小圆场。边走边说）就是这个主意。

「江氏端药“下场门”暗上，到“正场桌”前，唤醒吴惠泉吃药。

吴　婆　到啦！我说大娘子，在家没有哇？

「**【小锣一击】**江氏开门迎出。

吴　婆　大娘……（见到江氏）哟！

江　氏　妈妈来了。

吴　婆　大娘子。

江　氏　妈妈请进。

吴　婆　我，我……看看大哥啊！

「吴婆、江氏进门，江氏至“小边”，吴婆至“大边”，看望吴惠泉。

江　氏　官人，妈妈来了。

吴惠泉　（吃力地）噢，妈妈来了，请坐。

吴　婆　哎哟，我说大官人！真格的，你这病……见好哇？

吴惠泉　越发地沉重了。

吴　婆　（边说边坐在“大边”跨椅）唉，您别着急，这得了病呐，您得慢慢地养，是不是啊！您着什么急呀？（站起对江氏）哎，我说大娘子，我跑了一道儿，是又热又喝，我麻烦麻烦您，给我找点儿水喝。

江　氏　妈妈用茶？

吴　婆　对啦，对啦。麻烦您呀，给我找点儿水喝，啊！

「**【小锣一击】**江氏拿药碗“下场门”下。吴惠泉有气无力地轻声向吴婆表示病况。

吴　婆　我说，大官人。

吴惠泉　啊。

吴　婆　我先跟您呐，恕个罪儿！我说话可嘴冷啊，我值您给我一嘴巴！要说您这个病啊，真是的，一时半会儿也难好。说个不吉祥的话呀，（边说边坐下）真有个山高水远的，撇下了大娘子，这日子可怎么过呀，您说？

吴惠泉　哎……我也想到此处，实在地为难喏。

吴　婆　噢，您也为这档子事为难哪？

吴惠泉　哦。

吴　婆　（四顾，凑近吴惠泉）我说大官人，这眼前可有条道路，不知道您肯走不肯走哇？

吴惠泉　妈妈请讲啊！

吴　婆　哎，我…… （背供）唉，我可怎说哪……我怎说哪，我？

吴惠泉　妈妈有话只管讲啊！

吴　婆　哎，那么我就说啦，啊？哎，我要是说出来您可别着急啊。哎，您可别生气啊！

〔吴惠泉摇头表示不介意。

吴　婆　哎，我这一说您就知道喽。咱这本城有一位韩大老爷，当初做过太守。只因他年老无子，要另娶一房。我打算跟您呐，商量商量，把您这位大娘子嫁了过去。到了那边进门就当家，可就享了福啦！得点儿财礼呐，您再瞧瞧病，您这病可就算好啦！您肯是不肯哪？

吴惠泉　啊，妈妈。你说哪里话来？

〔吴惠泉一边说着，吴婆一边点头搭讪着。

吴惠泉　想我夫妻十分恩爱，况且我妻她十分贤德，此事万万使不得呀！

吴　婆　哎呀，那可就不好办啦！

吴惠泉　使不得……

吴　婆　我说，大哥呀！这是说个不吉祥的话：您要是口眼一闭，您还顾得了她吗，啊？再一说啦，您家里一点儿“落子”都没有，撇下她年轻轻的啊，可正在青春呐！这日子长了呀，嘿……那可就难说啦，那就……嘿嘿……

吴惠泉　唉，是呀！倘若我一旦亡故，我妻她依靠何人哪？

吴　婆　啊，您想想啊！

吴惠泉　哎呀……

吴　婆　啊。

吴惠泉　若做此事，我实实地对不起我那贤德的妻子呀！……

吴　婆　（抢着说）唉！您还说什么对得起，对不起呀！听您的话音儿，您可是乐意啦？咱们可就那么办了，啊？这财礼银子您、您、您要多少哪？呃……您给我说说。

吴惠泉　财礼银子我倒不计较多少，只要我妻有了安身之处，我纵死九泉，也是感激的了哇！（拭泪）（**大 大 大大**）

吴　婆　哎，好吧，好吧！（**台**）呃，这位韩大老爷呀，也不是那吝啬人儿。我把您这边情况说得苦苦儿的，让他多给点儿银子。咱可就那么办了啊！哎，可是这么着，您得写张字据呀！

吴惠泉　那个自然。

吴　婆　哎，可是这么着，呆一会儿花轿来了，可就要搭人啊！

吴惠泉 噢，噢，噢。

吴　婆 可就这么办啦！（站起）咱们可是一言为定，啊？我走啦，我走啦！

〔（大 大 大 大 大大 乙 台）吴婆边出门边说。

吴　婆 （得意地）没想到这档子事情还办得这么干脆，啊！

〔【小锣五击】吴婆兴冲冲地从“上场门”下。江氏端茶盘“下场门”上。不见吴婆，疑。

江　氏 官人，妈妈哪里去了？

吴惠泉 那妈妈么……（大 大 大大 乙 台）已然走了。你将杯儿放下，我有话对你讲呃！

〔江氏将茶盘放在桌上，坐“大边”跨椅。

吴惠泉 想我吴惠泉染病在床，已有数月。有劳我妻早晚地侍奉，我是万分地感激。怎奈我家无隔宿之粮，身旁分文全无。倘若我一旦亡故，你，你，你……依靠何人哪？

江　氏 （哭）喂呀……（大 大 大 大 大 大大 乙 台）

吴惠泉 不必啼哭，我有一事与你商议。适才妈妈前来，她说道：本城有一告归林下的韩太守，失去了体恤，有意再娶一房，执掌家门。我想贤妻你正在青春，不如改嫁过去。我纵死九泉（嘟～～～大 仓）也是甘心情愿的？……（哭）

〔【撕边一击】江氏拂右袖，站起，折左袖。

江　氏 （拱手）【叫头】官人哪！（抖右袖，提袖）想你我乃是恩爱夫妻，怎能撇你而去！此事万万使不得！（嘟～～～大 仓）

吴惠泉 话虽如此。怎奈我家业凋零，缺衣无食。贤妻你若此去，落一家善良之家，将来你我夫妻还有相逢之日。有道是：纵然饿不死，衣食，唉，向谁求？【撕边】（哭）

江　氏 （同时哭）喂呀……（试泪）

〔二黄散板〕

吴惠泉 【大锣凤点头】（过门同前） サ 2. 1 3 3 2 - 3 216

好 夫 妻（呀）

（3 21 6）6 - 76 56（76 56）5 1

我 怎 肯 任 其

76 56 1 5 61 3 2. 12 3 -（6 1

离 散，这 也 是 无奈 何

2 3 -）621 1 - 3. 21 6. 1 2 - ‖

不 能 周 全。

江　氏 官人哪！

〔二黄散板〕

【纽丝】（过门同前） サ i 6. 3 5 5 7 75 6

尊 官 人 且 把 那

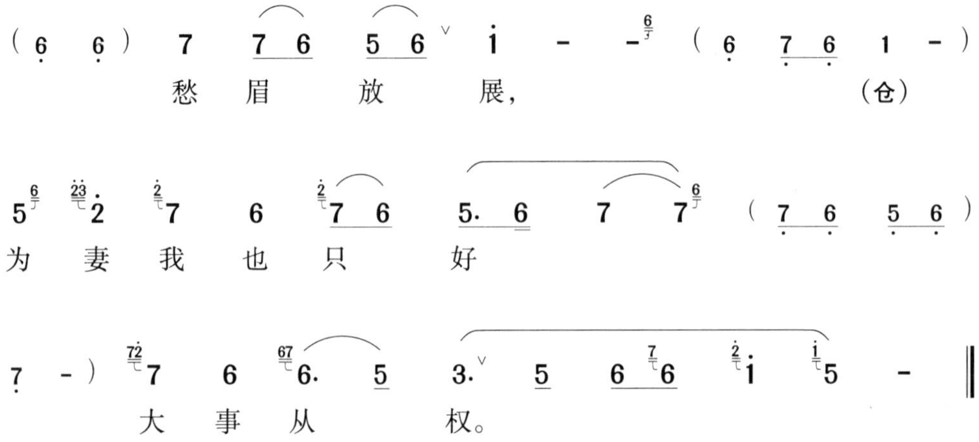

吴惠泉 好哇！（站起，江氏过来搀扶）

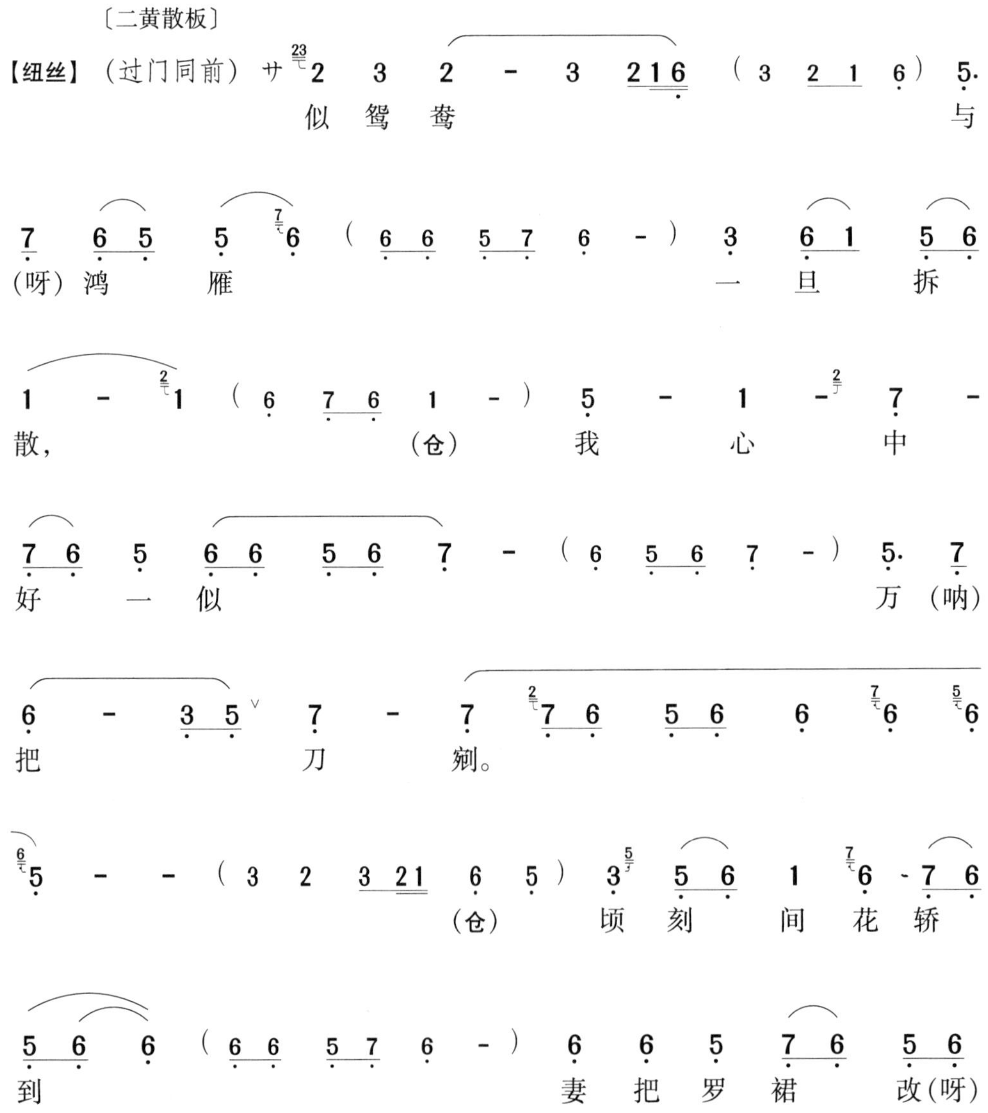

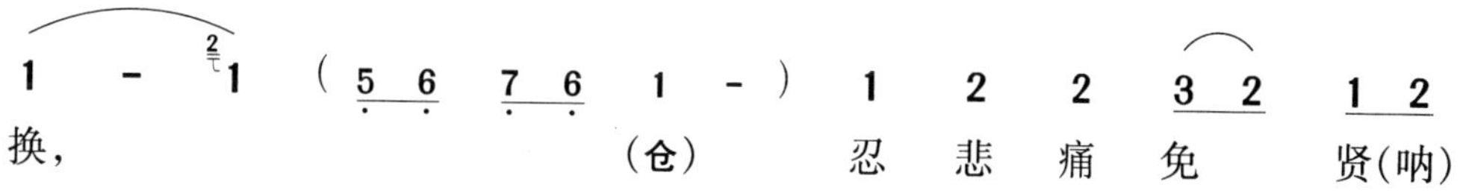

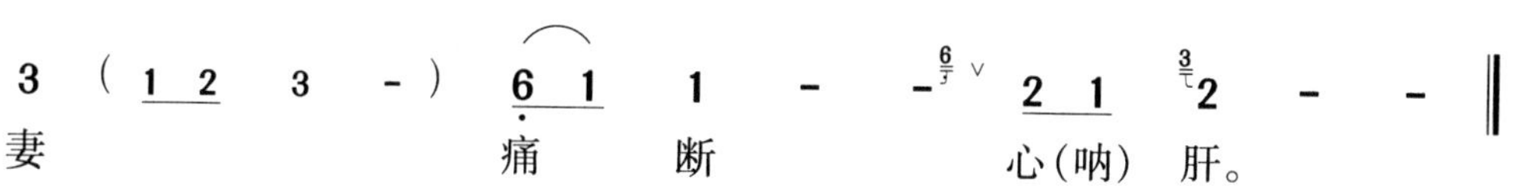

〔【大锣原场】吴惠泉、江氏抱头痛哭。闭二幕。

第二场

〔【撤锣】开二幕。场上置“正场桌”，“小座”，备椅一把。红色绣金团花桌围椅披。桌上放两盏红灯。

〔【小锣抽头】韩廷凤持折扇“上场门”上。锣鼓切住。“九龙口”一亮。

韩廷凤 啊哈哈哈……

〔【小锣抽头】韩廷凤前进至正场。

〔二黄摇板〕

韩廷凤

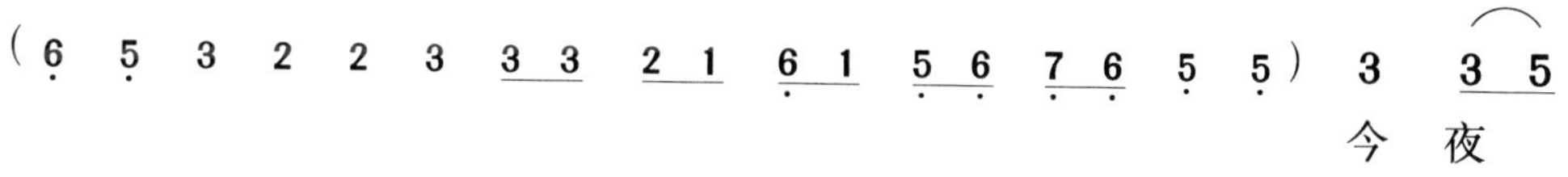

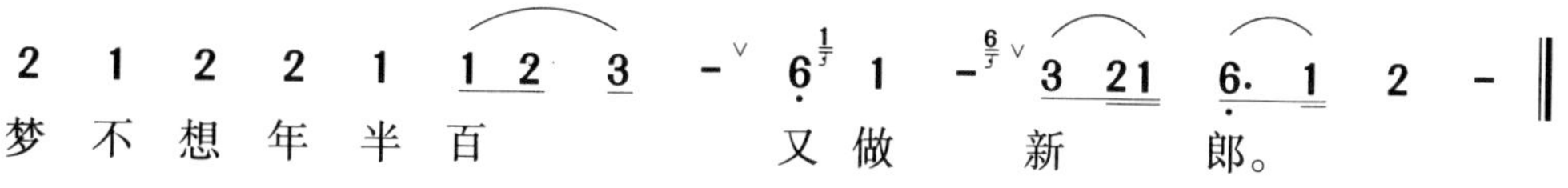

〔【小锣五击】韩廷凤左转身，归“小座”。吴婆“上场门”小跑上，进门，站“大边”，面向韩廷凤。同时家院“下场门”暗上，站“大边”里首。

吴 婆 员外，花轿到门儿啦!

韩廷凤 搭上堂来。

吴 婆 是啦！（出门，向“上场门”）搭上堂来!

〔吹奏唢呐曲牌<小傍妆台>。丫鬟“上场门”上，出门，与吴婆一起接轿子。丫鬟搀江氏下轿，进门，丫鬟摆“小边”跨椅，江氏面外坐。丫鬟站“小边”里首，吴婆随进，站“大边”外首。曲牌止。

吴 婆 员外，这是婚书帖子。

〔韩廷凤接过婚书帖子。

吴 婆 媒婆讨赏。

韩廷凤 好，下面领赏。

吴　婆 谢谢您呐！

〔【小锣一击】吴婆出门，“下场门”下。

韩廷凤 丫鬟。

丫　鬟 有。

韩廷凤 掌灯，待我观看一回。（站起）

丫　鬟 是啦！

〔二黄慢板〕

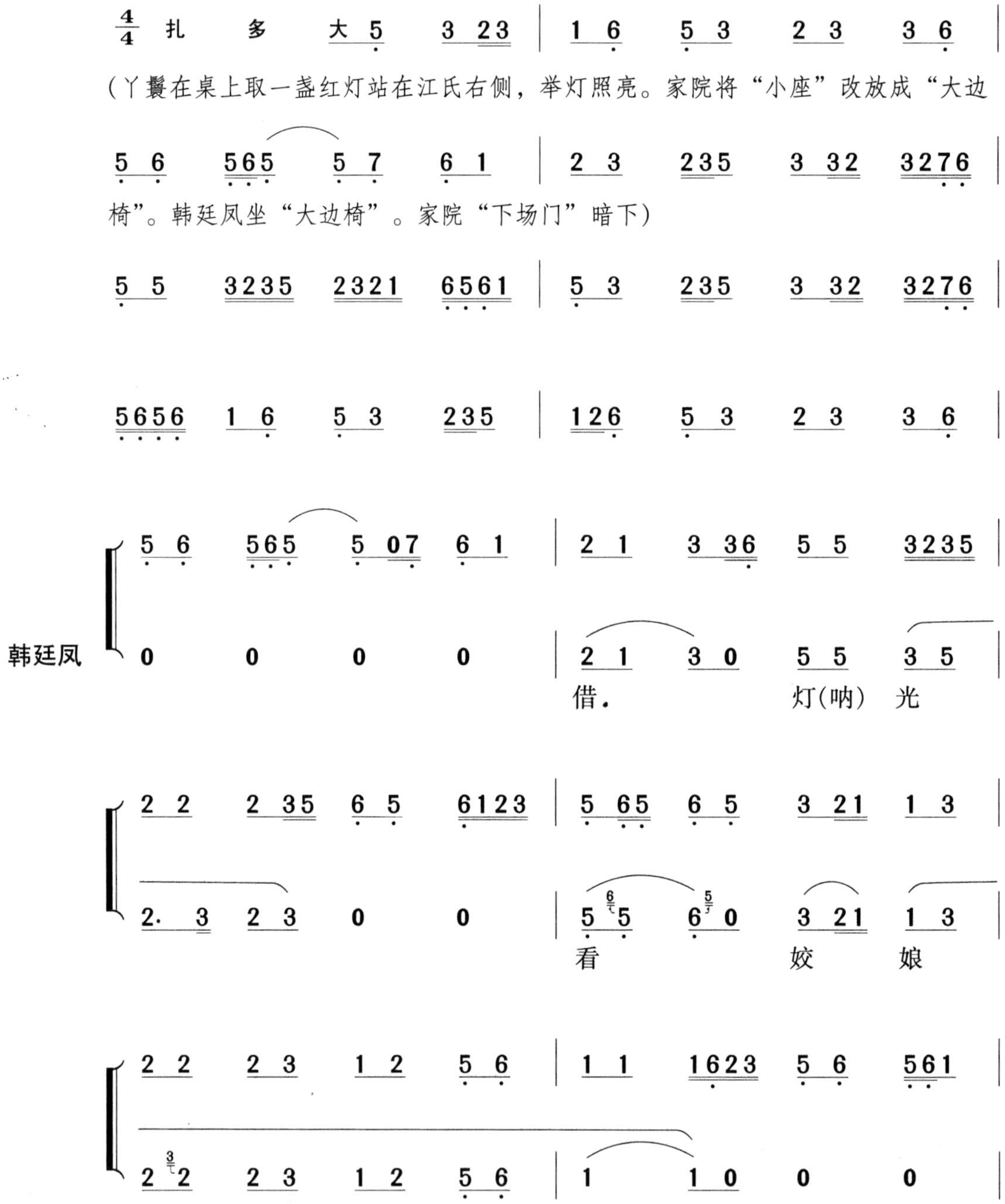

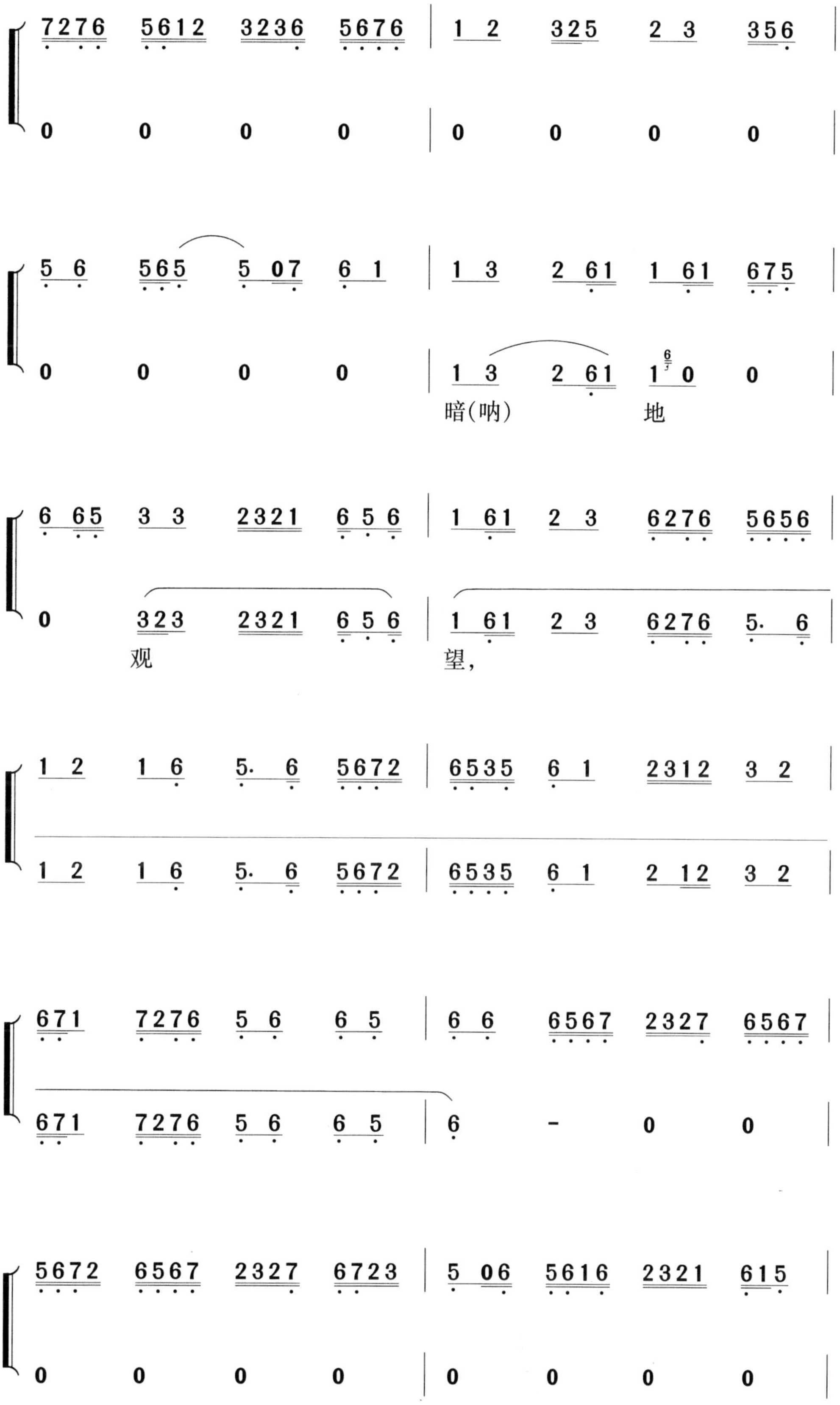
暗(呐)
地
观
望,

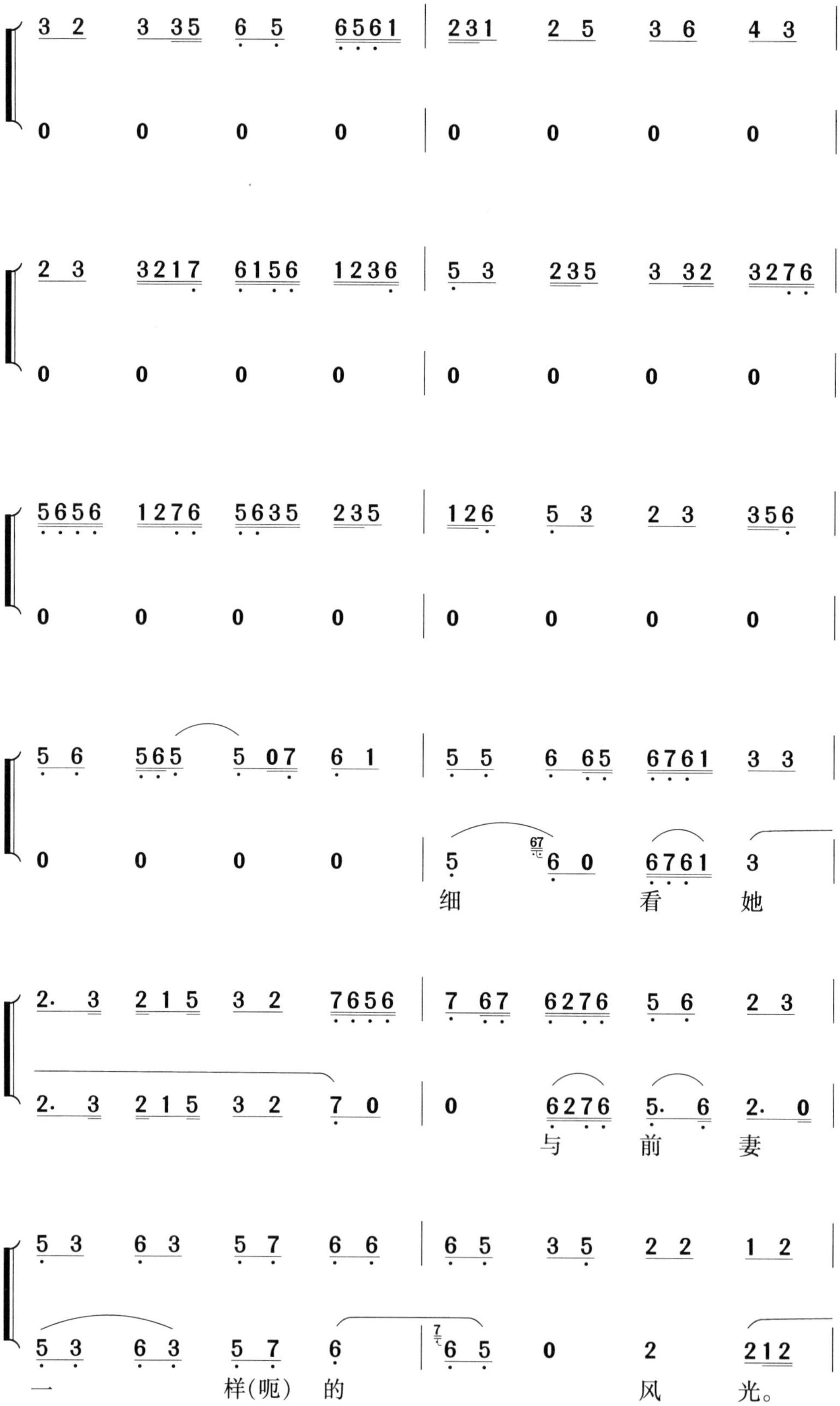
细 看 她
与 前 妻
一 样(呃) 的 风 光。

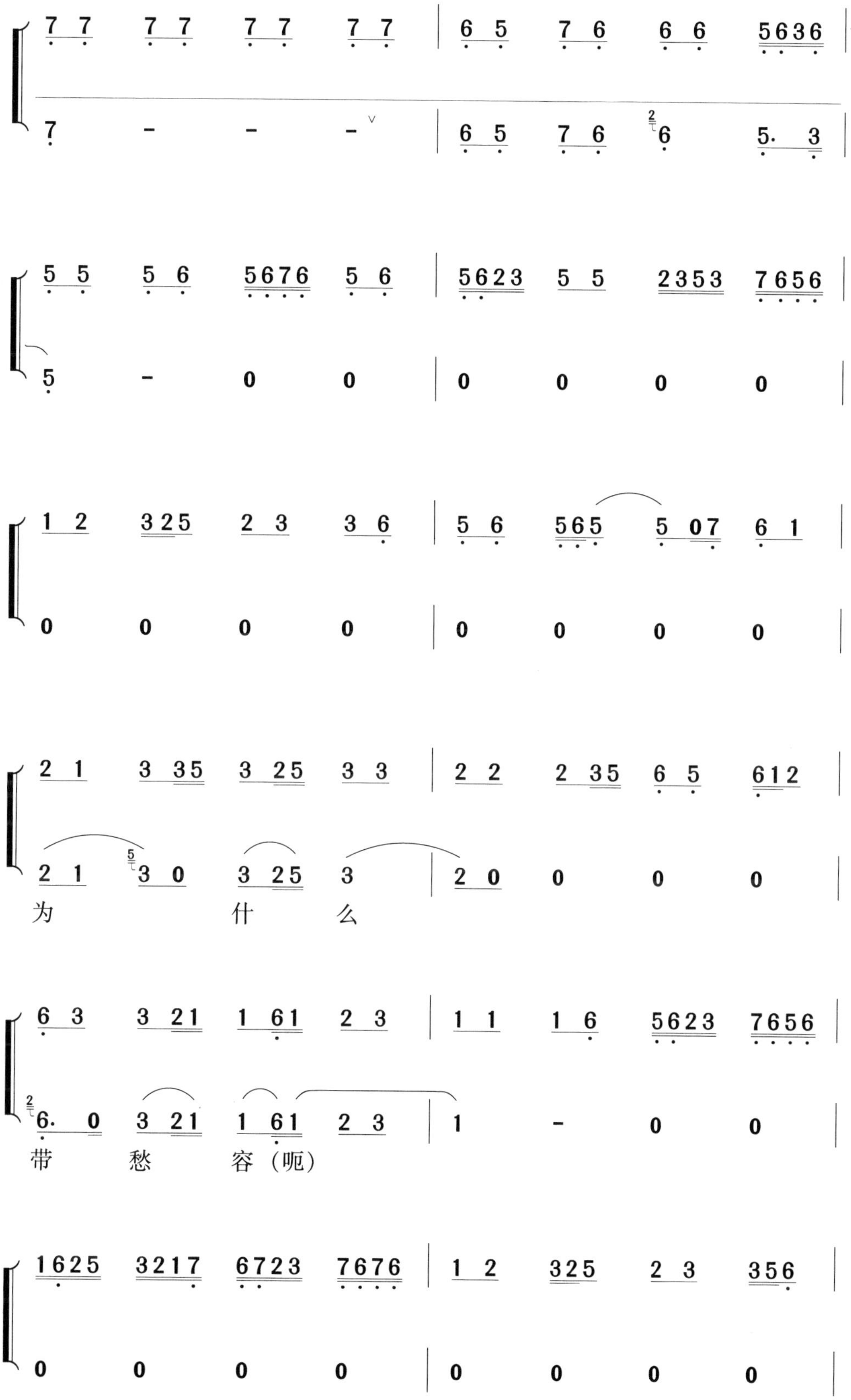
为 什 么
带 愁 容（呃）

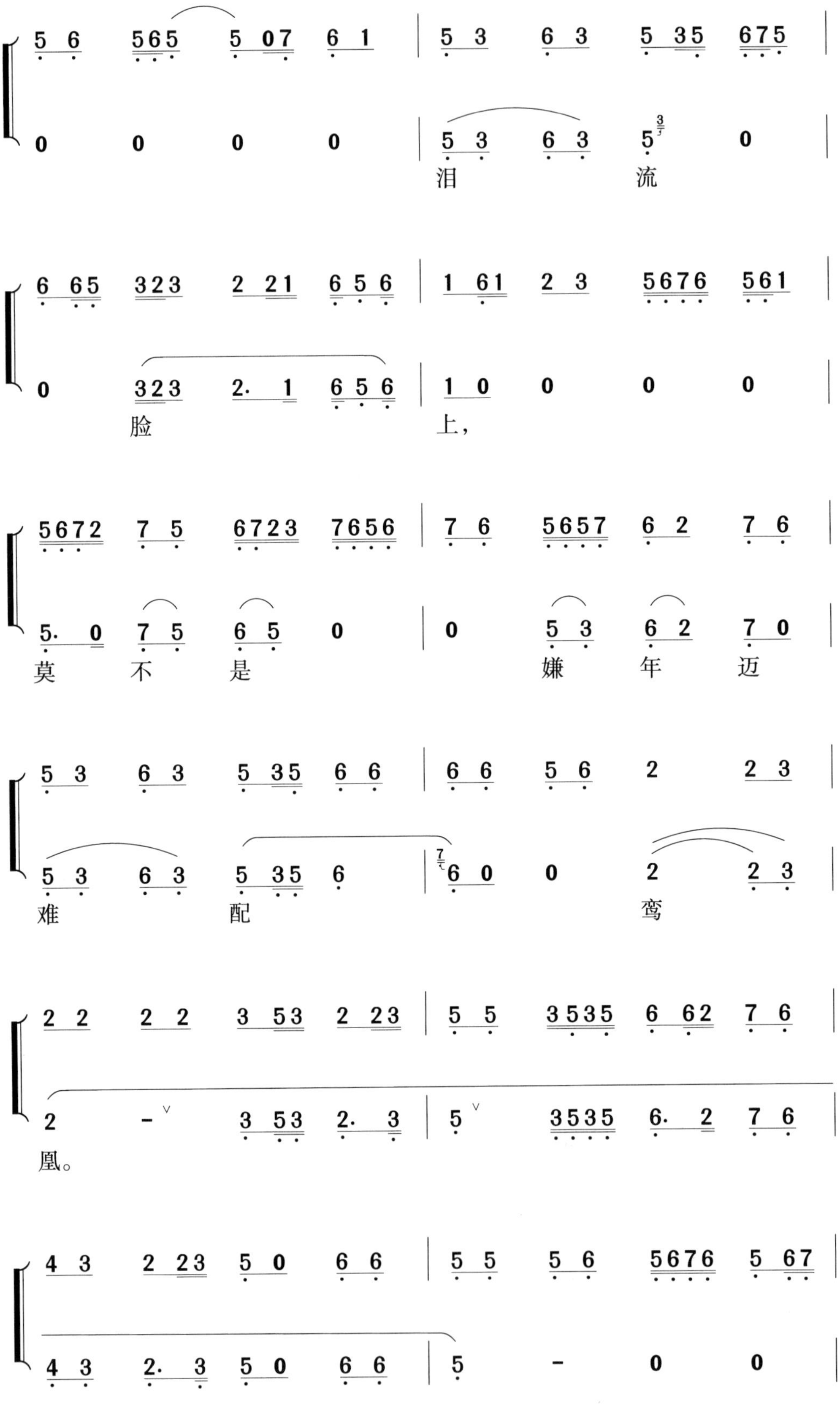
泪 流
脸 上，
莫 不 是 嫌 年 迈
难 配 鸾
凰。

朱砂痣

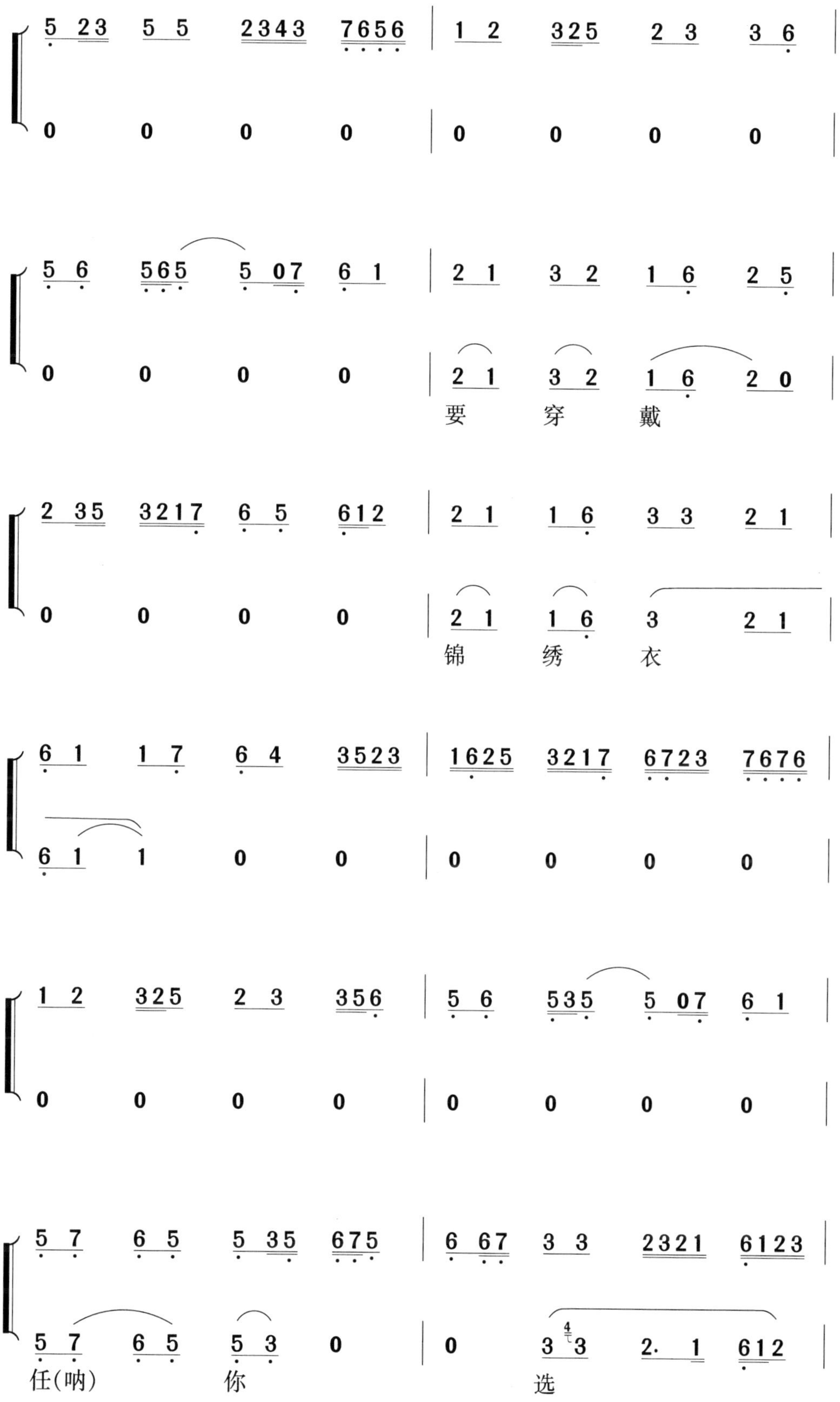

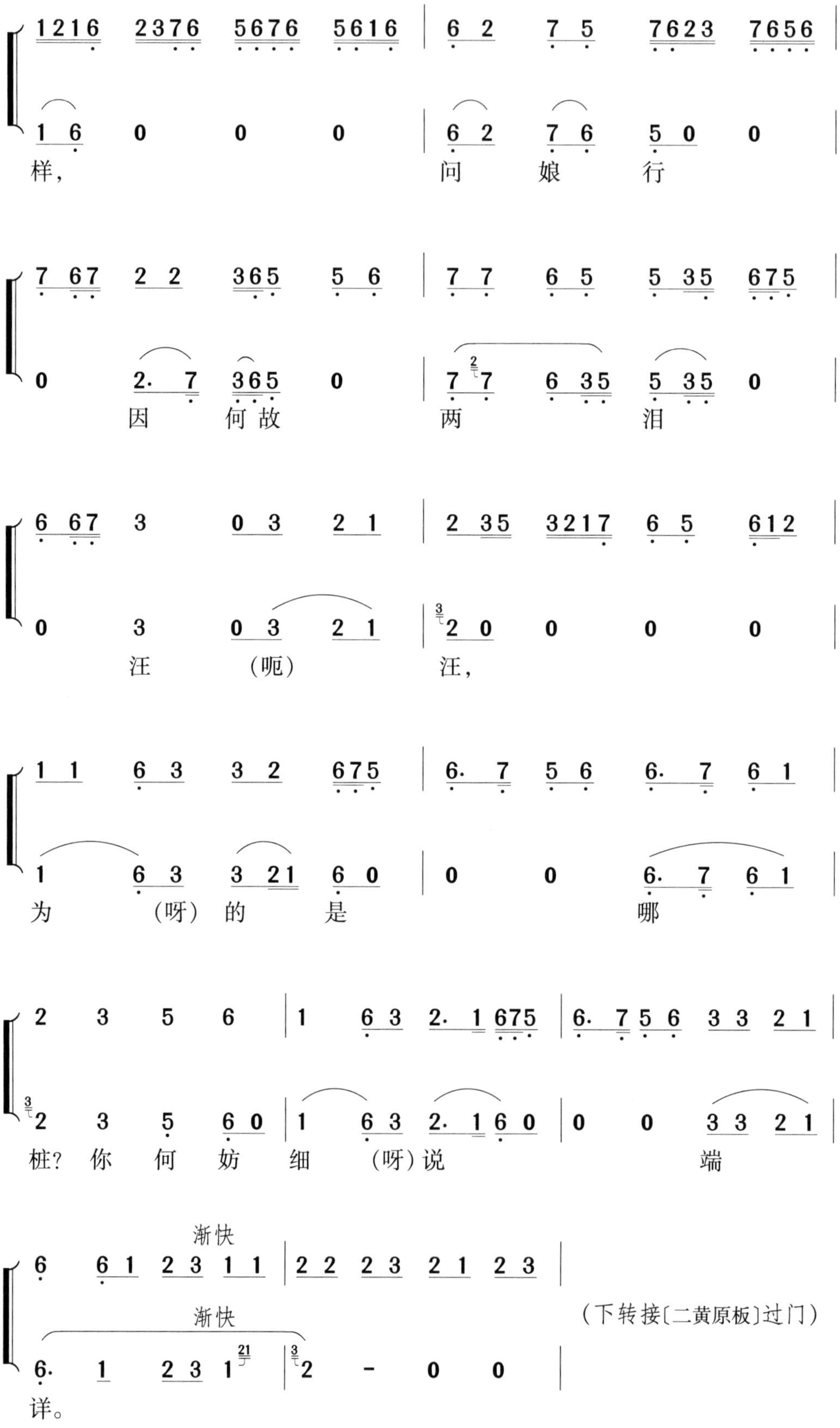
样，
问 娘 行
因 何 故 两 泪
汪 （呃） 汪，
为 （呀） 的 是 哪
桩？ 你 何 妨 细 （呀） 说 端
渐快
渐快
（下转接〔二黄原板〕过门）
详。

〔丫鬟将灯放在桌上，“上场门”暗下。

江 氏 老爷！

〔二黄原板〕

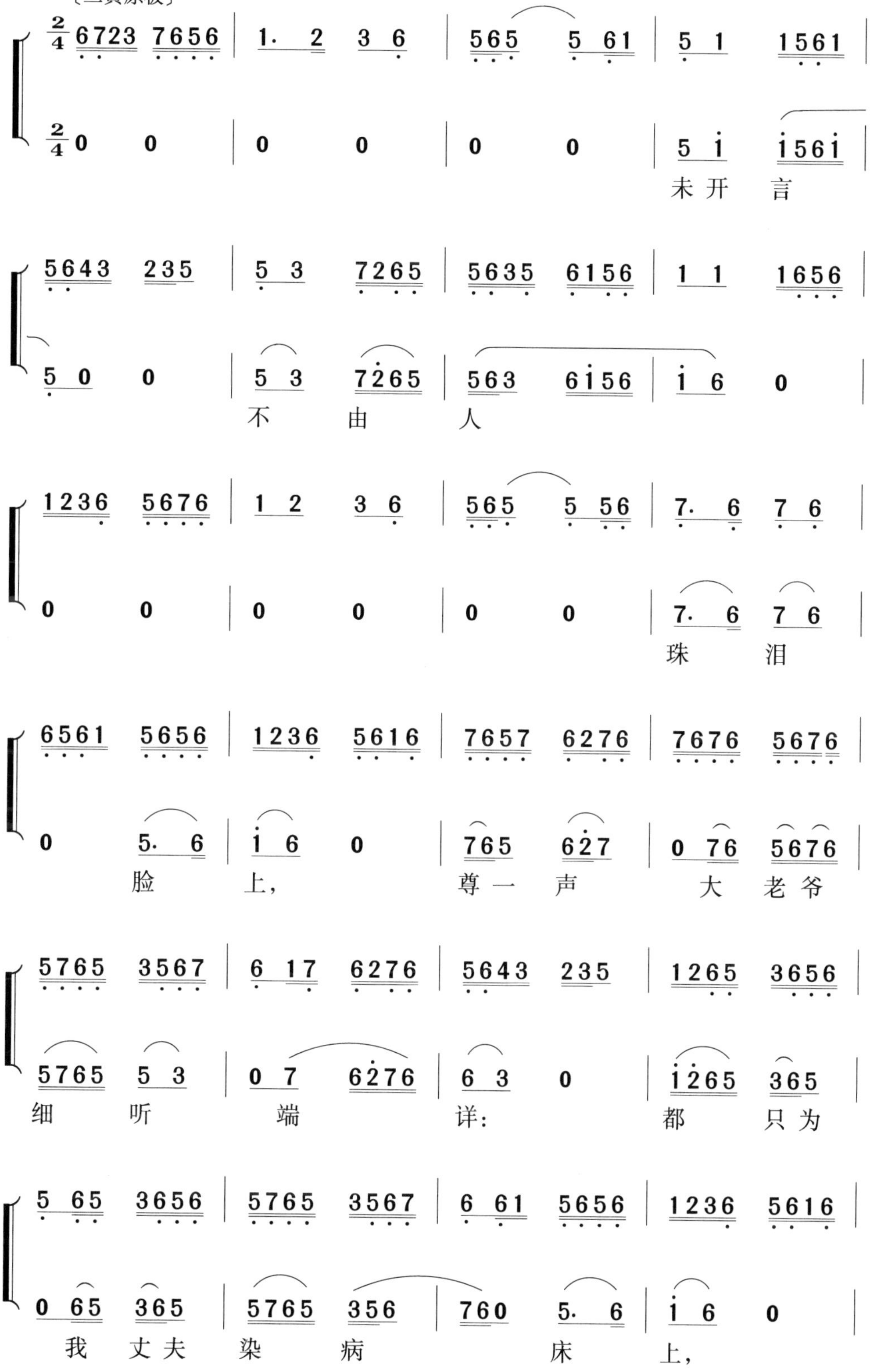

因此上　卖妻子好度时
光。
渐慢
渐慢
【小锣一击】

韩廷凤　噢……

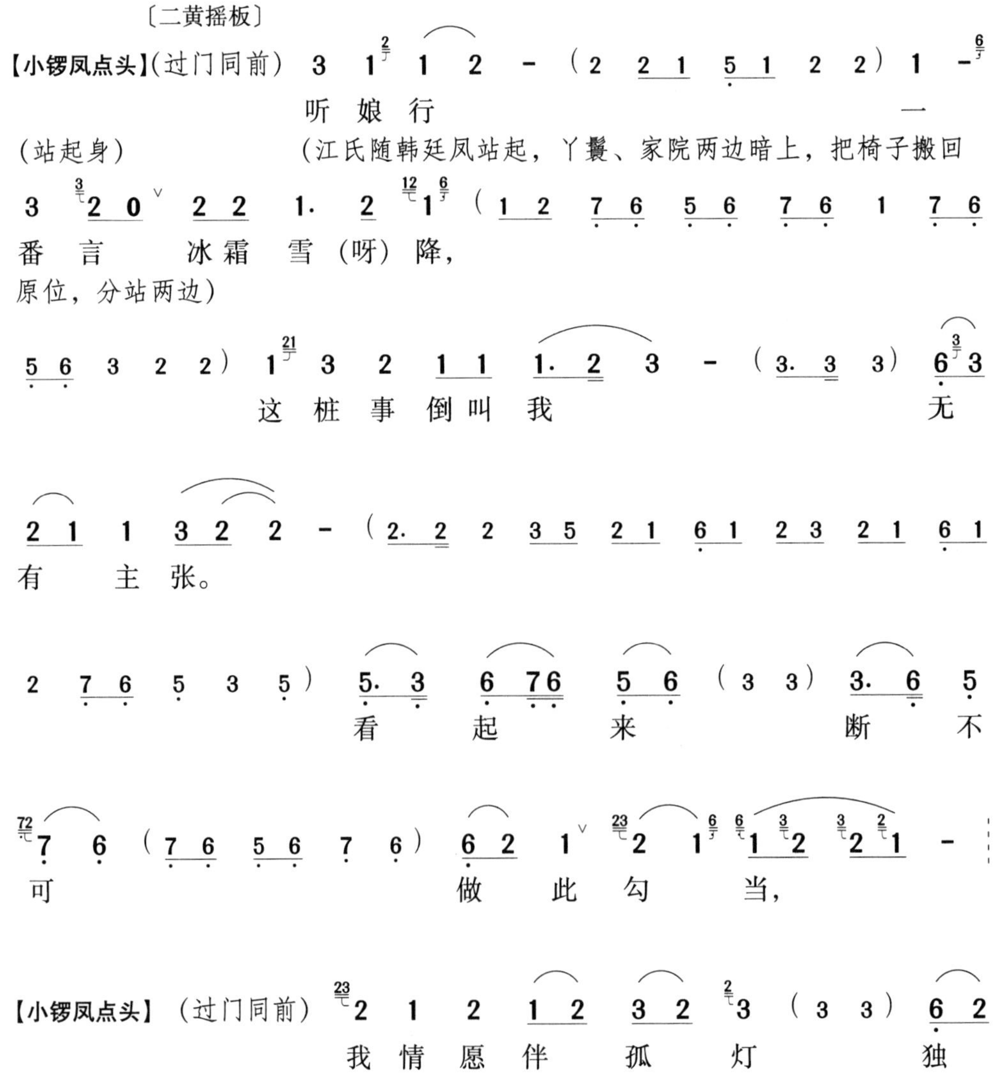
〔二黄摇板〕
【小锣凤点头】(过门同前)
听娘行一
(站起身)
(江氏随韩廷凤站起，丫鬟、家院两边暗上，把椅子搬回原位，分站两边)
番言　冰霜雪(呀)降，
这桩事倒叫我无
有　主张。
看起来　断不
可　做此勾当，
【小锣凤点头】(过门同前)
我情愿伴孤灯独

1 3 2 1 6 1 2 － （2 2 2 1 6 1 2）‖

守 空 房。

〔【小锣五击】韩廷凤叹息，左转身归“小座”。

韩廷凤 家院过来。

家　院 在。

韩廷凤 我命你送这大娘子回去，对她丈夫去讲：前番一百两身价银子不要了，再赠他一百两纹银，成全他夫妻之情。

家　院 啊，员外。看今日天色已晚，明日送她回去吧！

韩廷凤 （**大大**）嗯……（**大大 大大 多罗．大 台**）不必多言，取银子过来！

家　院 是是是是。（**大 多罗．台**）（“下场门”下）

韩廷凤 （站起，转身对江氏）大娘子，快快回去，与你丈夫团聚去吧！（坐下）

江　氏 （面带欣喜）怎么？大老爷放我回去么？

韩廷凤 哎，正是。

江　氏 当真？

韩廷凤 焉有假的呀？

江　氏 啊，大老爷，还有我那婚书呢！

韩廷凤 （用折扇击掌）哎呀呀……（站起）我既然放你回去，这婚书还要它何用？来来来，（回身从桌上取过婚书帖子）在灯上焚它了吧！

江　氏 请上受我一拜。（左手搭右袖，跪拜）

韩廷凤 不用拜了。

〔【小锣凤点头】韩廷凤用灯将婚书帖子烧掉。家院拿银包“下场门”暗上。

〔二黄摇板〕

江　氏 【小锣凤点头】（过门同前）3 3 6 5 5 7 7 5 6 6

谢 罢 了 大 老 爷

（7 6 6）7 7 6 5 6 i. 6 i 2 i －

抽 身 回 转，

（丫鬟帮江氏脱红帔，卸红顶花）

〔【小锣抽头】家院将银包交给江氏。江氏向韩廷凤拜别，然后，家院提红灯笼引江氏出门。江氏左手托银包走到“大边”，垂右袖，提袖。

江　氏 （过门同前）5 2 7 5 6 7 7 －（1 2 7 7）

回 家 去 见 官 人

7 7 7 6 5 3. 5 6 6 5 5 － ‖

细 说 根 源。

〔【小锣抽头】江氏轻抖右袖，背右手，随家院“下场门”下。

韩廷凤 唉！

〔二黄摇板〕

【小锣凤点头】（过门同前） ^{6}1 2 2 ^{3}2 （3 21 61 2） 32
曾 言 道 她

（站起身）

21 3 － 6. 2 1 22 ^{12}1. 6 （76 56 76
丈 夫 染 病 床（呃） 上，

1） 2 ^{6}2 1 2 32 23 3 6 2 1 1
无 银 钱 卖 妻 子 好 度 时

^{3}2 － （1 2 21 61） 5 7 ^{7}6 7 ^{6}7 5 6
光。 将 他 人 比 自 己

（6 6 56 7 6） 3 2 1 2 ^{3}2^{3}2 ^{2}1 －
皆 是 一 样，

〔【小锣抽头】韩廷凤出门向“下场门”走，到“大边”右转身面向前，上步。

（过门同前） 2 1 2 ^{5}33 21 （3 3） ^{3}2 ^{23}21 ^{6}1 21 2 －‖
善 与 恶 自 有 那 天 理 昭 彰。

〔【小锣抽头】韩廷凤左转身，背双手“下场门”下。闭二幕。

第 三 场

〔【小锣抽头】开二幕。场上置“正场桌”，“大座”。素桌围椅披。桌上放烛台一盏。吴惠泉“上场门”蹒跚地上。

〔二黄摇板〕

（过门同前） 3 3 3 2 － ^{3}2 （3 21 61 2） 63 3
孤 单 单 诉（哇）

21 1 3 3 1 2 1 ^{2}1 （76 56 76 1）
不 尽 胸 中 苦（哇） 况，

朱砂痣

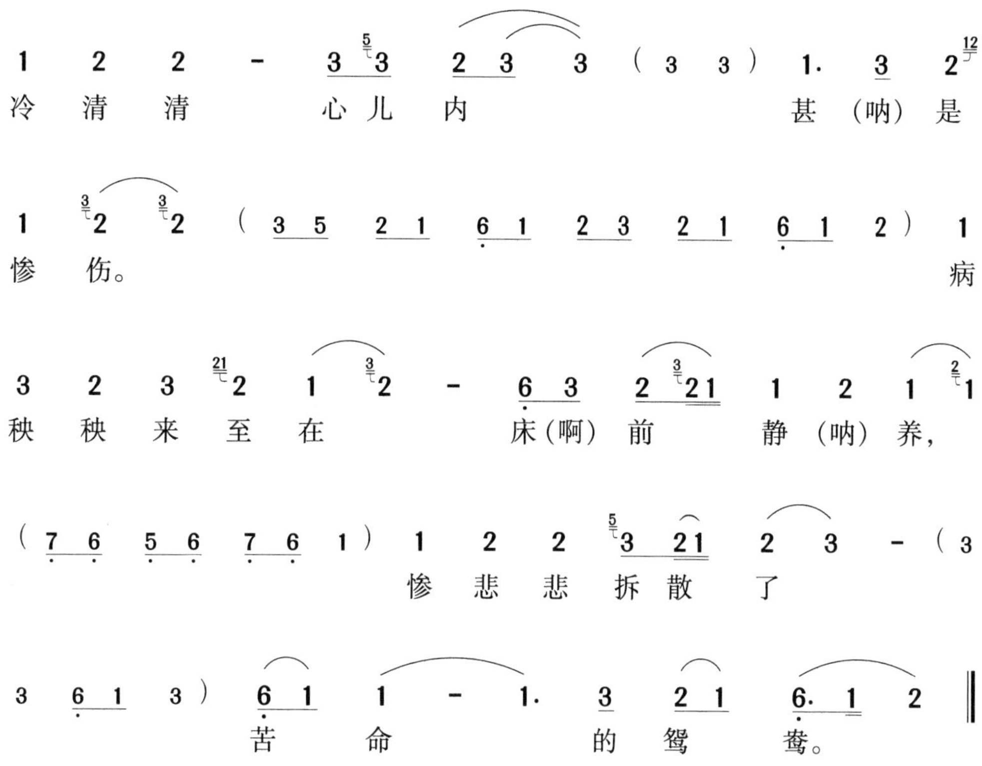

〔【小锣抽头】吴惠泉踉跄地走至“大座”，睡。家院提红灯笼引江氏“上场门”上，至“小边”台口，江氏垂右袖，提袖。

〔二黄摇板〕

江 氏 （过门同前）

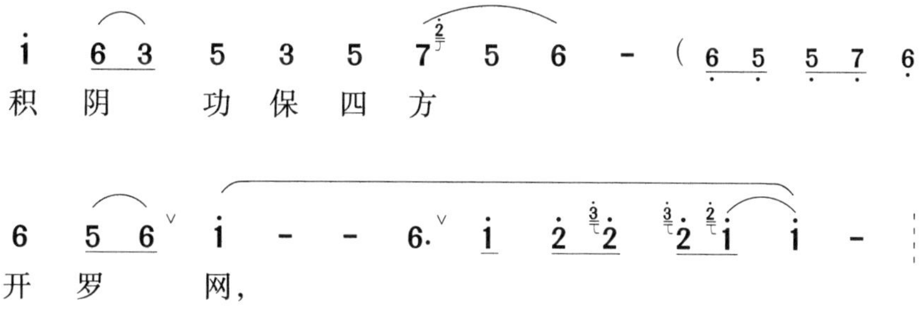

江 氏 有劳了！（轻抖右袖，抱腹向家院致谢）

〔【小锣抽头】家院“上场门”下。江氏提右袖，向家门走去。

江 氏 （过门同前）

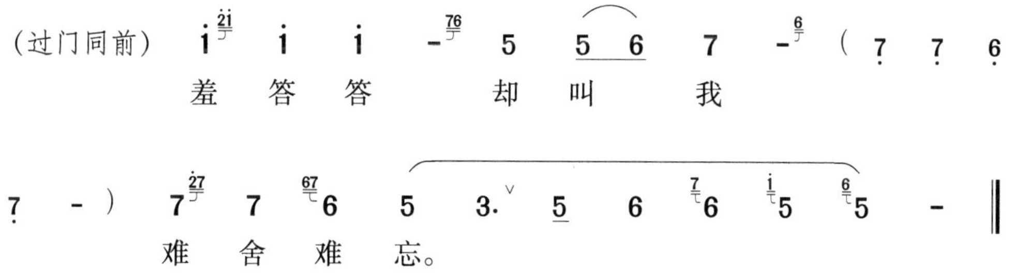

开门来！（叩门）

〔二黄小导板〕

吴惠泉 【散板凤点头】サ（6 5. 3 2 2 3 3 2. 1 6 6. 5 5）1
猛

3 1 2 – 2 16（6 6）5 7 5 6 5 7 6 – 5 –
听得 门儿 外
（仍做睡状）

（6 5. 3 21 6 6 5 –）1 2 3 1 2 – – – 1 3 –
有人 喧 嚷，
（搓手，揉眼，一望）

江 氏 开门来！【撕边】

〔二黄散板〕

吴惠泉 【大锣凤点头】（过门同前）1 2 2 – 2 2 2 3 –（6 1 2
这声音 好一似

3 –）2 1 2 1 1 2 2（2 2 5 6 1 2）7 6 2
江氏妻 房。 （仓） 我这

7 6 6 5 6 –（6 6 5 7 6 –）3 2（2 2 2）
里强扎挣 开门
（扶桌挣扎站起） （蹒跚地走至门前，开门）

232 1 – – 1 2 – – 1 – （一望，一惊）【大锣一击】
来 望，

〔【乱锤】吴惠泉吓得退至桌前，左手扶桌案，身体依在桌边，向右甩髯；江氏“挖门”进至“小边”，垂右袖，提袖，向吴惠泉拱手。

吴惠泉 （八大 台 顷 仓）（5 – 5 5 5 7 –）7 0 7 0 7 7 7777
你 你 你你 你……

7 6 2 7 – 7 7 6 5 6 5 6 7 –（7 6
你是 人 你 是 鬼

5 6 7 - ） 621 1 - 3 21 61 2 -
细说 端 详。

江 氏 官人！

〔二黄散板〕

【大锣凤点头】（过门同前） i 36 5 5 7 7 5 6 7
尊官 人 你 不 必 心

76 56 i - （ 6 56 76 1 - ） 5 62 7
中 着 慌， （仓） 我 就 是

5 56 7 - 36 5 65 6 6 5 5 ‖**【住头】**
你 的 妻 转 回 家 乡。

〔吴惠泉左手捏右袖，用袖揩眼睛细看，右手捋髯，然后指江氏。

吴惠泉 你，你是我妻江氏回来了？

江 氏 正是。

吴惠泉 （指江氏）大老爷将你送回，想是不要你呀，（摆右手）还是要他的银子吧！

江 氏 大老爷听我说了一遍苦事，前番一百两银子不要，又赠你我夫妻一百两纹银，官人请收下。

〔（**大大大大大 多罗.大台**）吴惠泉接过银包，双手捧着看。

吴惠泉 啊？一百两身价银不要，又赠我夫妻一百两？

江 氏 正是。

吴惠泉 （感叹）哎呀呀，这世界之上，竟有这样的好人。哎呀妻呀，（**大大 大大 多罗.大台**）我们要登门叩谢他的才是呀！

江 氏 等你病体痊愈，再去也不迟。

吴惠泉 哎呀呀！我这病啊，方才已在旦夕；如今有了这银子，出了一身的透汗，我的病呐，好了一大半了哇！（**大大大多罗.大台**）

江 氏 有了银子你的病就好了？

吴惠泉 哎，哎，就好了！待到明天，同谢恩人便了！

〔二黄摇板〕

【小锣凤点头】（过门同前） 1 3 2 2. 16 （ 21 61 2 2 ）
韩 员 外

1. 6 1. 3 2 （ 2 3 2 ） 1. 3 2 12 1. 2
做 此（呀）事 令（呐）人 感 仰，

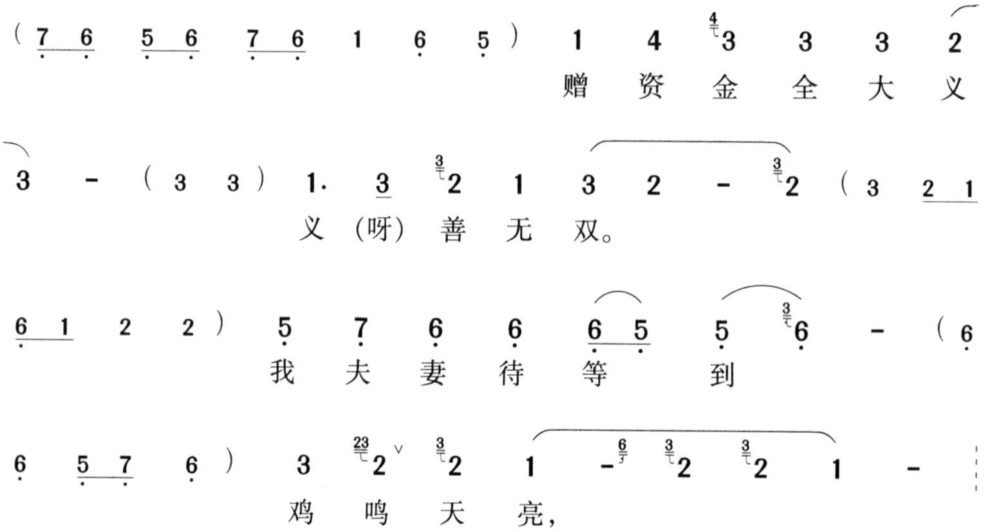

「【小锣抽头】吴惠泉解去系在江氏身上的腰包。

江　氏 （过门同前）

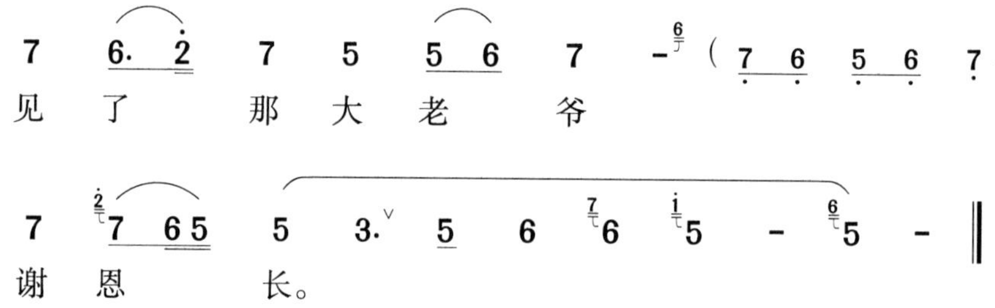

「【小锣抽头】江氏垂右袖，折右袖，扶吴惠泉“下场门”下。闭二幕。

第四场

「连奏【小锣抽头】开二幕。场上置“正场桌”、“小座”，备椅二把。烟色绣金团花桌围椅披。韩廷凤“上场门”上，至正场台口。

〔二黄摇板〕

韩廷凤 （过门同前）

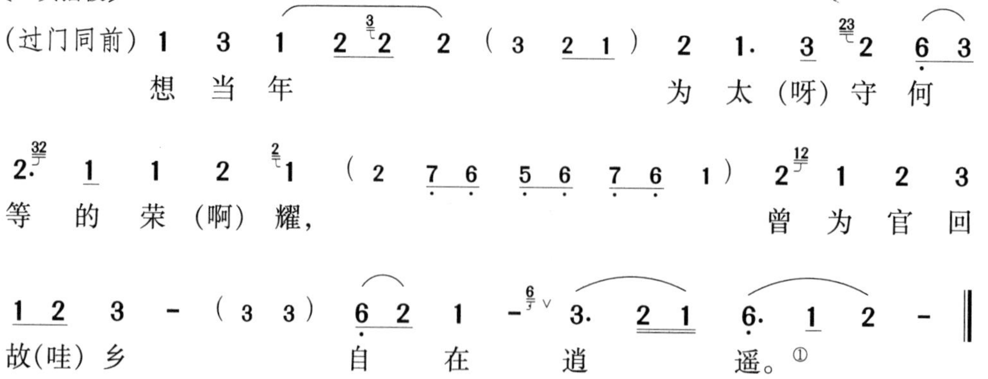

① 韩廷凤在第四场有唱〔二黄原板〕上的演法，见附录。

〔【小锣抽头】韩廷凤左转身坐“小座”。吴惠泉、江氏“上场门”上，至“九龙口”。

吴惠泉

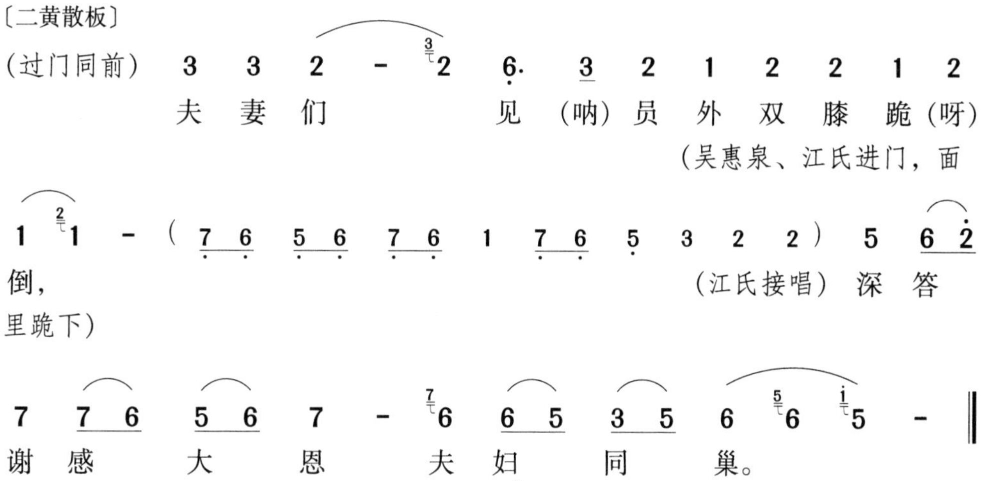

〔【纽丝】韩廷凤站起避让，站在桌案左侧。

韩廷凤

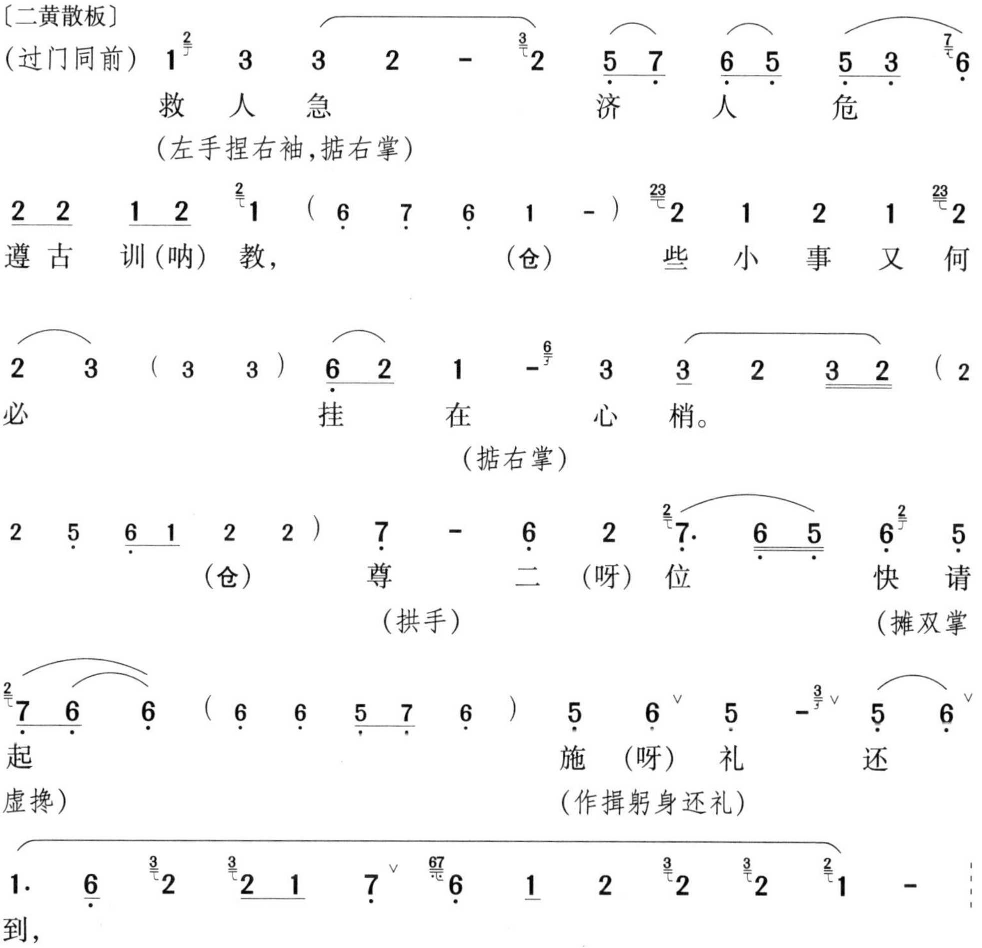

〔【纽丝】韩廷凤将吴惠泉、江氏让起，吴惠泉归“小边”，江氏归“小边”。

（过门同前）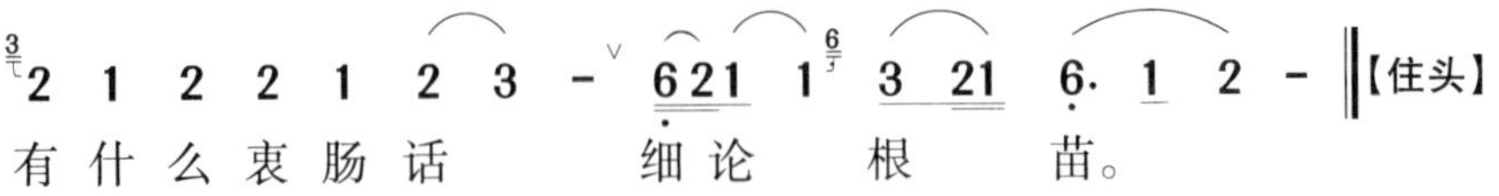

（对江氏）大娘子，（右手指吴惠泉）这是何人哪？

江　氏　这是我丈夫吴惠泉。（对吴惠泉）见过大老爷。

吴惠泉　哦，是是是。参见大老爷。（施礼）

韩廷凤　哎呀，快快起来，快快起来。（将吴惠泉搀扶起来）哦，原来是吴相公，请坐。

吴惠泉　慢来，慢来！大老爷在此，哪有小可的座位呀！

韩廷凤　有话叙谈，哪有不坐之理呀！哦，请坐，请坐！

吴惠泉　哦，谢座，谢座。

韩廷凤　啊，大娘子，你也坐下，你也坐下。

江　氏　（躬身）谢座。

〔【小锣五击】吴惠泉、江氏搬椅分坐两边跨椅。

韩廷凤　啊吴相公。

吴惠泉　大老爷。

韩廷凤　昨日听你家大娘子说出这番苦处，唉，真真令人可悯！你既然染病在床，又何必前来呀！

吴惠泉　实不瞒大老爷你说，小可这病，已在旦夕。多蒙大老爷的恩德，前番一百两身价银不要，又赠我夫妻一百两。小可见了这银子，出了一身的透汗，我的病竟是好了哇！

韩廷凤　噢！怎么？你么，见了这银子，出了一身的透汗，这病么，就好了！

吴惠泉　正是，正是。

韩廷凤　哎呀呀呀……（拍手）吴相公啊，看将起来，这世界之上这银子么，倒算是好物件呐！

吴惠泉　本来是好物件。

〔二黄顶板〕

韩廷凤

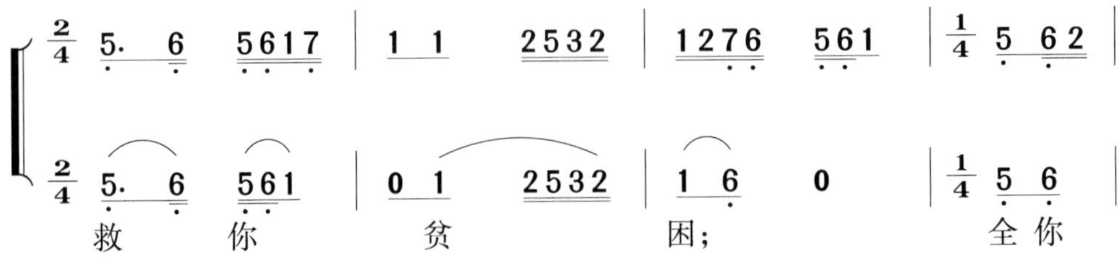

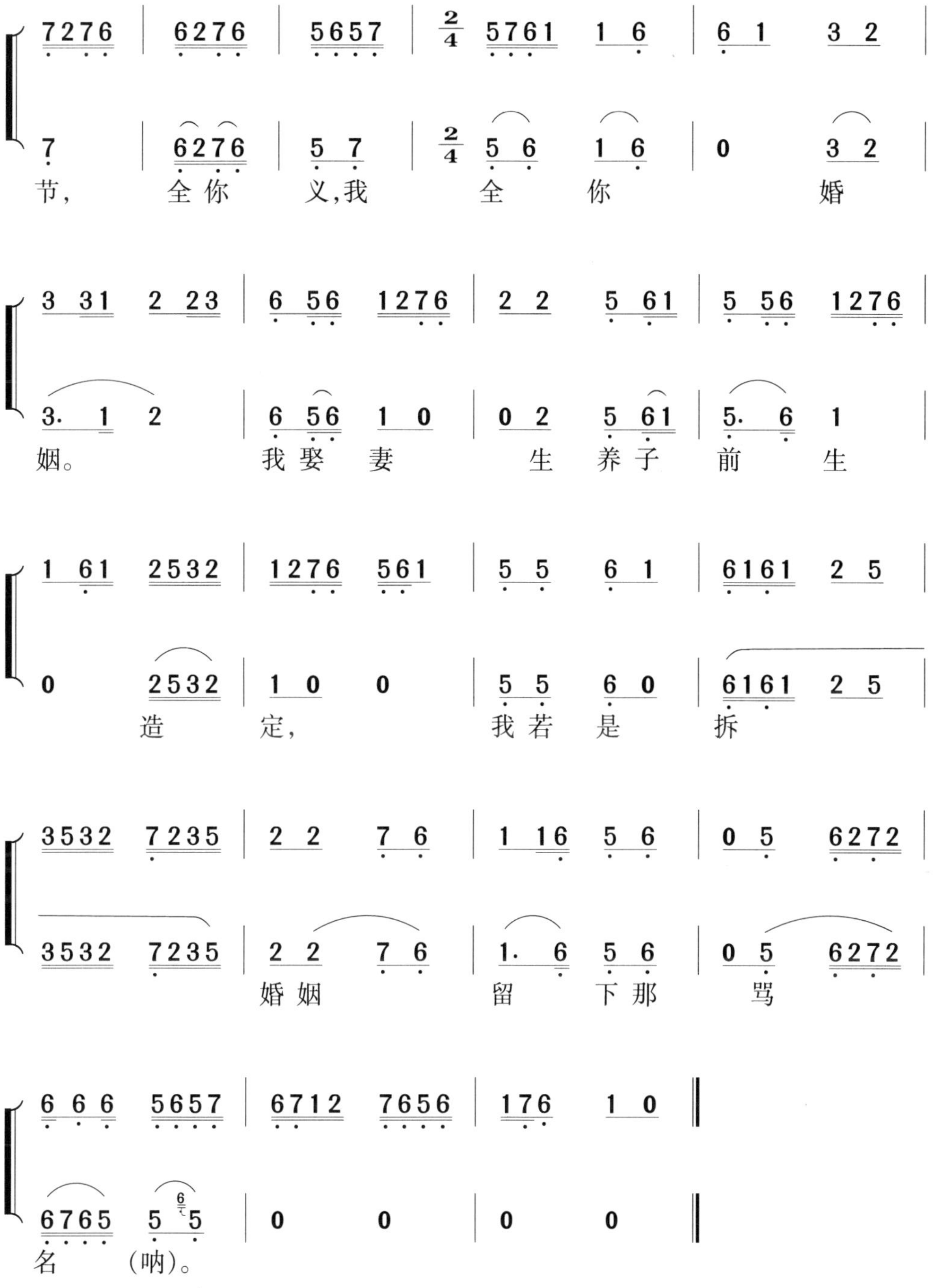

吴惠泉　啊，大老爷，既是府内无人，何不娶上一位夫人，生下贵子，也好接续香烟。

韩廷凤　唉，子嗣之事，乃是前世修缘。再娶么，唉，也就无有意思了。（**大 大 大 多罗．大台**）

吴惠泉　何不买上一个相当的孩童，教养成人，也好传宗接代呀！

韩廷凤　噢，好便好，只是本处的孩童，多有不便哪！

吴惠泉　哦。小可去往四川，催讨账目，若有相当的孩童，买上一个送与大老爷，你看可好哇？

韩廷凤 哦。以后再看机会吧！

吴惠泉 是是是。（**大大大大大多罗.大台**）啊，天色不早，我夫妻要告辞了！

〔吴惠泉、江氏起身告辞，韩廷凤离座。

韩廷凤 （拱手）恕不远送。

〔二黄散板〕

吴惠泉 **【小锣凤点头】**（过门同前）

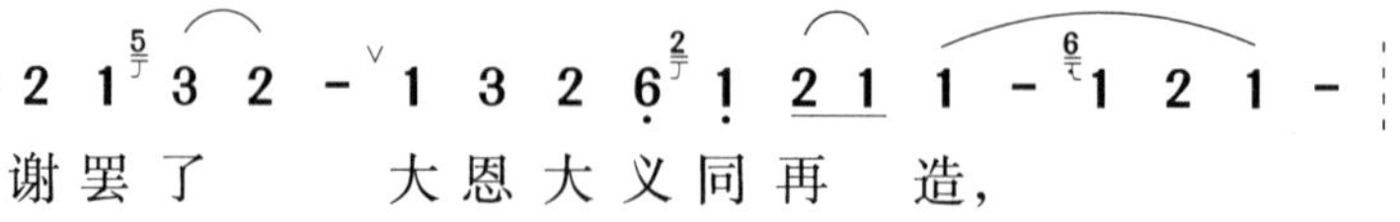

（吴惠泉、江氏施礼告辞，韩廷凤还礼）

韩廷凤 慢走了！（归座）

〔**【小锣抽头】**吴惠泉、江氏出门，至“大边”二人右转身，江氏面向前，轻抖右袖，提袖。

江氏 （过门同前）

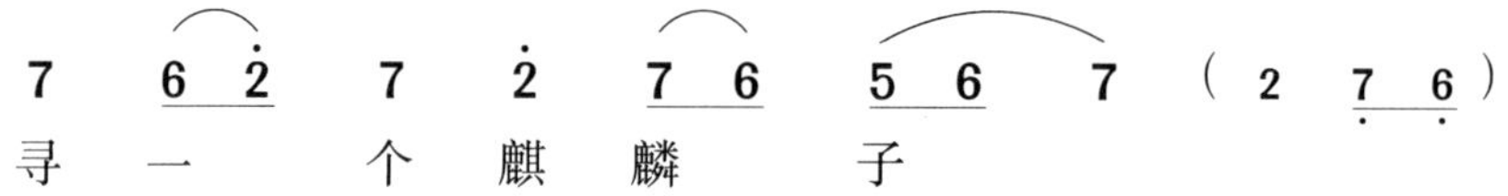

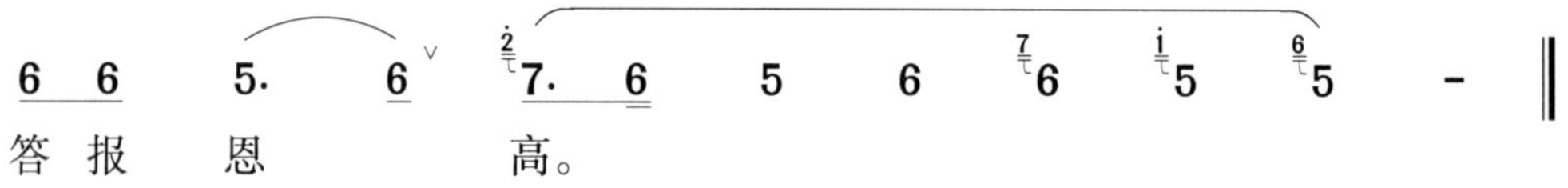

〔**【小锣凤点头】**吴惠泉右转身、江氏左转身“下场门”下。韩廷凤离座，上步。

〔二黄散板〕

韩廷凤 （过门同前）

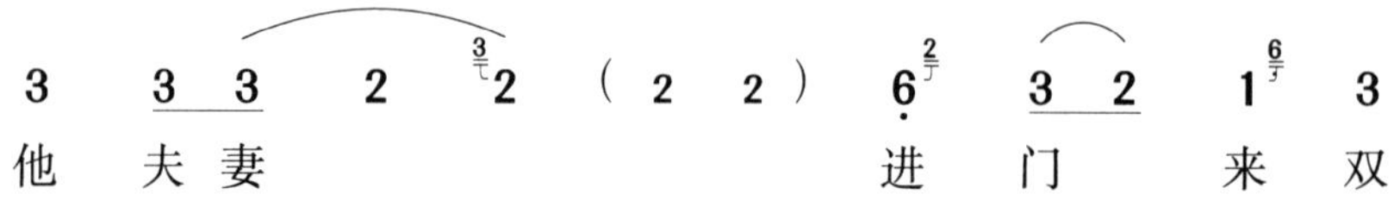

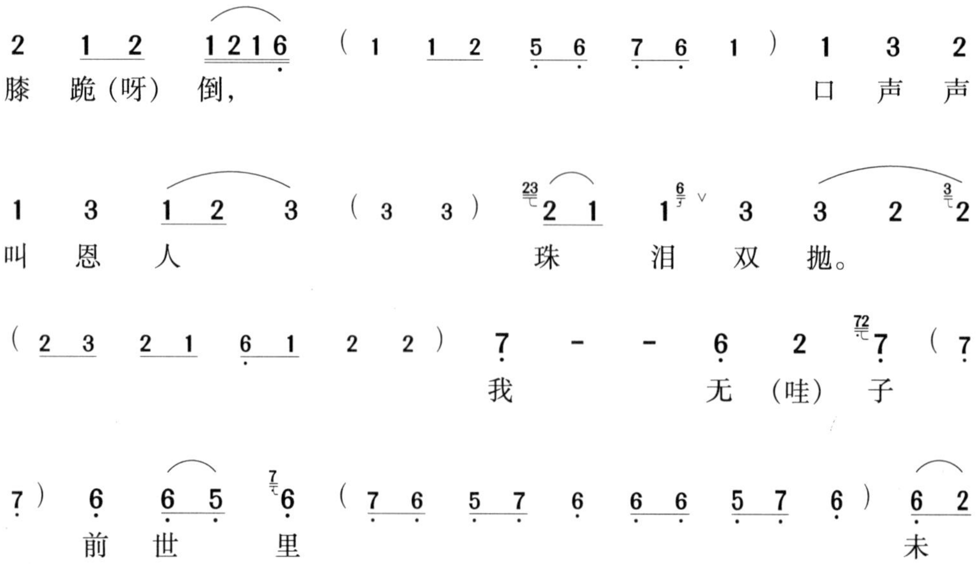

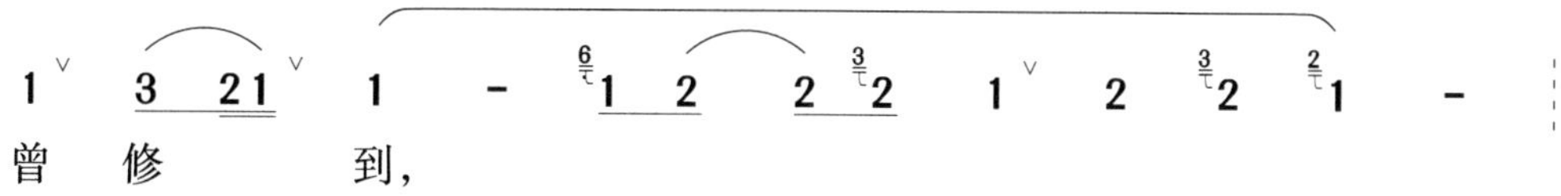

〔【小锣抽头】韩廷凤左转身向“下场门”走，至“大边”，抖右袖，提袖，右转身，上步。

韩廷凤 （过门同前）

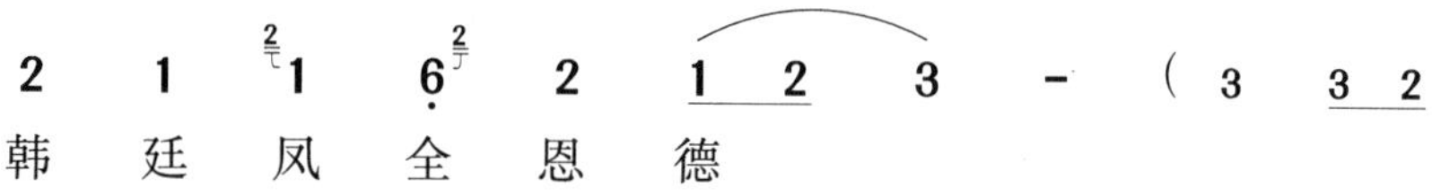

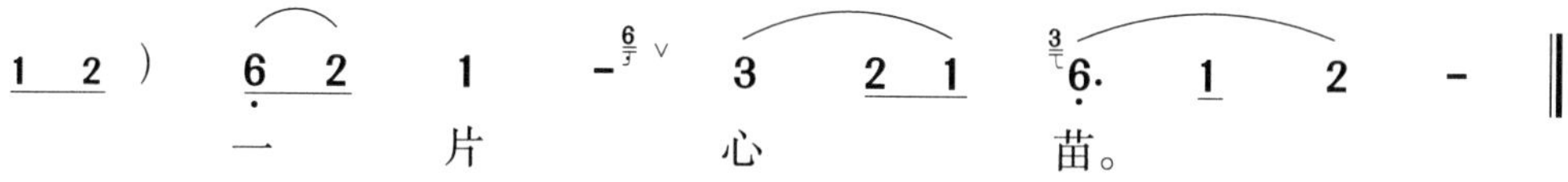

〔【小锣原场】韩廷凤左转身“下场门”下。闭二幕。

第五场

〔【小锣上场】开二幕。场上置“正场桌”，“小座”。素色桌围椅披。金氏“上场门”上，至正场。锣收住。

金　氏　（念）指望养儿到得老，谁知到老不养儿。唉！

〔【小锣入位】金氏左转身坐“小座”。

金　氏　老身金氏。（扎）只因前十三年四月初八日，金兵做乱，我夫妻在青州地界，拾来一子，起名天赐，送到学中攻书。哎呀，只是他就会念书，别事一点也做不得。唉，不幸夫君去世，家业凋零，我也无法教养。我有意将他卖些银钱，以做我终身之计。哎，就是这个主意呀！（向“小边”喊）天赐！（站起，又向“大边”喊）天赐！看这个奴才哪里去了？（再朝“上场门”喊）天赐，走了出来！

〔韩玉印内白：“来了！”

〔【小锣打上】玉印“上场门”上，至“小边”台口。边走边念。

韩玉印　（念）天子重英豪，
文书教尔曹。（“挖门”进至“大边”）
万般皆下品，
唯有读书高。

金　氏　嘿！
（接念）读书高，读书高，
家业渐渐消。
米也没得煮，
柴也没得浇。
我要吃口清凉水么，
还得我自去挑哇！

韩玉印 母亲！

（接念）等儿成大人，

金　氏 等你成大人，

（接念）光阴一旦抛！

韩玉印 母亲，等儿长大做了官，你岂不是太夫人了？

金　氏 哎呀呀呀！你看你好大的口气！好，我有一言，你且听了！

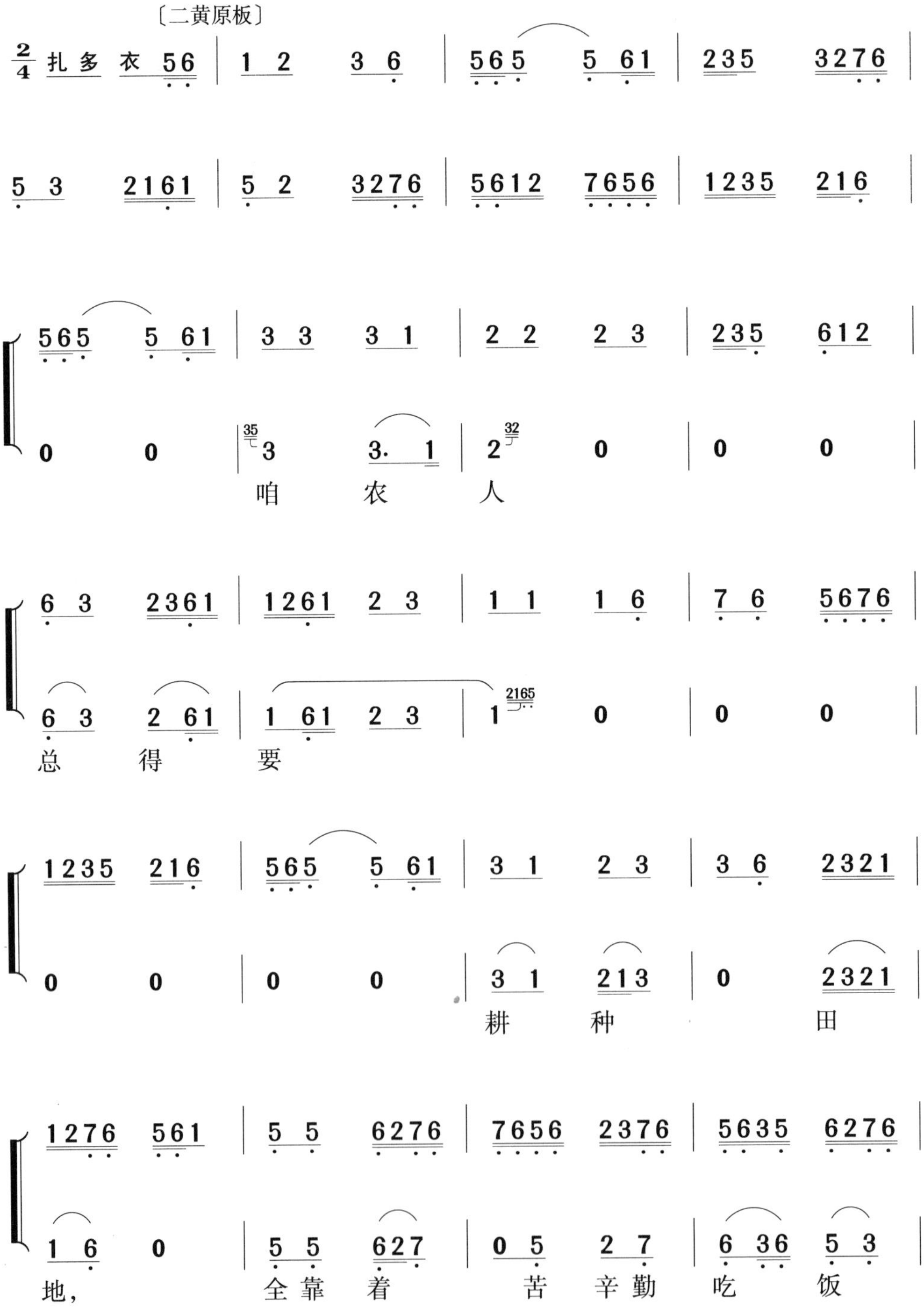

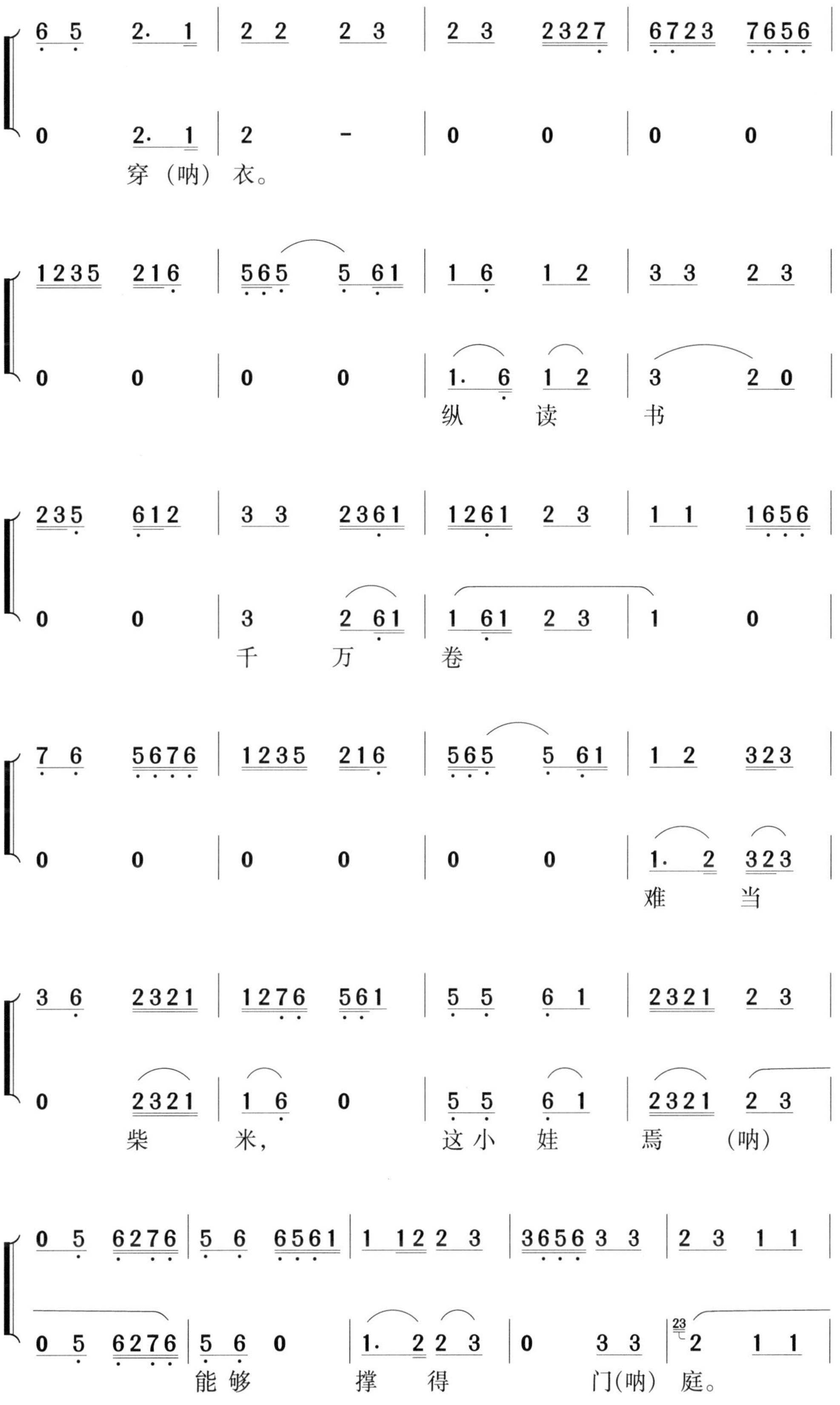
穿（呐）衣。
纵 读 书
千 万 卷
难 当
柴 米，这小 娃 焉 （呐）
能够 撑 得 门(呐) 庭。

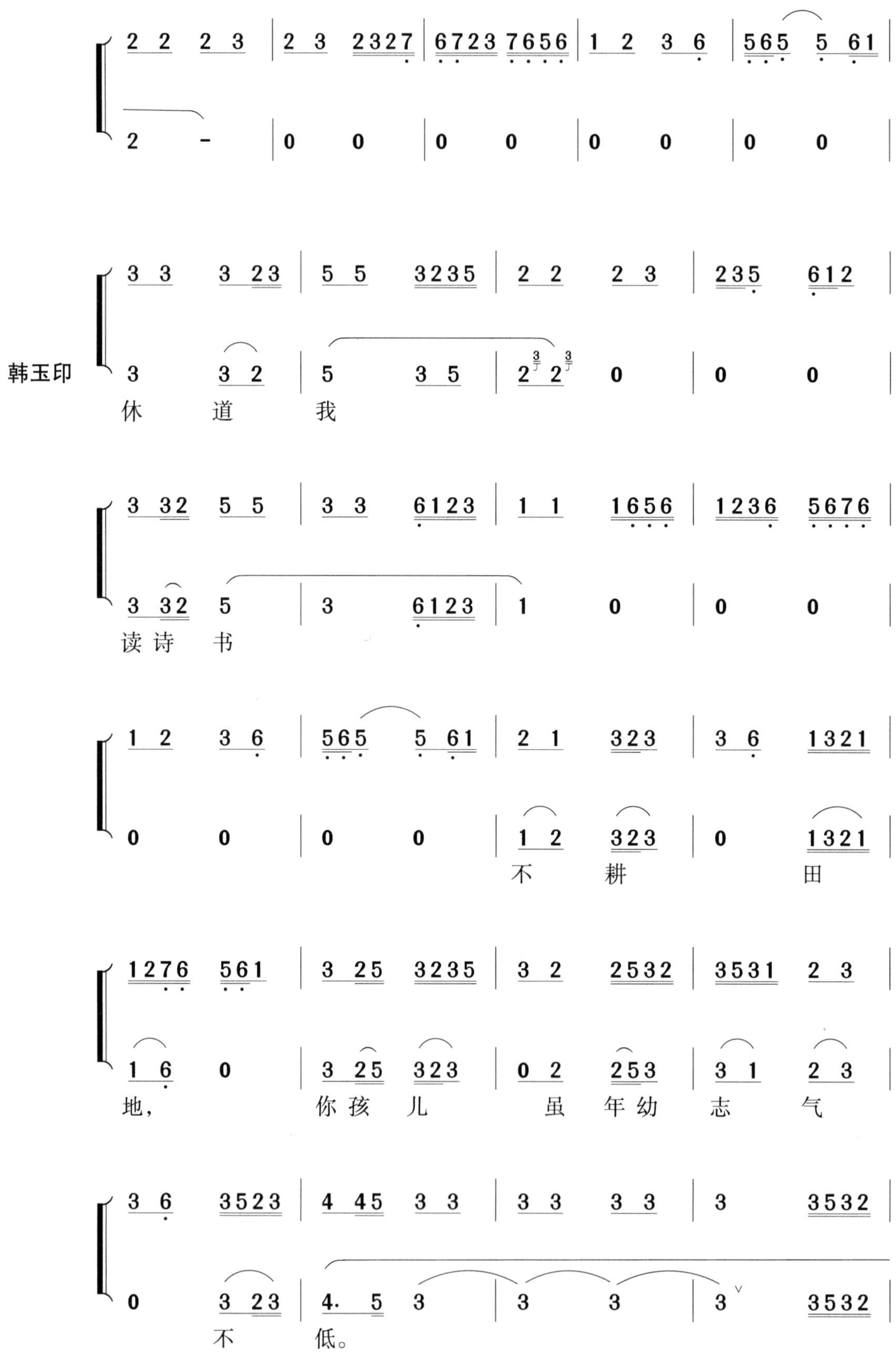
韩玉印
休 道 我
读诗 书
不 耕 田
地， 你孩 儿 虽 年幼 志 气
不 低。

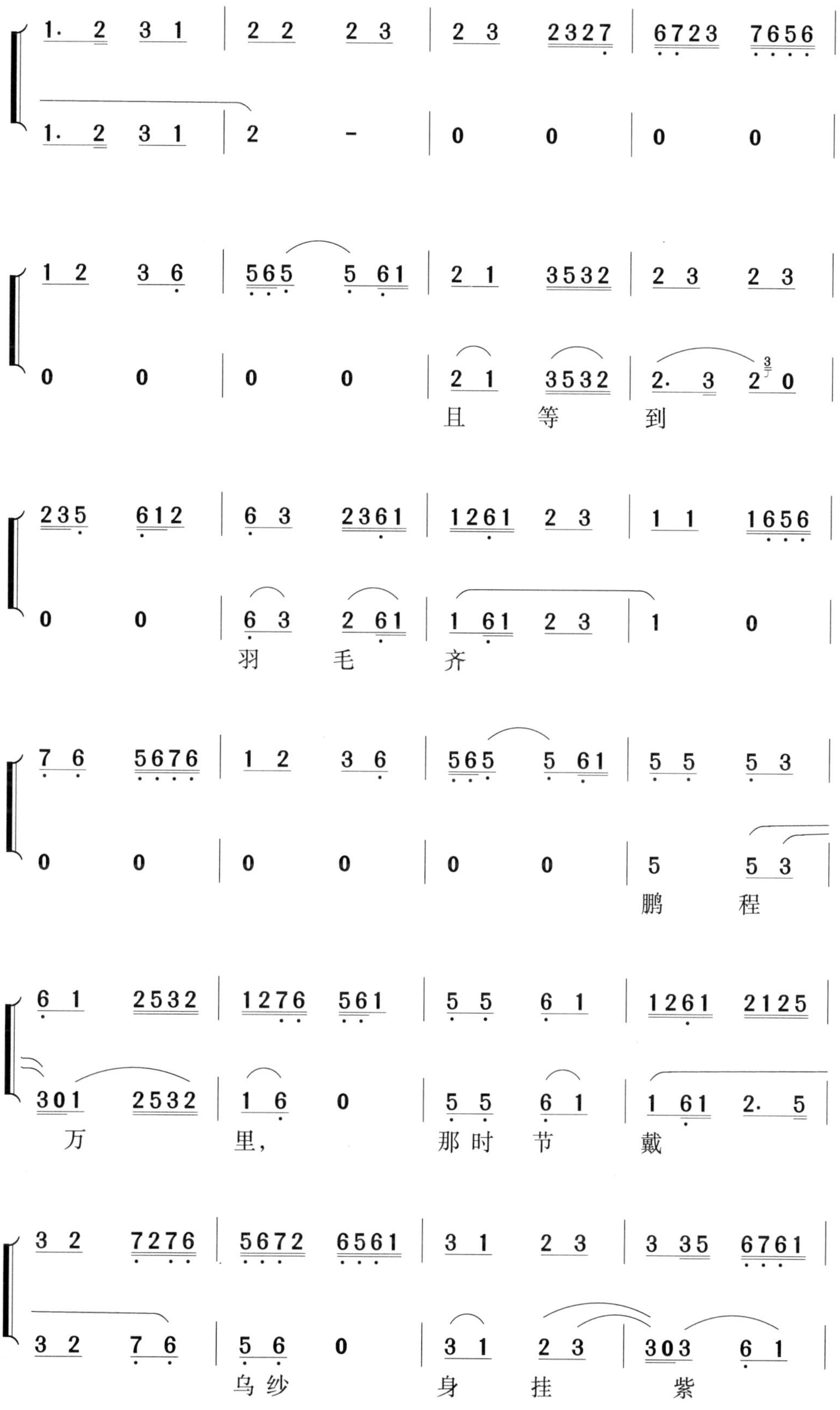
且 等 到
羽 毛 齐
鹏 程
万 里，那时 节 戴
乌纱 身 挂 紫

2321 2123 | 6723 7656 | 176 1 ‖

2. 1 212 | 2 0 | 0 0 ‖

衣。

金　氏　好好好，你不要妄想了。我实对你说了吧！你呀，不是我亲生之子呀！

韩玉印　是哪里来的？

金　氏　只因宣和七年四月初八日，金兵做乱，我夫妻在青州地界拾了来的呀！

韩玉印　如此说来，我不是你亲生之子。

金　氏　哎，正是。

韩玉印　唉！我那亲爹、亲娘啊……（哭）（**大大大大大大大多罗.台**）

金　氏　（站起，背供）哎呀呀！（台）我将将说了个不是他的亲娘，他就哭他的亲爹、亲娘。咳，今日我若不卖他呀，嘿嘿，只恐怕长大成人必要卖我哇，嘿嘿！（走向玉印）哎，儿呀，来来来，走哇！（拉住玉印）

韩玉印　哪里去？

金　氏　啊，我与你找一个好人家去。

韩玉印　敢是要卖孩儿？

金　氏　哦，好一个聪明的小子。正是要卖你呀！

韩玉印　孩儿是不卖的。

金　氏　哎……由不得你了！

韩玉印　孩儿是不卖的！

金　氏　哼！

〔二黄摇板〕

【小锣凤点头】（过门同前）1 3 3 2 2 6 3 3 2

小 冤 家 总（啊）不

（轻抖右袖，提袖）

1 3 2 2 1 - 1 2 22 1 -

像 乡 农 之 裔，

卖人啱！

韩玉印　儿是不卖的！

〔**【小锣凤点头】**金氏拉着玉印往“下场门”走，至“大边”，金氏右转身，玉印左转身面向前。

金　氏　（过门同前）2 1 2 2 1 21 3 - 62 1. 1 22 2 - ‖

我 顾 我 你 顾 你 各 奔（呐）东（啊）西。

卖人啱！

韩玉印 儿是不卖的!

「【小锣抽头】金氏左转身，玉印右转身，金氏拉着玉印边吆喝边从“下场门”下。闭二幕。

第六场

「连奏【小锣抽头】开二幕。吴惠泉右手持扇“上场门”上，至正场。

〔二黄摇板〕

吴惠泉 (过门同前) 3 3 2 2 ³2 2 1 2 1 2 2 1· 2

一 路 上 观 不(哇) 尽 山 河 锦 (呐)

1 - ²1 (7 6 5 6 7 6 1) 2 1 2 5 3· 2

绣， 买 一 个 麒 麟 子

3 - (3 3) 6 2 1⁶ 3· 2 1 6· 1 2 - ‖ (台)

好 把 恩 酬。

在下，吴惠泉，(扎)多蒙韩员外赠我银两，才得病休痊愈。是我来的四川，催讨账目。且喜账目催齐，不免买上一个相当的孩童，送与恩人。看天气炎热，那旁歇息歇息再走!

「金氏内白：“卖人喏!”

「【小锣抽头】吴惠泉左转身至“下场门”台口，面向“下场门”纳凉。金氏左手持草标，右手拉着玉印“上场门”上，至“小边”。

韩玉印 儿是不卖的!

金 氏 唉!

〔二黄摇板〕

(过门同前) 1 2 1 2 ³2 3 2 1 6 1 1 3 2

小 冤 家 休 得 要 与 娘

1 2 1 - (1 7 6 5 6 7 6 1) 1 2 2 1 2

致(喏) 气， 从 今 后 两(啊)

3 ³²3 6² 6 1 2 2 2 - (2 2 2 1 6 1 2) ‖

分 道 母 子 们 分(呐) 离。

「金氏走至正场，朝“大边”台口吆喝。

金　氏　卖人喏！【小锣一击】

〔吴惠泉右转身注意金氏。金氏转身朝“小边”台口吆喝。

金　氏　卖人喏！

吴惠泉　（上步，招呼金氏）哎哎哎，那一老妈妈！

金　氏　（转身走近吴惠泉）哎哎。

吴惠泉　手执草标，是人卖草啊，还是草卖人呢？

金　氏　哎！人卖草能值几何？自然是草卖人。

吴惠泉　噢。卖的何人？

金　氏　哎，你看哪，（指玉印）卖的就是他呀！

韩玉印　我是不卖的。

金　氏　（制止）哎！

吴惠泉　（背供）哎呀呀，看这小顽童，长得倒也聪明俊秀，待我问过妈妈。（对金氏）啊，老妈妈。

金　氏　啊！

吴惠泉　这是你的什么样人哪？

金　氏　哎，他是我的儿子呀！

吴惠泉　啊？他是你的儿子，你就不该卖他呀！

金　氏　哎，不是亲的。

吴惠泉　不是亲的，越发地不该卖了哇！

金　氏　哎，这个……哎呀，客官哪！（轻抖右袖，提袖）

〔二黄摇板〕

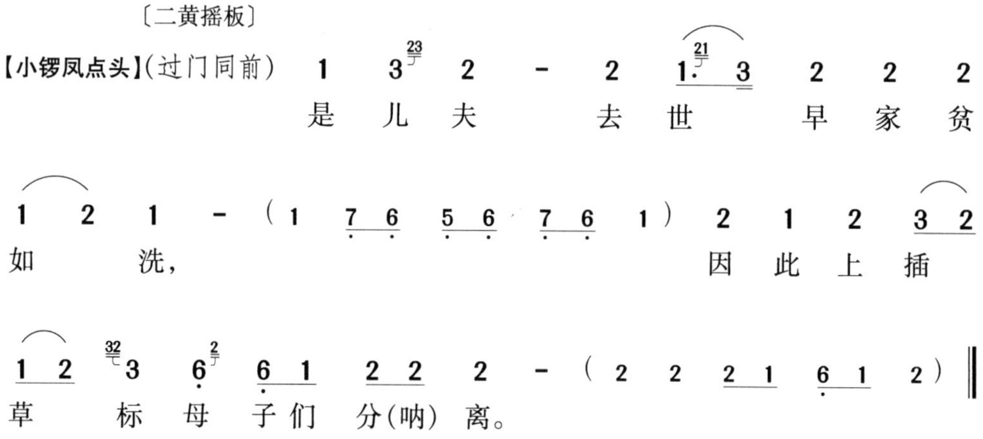

吴惠泉　噢！原来如此！但不知身价银子要多少哇！

金　氏　（考虑）啊，啊……好好好，我呀，要五十两银子。

吴惠泉　五十两银子？

金　氏　哎，五十两银子。

吴惠泉　哎呀，太多了哇！

金　氏　多了？

吴惠泉　嗯。

金　氏　呃，好，你还一个价钱。

吴惠泉 三十两如何哇？

金 氏 三十两？

吴惠泉 哎。

金 氏 三十两还不够我供他的穿衣吃饭钱呢，我不卖！

吴惠泉 呃，三十两银子不少了哇！

金 氏 啊，客官！我来问你，你买他前去是为子哇，还是为仆呢？

吴惠泉 自然是为子，焉能为仆哇！

金 氏 哎呀，这就好了。你呀，就要像亲儿子一样看待呀！

吴惠泉 唉，这是怎样讲话呀？

金 氏 啊……看在为子的份上，三十两银子……好，就三十两。

吴惠泉 哎。

金 氏 拿银子来。

吴惠泉 好，我与你取来。（转身去“下场门”取银包）

金 氏 快些取来！（台）

吴惠泉 哎！

金 氏 哎，我要好银子啊！

吴惠泉 （边取银包边说）哎，上好银子。（持银包向金氏）（台）这是纹银三十两，拿去。

金 氏 （仔细地端详银子，对吴惠泉）三十两？

吴惠泉 哦，三十两。

金 氏 哎，好，好。啊，容我母子分别。

吴惠泉 好，快去分别，我还要赶路呢！（至“下场门”台口面里站）

金 氏 **【叫头】**（折右袖）儿呀！（抖右袖，提袖）此番跟随客官前去，比不得在为娘家中。你必须清晨早起，因循规矩，莫要贪玩。为娘有一言，你且听了……哇！（哭）

〖**【纽丝】**金氏、玉印拭泪。金氏抖袖、提袖。

〔二黄散板〕

金 氏 （过门同前）

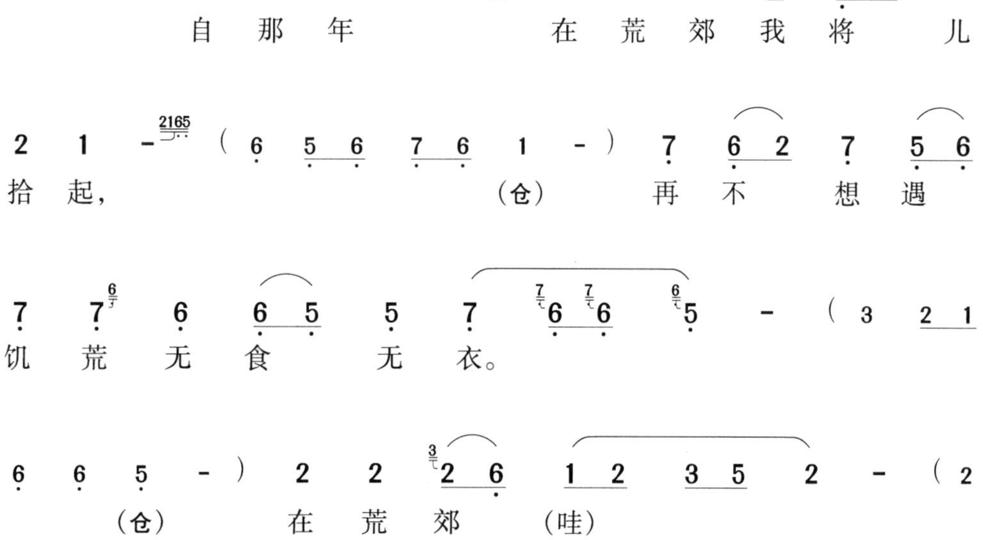

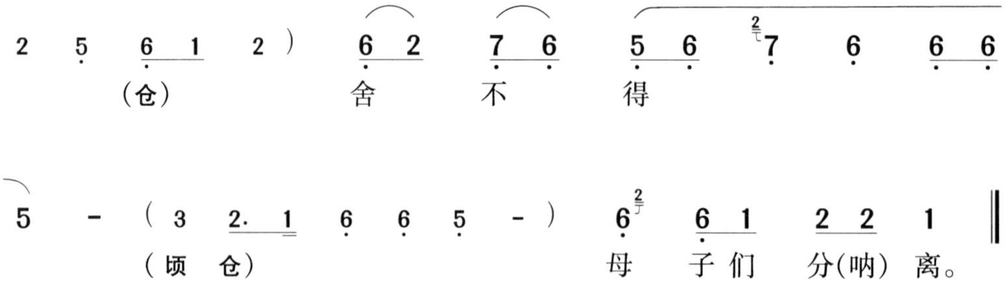

〔【扫头】吴惠泉过来领韩玉印朝“上场门”走，韩玉印回顾，二人“下场门”下。金氏蹒跚地追赶，至“大边”。

金 氏 （哭）儿呀……（拭泪）（台）（朝“下场门”招呼）唉！（转身面向前）去远了，（摊双掌）不见了！唉，儿呀……（哭，拭泪，想起袖内的银包，取出看）哎呀，（台）有了银子么，我就不要儿子了，还是银子好，唉，还是银子好！（朝“上场门”走两步，觉得不是滋味）哎！哎呀（指银包）这银子不好！这银子是个死物，我那儿子是个活宝贝呀！还是儿子好！（转身朝“下场门”走，边走边招呼）嗨！客官！（台）哎，我不卖了！（台）快些回来，客官！（台）嗨！（退回）唉，不见了！唉，儿呀……（哭，拭泪）（台）

〔【小锣打下】金氏“上场门”哭下。闭二幕。

第七场

〔【小锣抽头】开二幕。场上置“正场桌”、“小座”，备椅二把。烟色绣金团花桌围椅披。韩廷凤“上场门”上，至正场，摇头，叹息。

韩廷凤 唉！

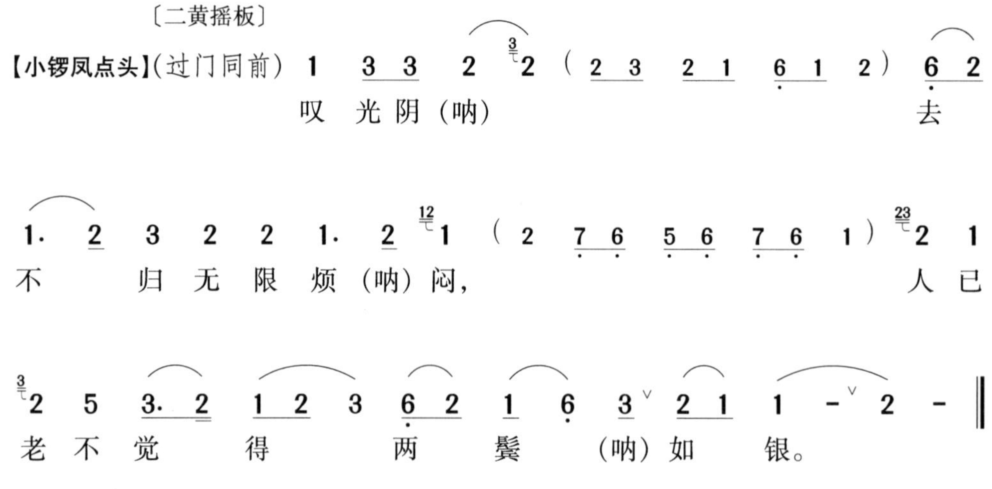

〔【小锣抽头】韩廷凤左转身坐“小座”。吴惠泉右手领韩玉印“上场门”上，至“小边”台口。吴惠泉左手捋髯。

朱砂痣

〔二黄摇板〕

吴惠泉

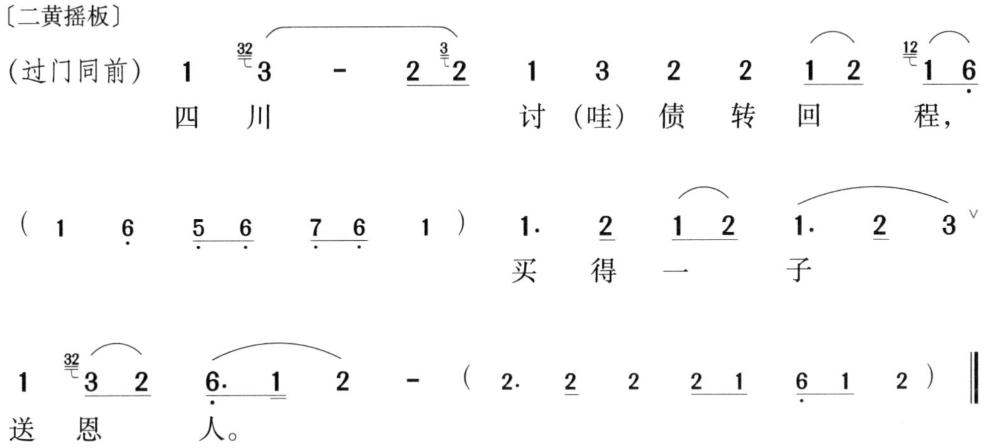

(对韩玉印)你在此稍待。(台)(左转身,边“挖门”进边说)大老爷在哪里,大老爷在哪里?

〔(**大大大大 多罗.台**)韩廷凤站起,迎上与吴惠泉见面。

韩廷凤 (拱手)哎呀呀……

吴惠泉 (拱手)噢,大老爷!

韩廷凤 吴相公,你回来了?

吴惠泉 回来了!

韩廷凤 你是几时回来的呀?

吴惠泉 我是将将回来的呀!

韩廷凤 哦,将将回来的。

吴惠泉 哦,正是。

韩廷凤 这账目可曾收齐?

吴惠泉 (拱手)托大老爷的洪福,账目催讨齐了哇。

韩廷凤 催讨齐了!

吴惠泉 啊,啊!

韩廷凤 哎呀呀,(拱手)恭贺发财呀!

吴惠泉 (拱手)岂敢,岂敢!告便。

韩廷凤 请便。

〔(台)吴惠泉出门招呼韩玉印。家院“下场门”暗上,摆“大边”跨椅,然后从桌后走至桌右侧侍立。

吴惠泉 (对玉印)随我进来。

〔【**小锣五击**】吴惠泉领玉印“挖门”进,吴惠泉站“大边”,玉印站“小边”。

吴惠泉 (对玉印)见过大老爷。(坐“大边”跨椅)

韩玉印 是。(对韩廷凤深躬旋礼)大老爷在上,顽童拜揖。

韩廷凤 (欣喜)哦,哦……罢了。(台)一旁坐下。

韩玉印 大老爷在此,顽童不敢坐。(家院摆“小边”跨椅)

韩廷凤 哎……只管坐下,只管坐下!

吴惠泉 是啊,大老爷叫你坐下,你就坐下吧!

韩廷凤 是啊，快快坐下，快快坐下。
韩玉印 告坐。（深躬礼）
韩廷凤 哎……好好好！
〔【小锣二击】韩玉印坐“小边”跨椅。
韩廷凤 哎呀呀，吴相公。你看这小孩子，虽然年幼，他倒懂得礼节。
吴惠泉 啊，他父母教育得好哇！
韩廷凤 是呀，这小孩子么，总要父母教训的才是呀！
吴惠泉 正是，正是。
韩廷凤 啊……（大 大 大 多罗台）请问吴相公，这孩童是哪里来的？
吴惠泉 乃是四川买了来的呀！
韩廷凤 噢，买了来的。
吴惠泉 哦。
韩廷凤 但不知你买他是为子呀，还是为仆呢？
吴惠泉 一不为子，二不为仆。乃是送与大老爷你的呀！
韩廷凤 啊，怎么？你是送与我的？
吴惠泉 啊，啊，正是。
韩廷凤 哎呀呀，吴官人哪，吴相公！你真是信义之人也！

〔二黄碰板〕

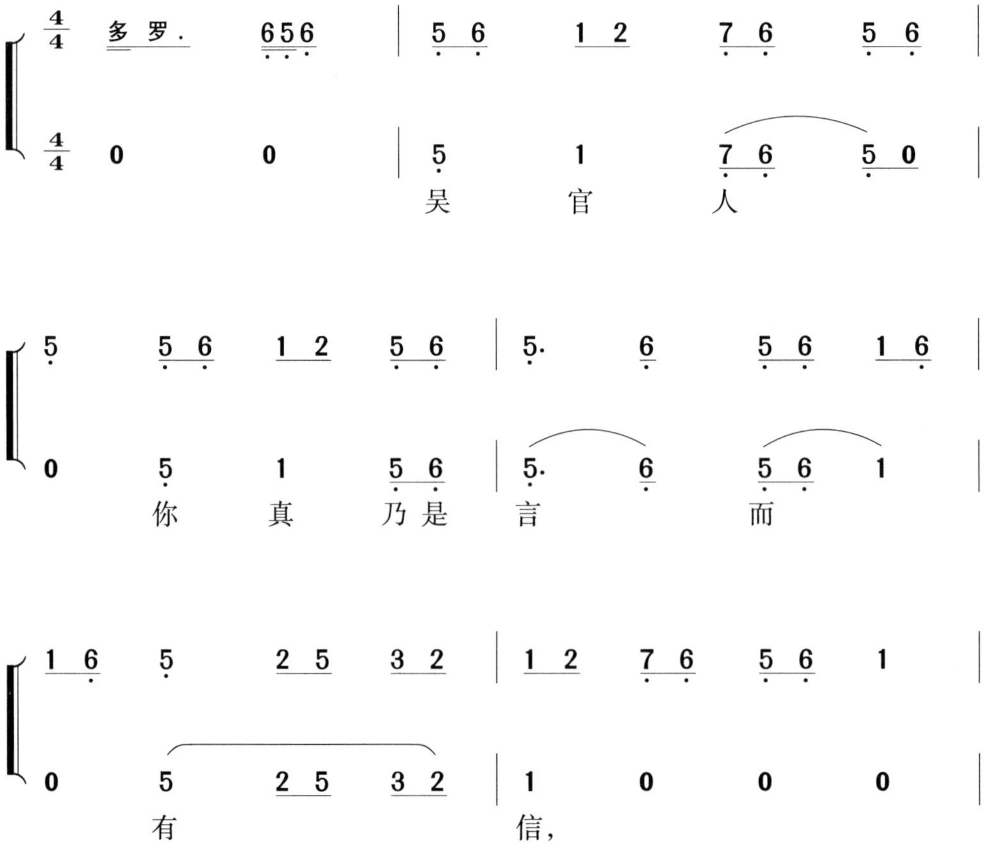

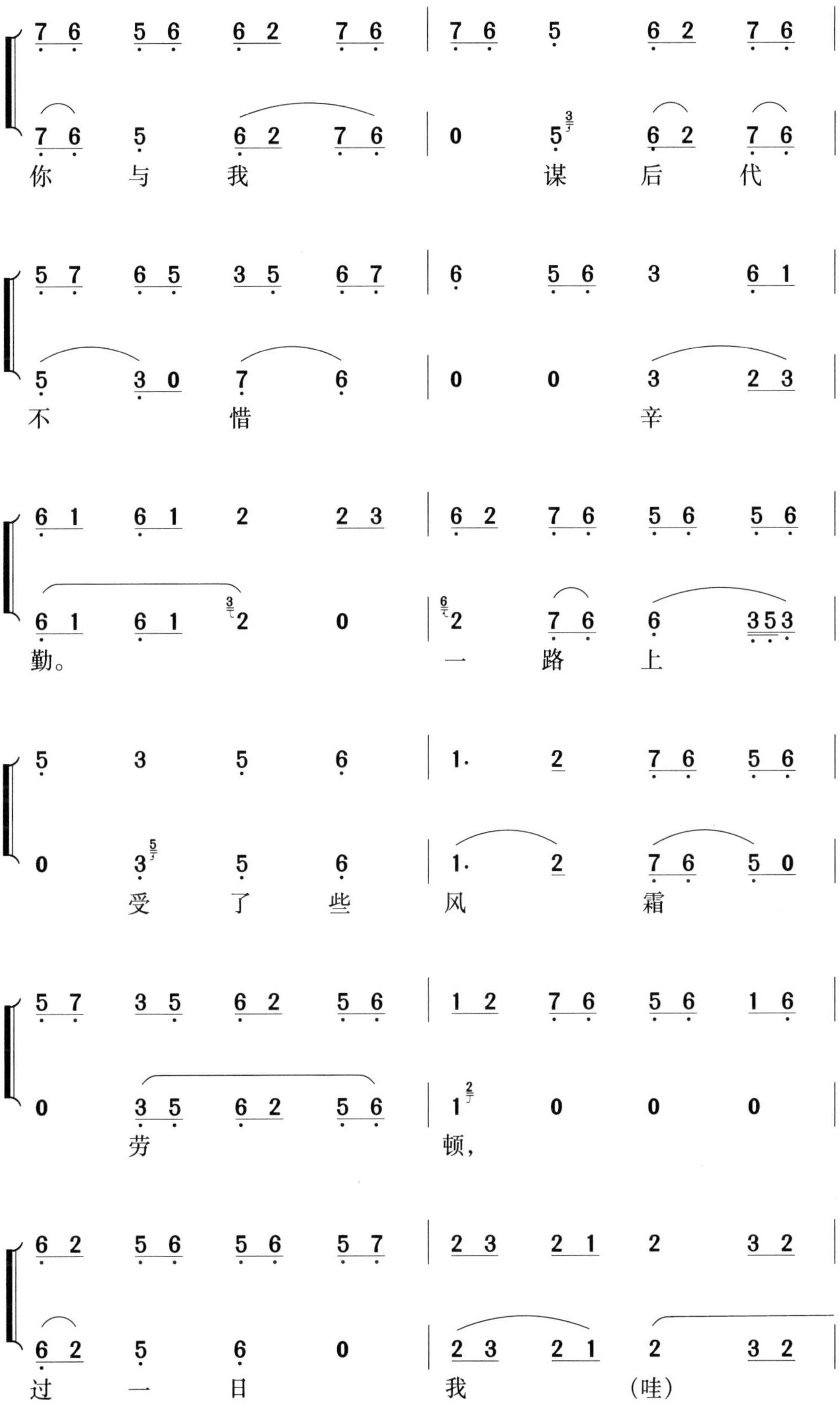
你 与 我 谋 后 代
不 惜 辛
勤。 一 路 上
受 了 些 风 霜
劳 顿，
过 一 日 我 (哇)

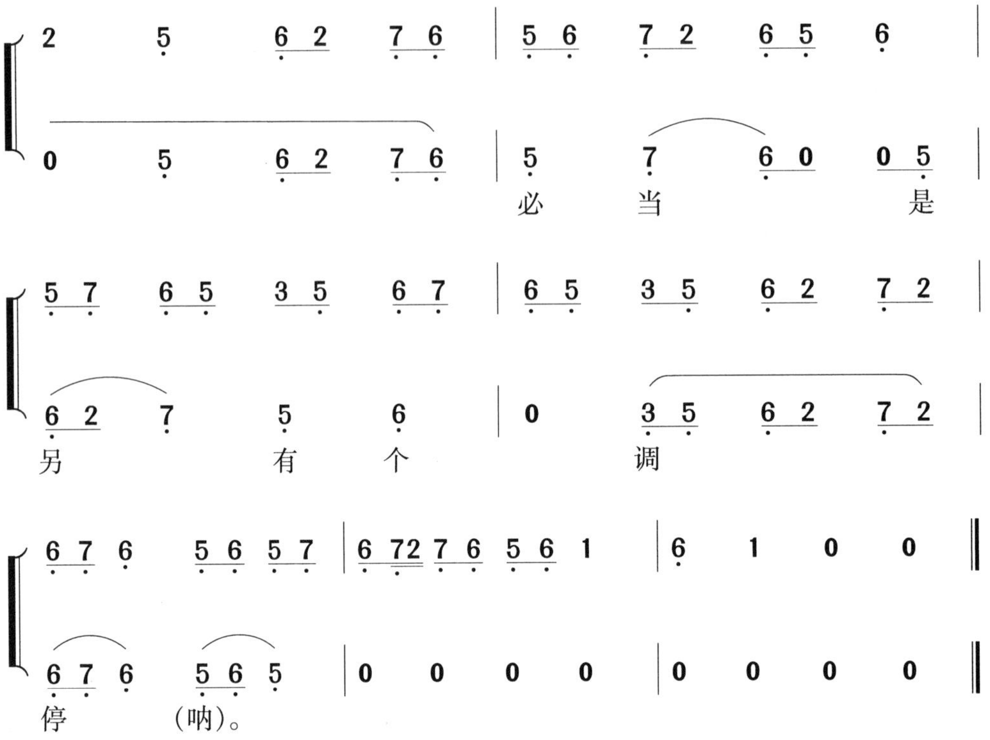

吴惠泉 哎呀，岂敢，岂敢！

〔（**大 大 大 多罗. 大台**）吴惠泉站起，招呼韩玉印过来，右手搂其肩膀。

吴惠泉 上面坐的就是你的爹爹，你要大礼参拜呀！

韩玉印 是。

〔吴惠泉转身归座；韩玉印跪拜。

韩玉印 爹爹请上，受孩儿大礼参拜。

韩廷凤 呃……好，好，好！不用拜了，起来，起来！（笑）呵呵呵……（站起）儿呀，（**大 大 大 大 大 多罗. 大台**）见过你吴大爷。

韩玉印 （作揖）参见吴大爷。

吴惠泉 少礼，少礼。一旁坐下。

韩廷凤 （笑）呵呵呵……

〔**【小锣二击】**玉印归座。

吴惠泉 啊，大老爷，我离家日久，刚刚回来，未曾回家，又恐我那妻子惦念，（离座，拱手）我要告辞了。

韩廷凤 （离座）是呀，吴大哥离家日久，恐怕你家大娘子在家盼望你呢！哈哈哈……

吴惠泉 哎呀，取笑了！告辞！（**台**）

韩廷凤 儿呀，送过吴大爷。

韩玉印 是。送吴大爷。（**台**）

〔吴惠泉领韩玉印出门。

吴惠泉 免礼了。今后在你爹爹身旁，多要尽些个孝道的才是呀！我要去了哇！

韩玉印 是。（**台**）

〔韩玉印归“小边”。吴惠泉往“下场门”走，韩廷凤出门招呼。

韩廷凤　哎……吴大哥请转，吴大哥请转！

吴惠泉　（回来）大老爷何事呀？

韩廷凤　明日我父子要登门叩谢。

吴惠泉　哎呀，这就不敢哪！

韩廷凤　使得的，使得的！

吴惠泉　不敢，不敢……

〔（**大大大大大台**）二人各转身往回走，吴惠泉转身招呼韩廷凤。

吴惠泉　啊，大老爷请转哪！

韩廷凤　吴大哥何事？

吴惠泉　明日我夫妻还要登门叩贺。

韩廷凤　哎呀呀，不敢当，不敢当！

吴惠泉　要吃大老爷你一杯喜酒呢！

韩廷凤　还要备齐送去。

吴惠泉　登门叩贺，登门叩贺！

〔二人各转身往回走，又同时转身互相招呼。

韩廷凤
吴惠泉　（同时）啊、啊、啊……（**台**）（互相拱手）哈哈哈……（**台**）

吴惠泉　告辞了，告辞了！

〔【**小锣五击**】吴惠泉左转身，“下场门”下。韩廷凤右转身往回走。韩玉印迎上，施礼。

韩玉印　啊爹爹！

韩廷凤　（欢悦地答应）哎！（大笑）啊、哈哈哈……（拍手）好哇！（**台**）啊，儿呀，随我进来。哈哈哈……

〔【**小锣五击**】韩廷凤搂着玉印一同进门。

韩廷凤　一旁坐下。

韩玉印　告坐。（坐“小边”跨椅）

韩廷凤　（坐“小座”）待我细问一回。

〔二黄原板〕

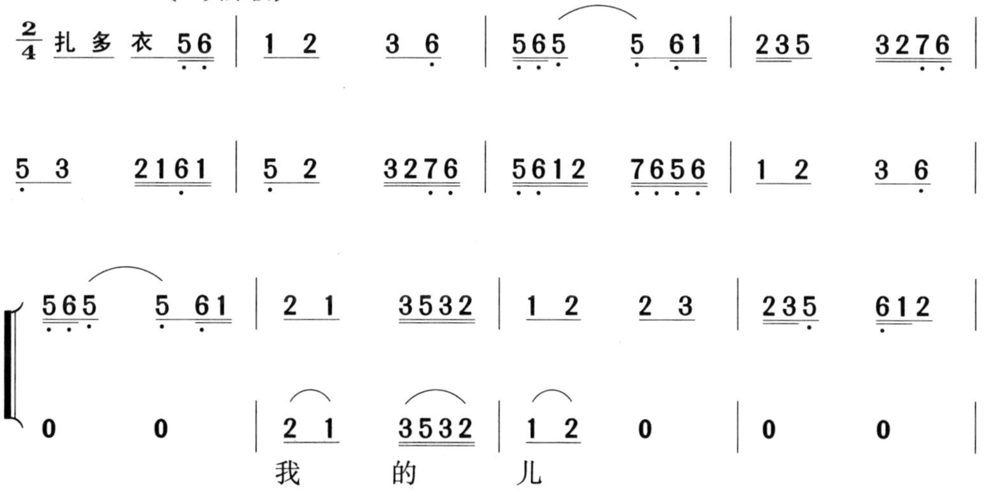

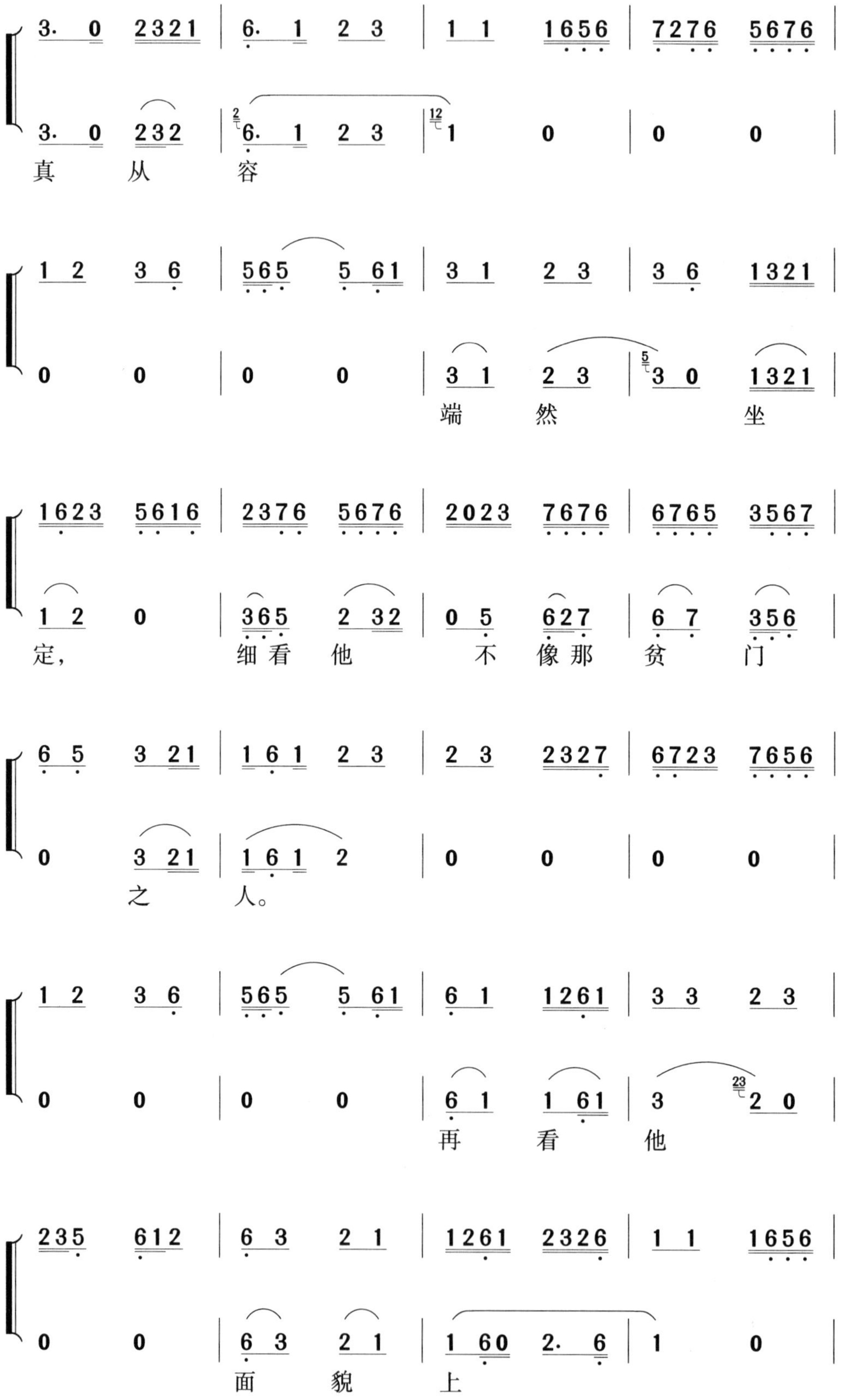
真 从 容
端 然 坐
定， 细 看 他 不 像 那 贫 门
之 人。
再 看 他
面 貌 上

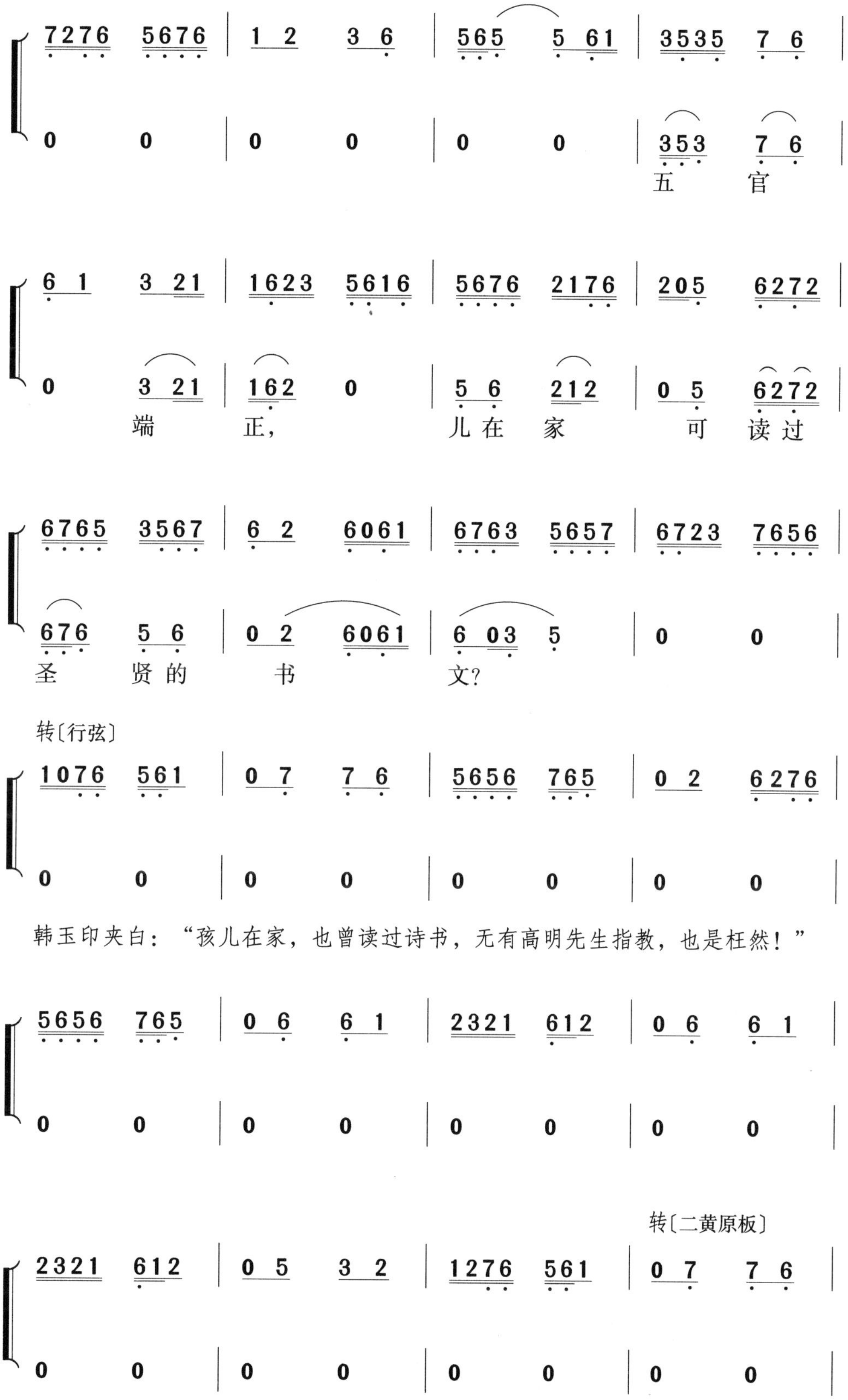
五 官
端 正，
儿在 家
可 读过
圣 贤的 书 文？
转〔行弦〕
韩玉印夹白：“孩儿在家，也曾读过诗书，无有高明先生指教，也是枉然！”
转〔二黄原板〕

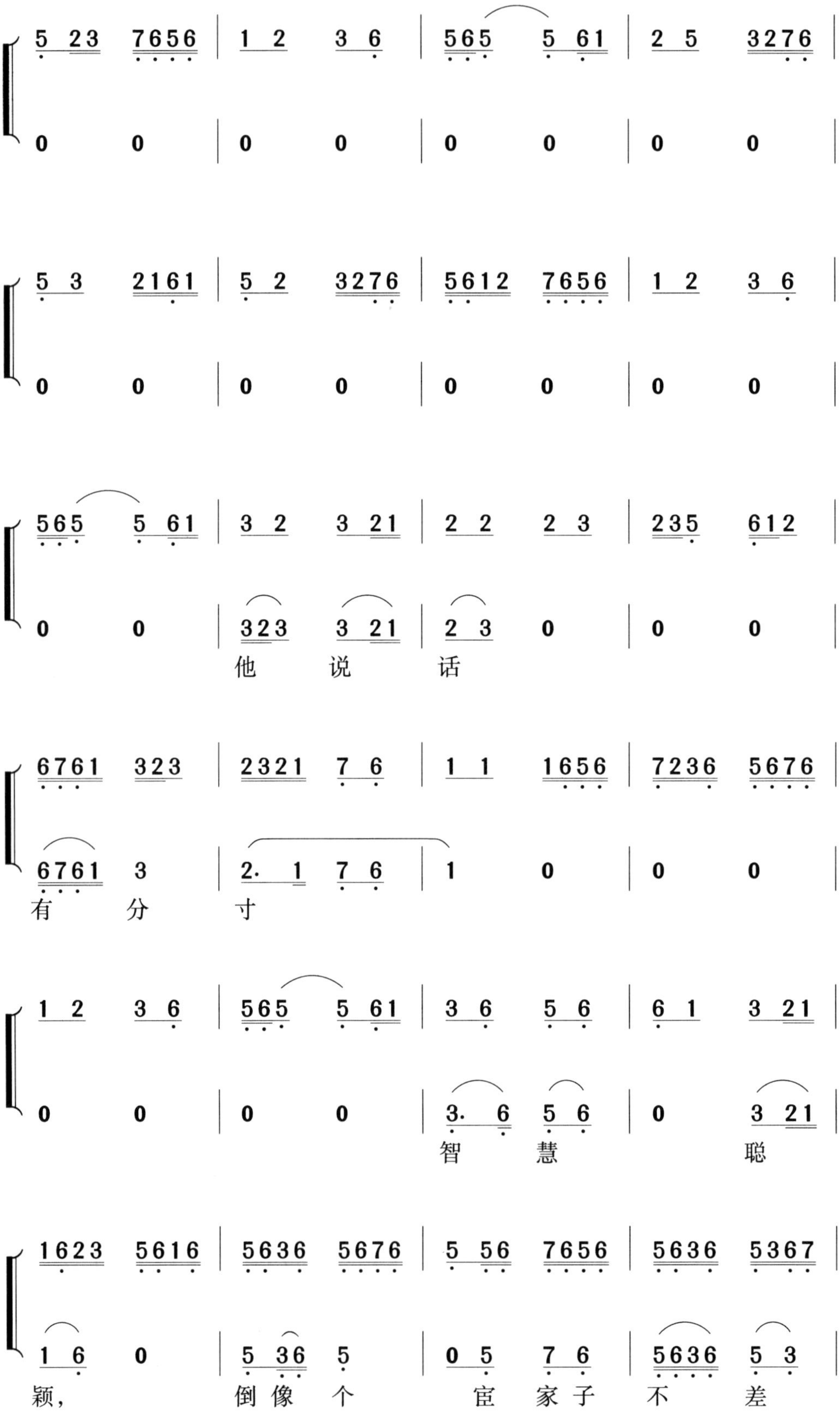
他 说 话
有 分 寸
智 慧 聪
颖， 倒 像 个 宦 家 子 不 差

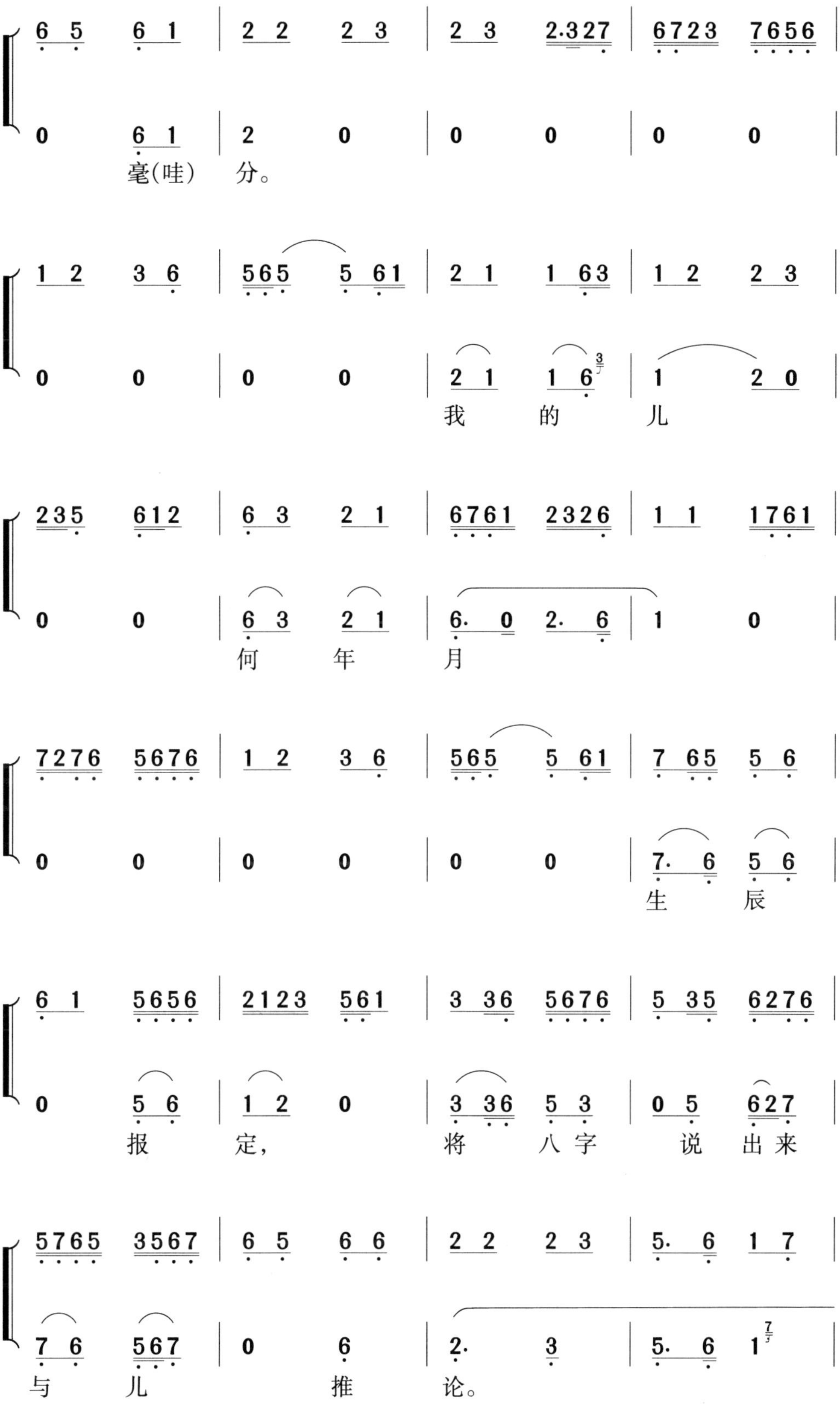
毫(哇) 分。
我 的 儿
何 年 月
生 辰
报 定, 将 八 字 说 出 来
与 儿 推 论。

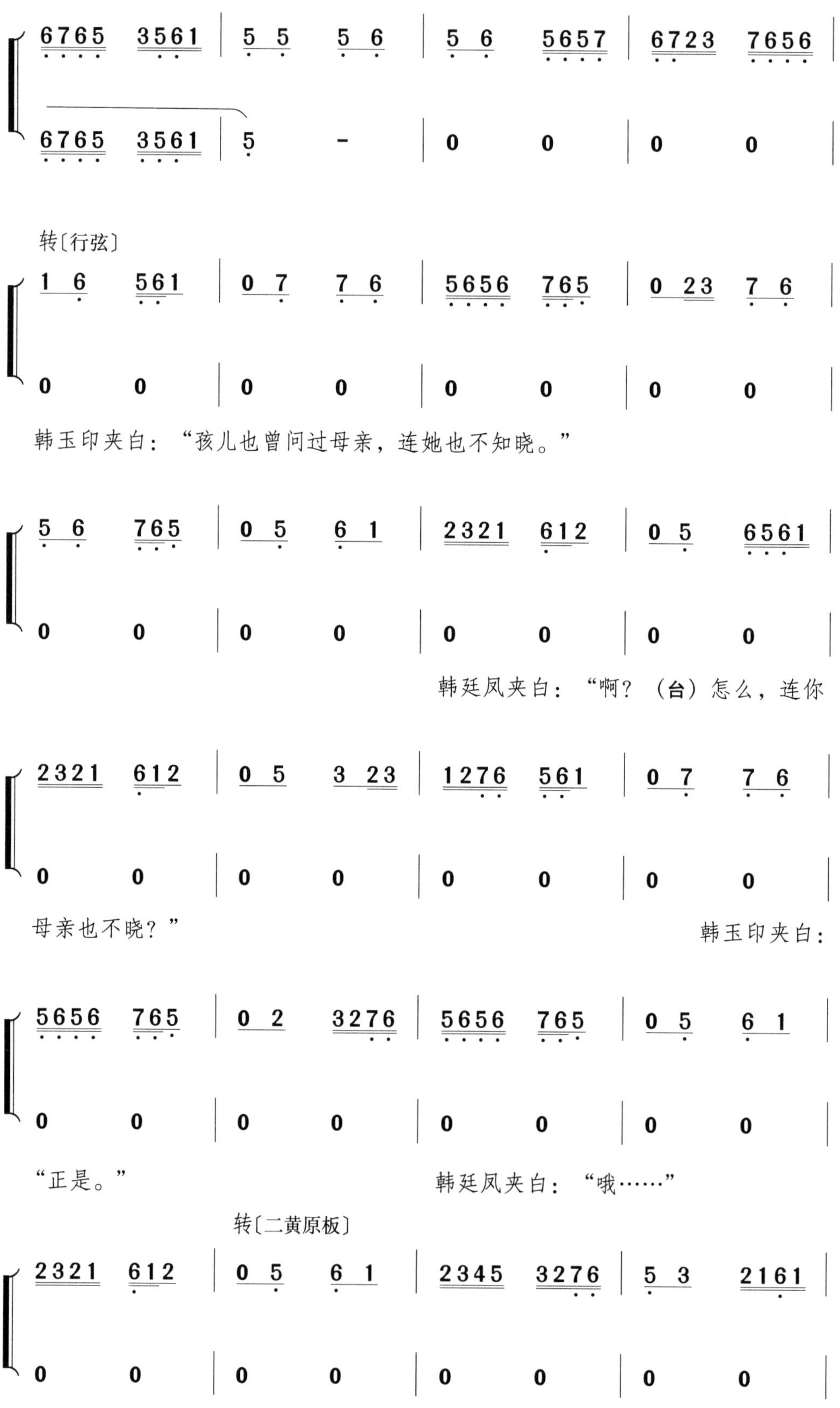
转〔行弦〕
韩玉印夹白："孩儿也曾问过母亲，连她也不知晓。"
韩廷凤夹白："啊？（台）怎么，连你
母亲也不晓？"
韩玉印夹白：
"正是。"
韩廷凤夹白："哦……"
转〔二黄原板〕

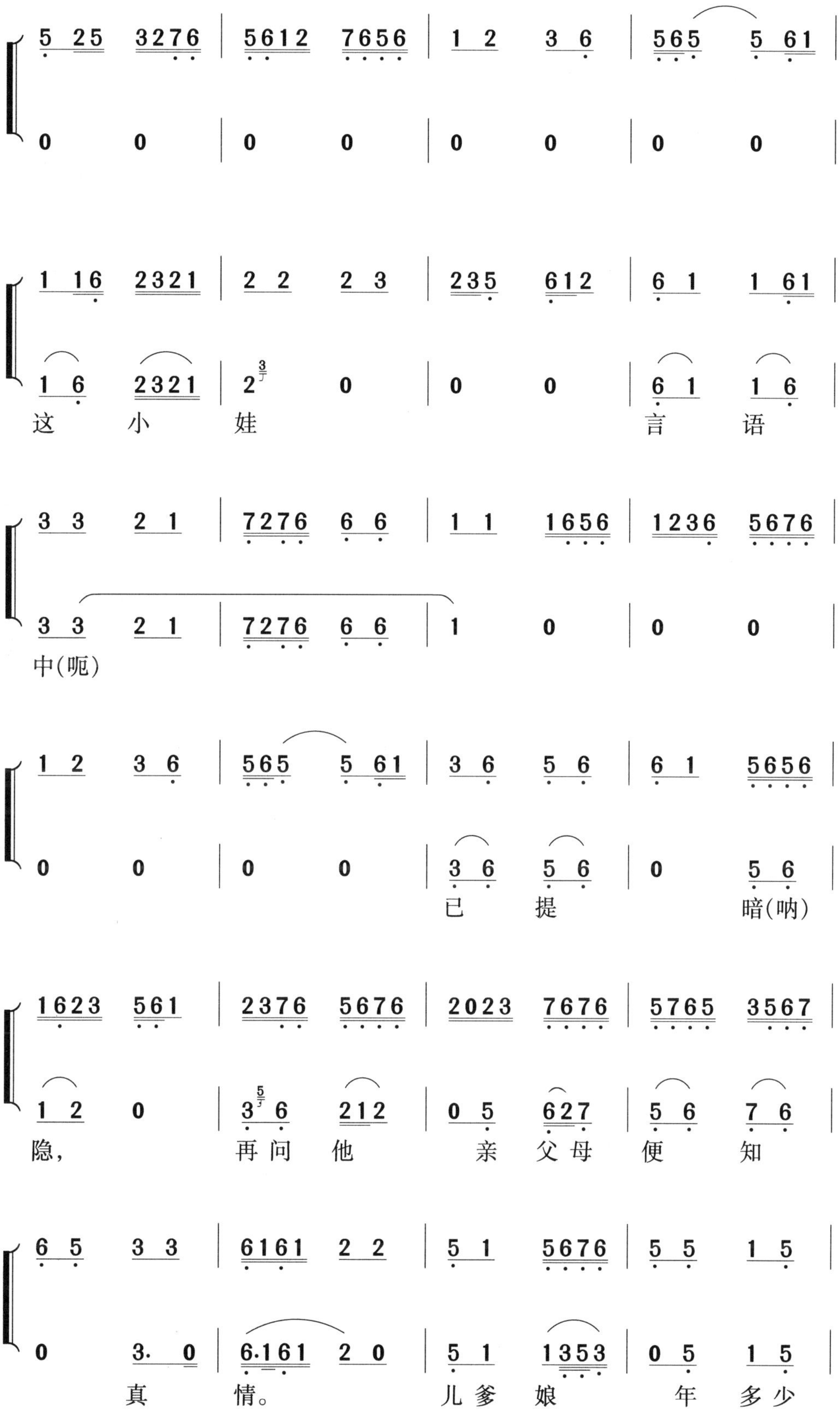
这 小 娃 言 语
中(呃)
已 提 暗(呐)
隐，再 问 他 亲 父 母 便 知
真 情。儿 爹 娘 年 多 少

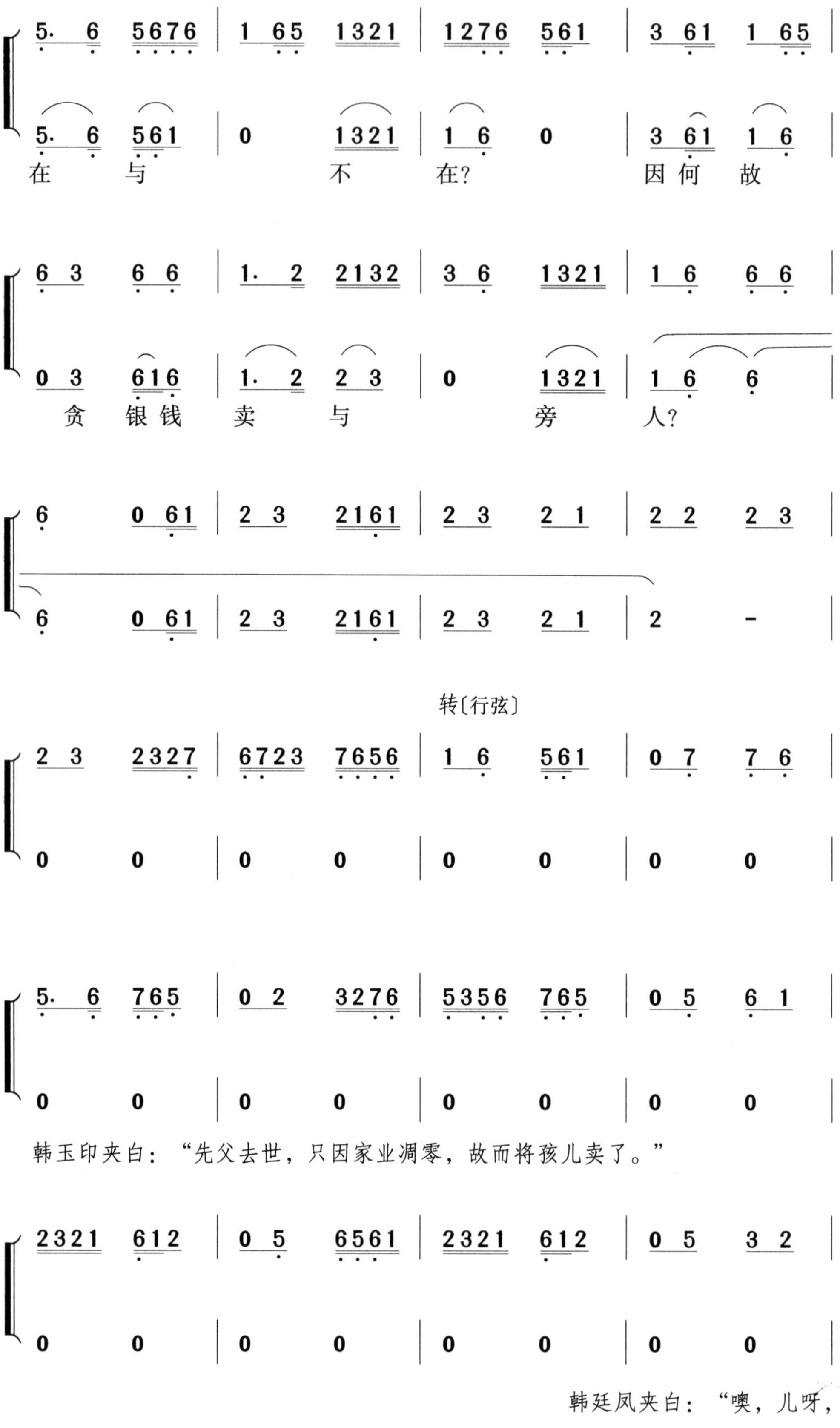
在 与 不 在？ 因 何 故
贪 银 钱 卖 与 旁 人？
转〔行弦〕
韩玉印夹白：“先父去世，只因家业凋零，故而将孩儿卖了。”
韩廷凤夹白：“噢，儿呀，

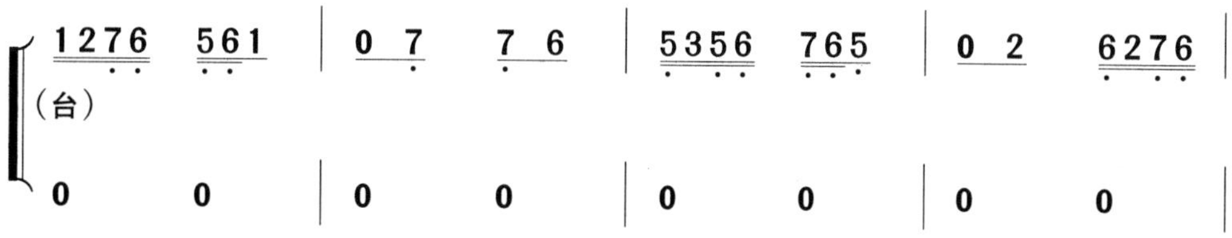

我来问你，你今年多大年纪了？”

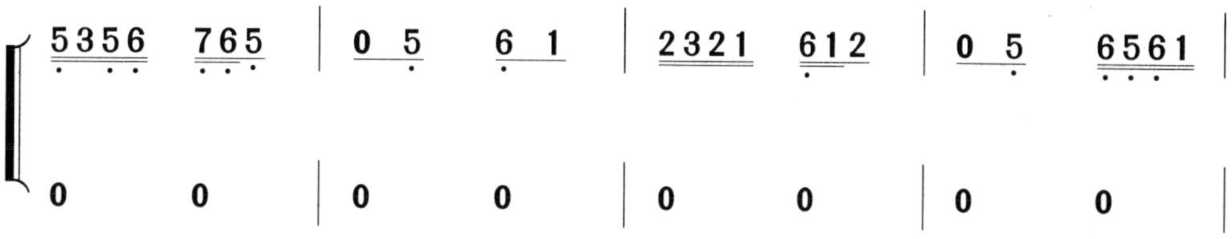

韩玉印夹白：“一十三岁。”

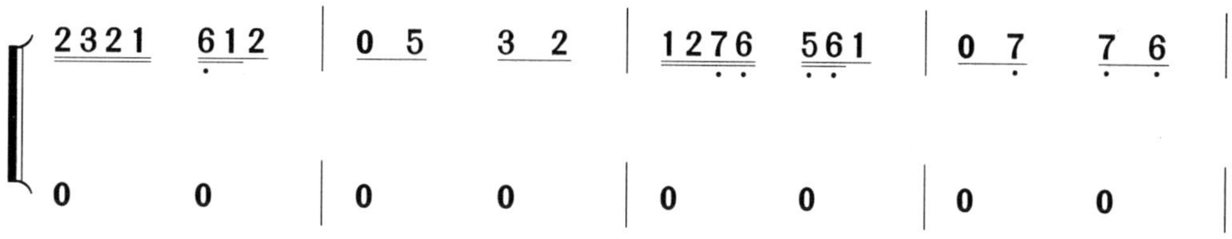

韩廷凤夹白：“噢，一十三岁，你那母亲呢？”

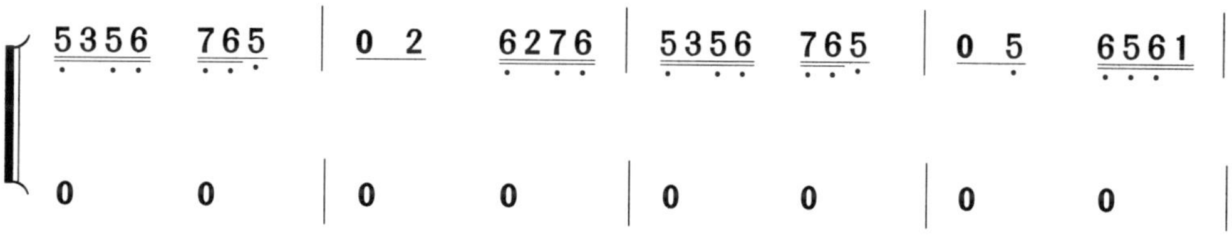

韩玉印夹白：“七十有余。”　　韩廷凤夹白：“啊？

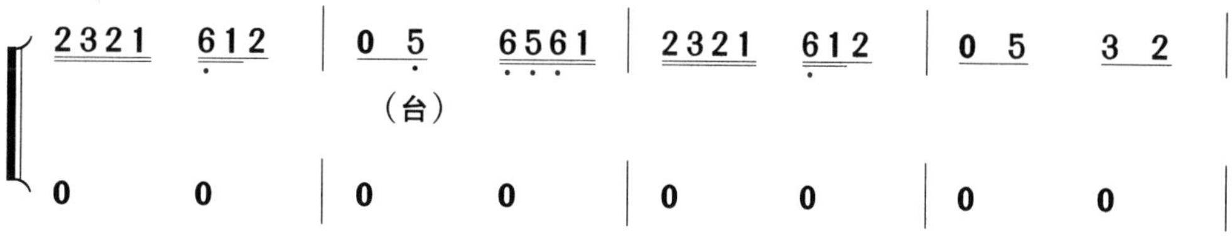

怎么，你今年将将一十三岁，你那母亲七十有余？”

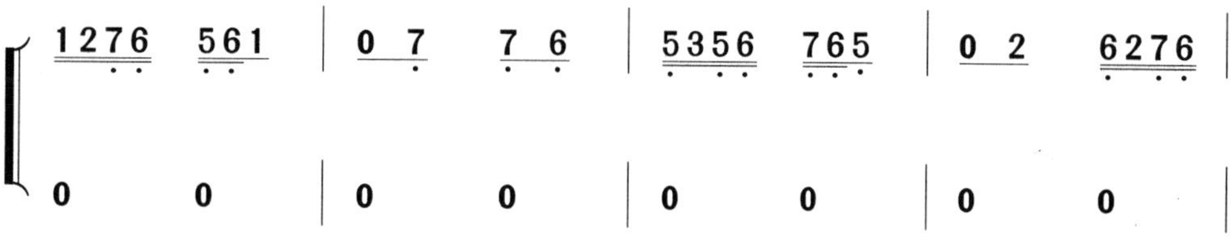

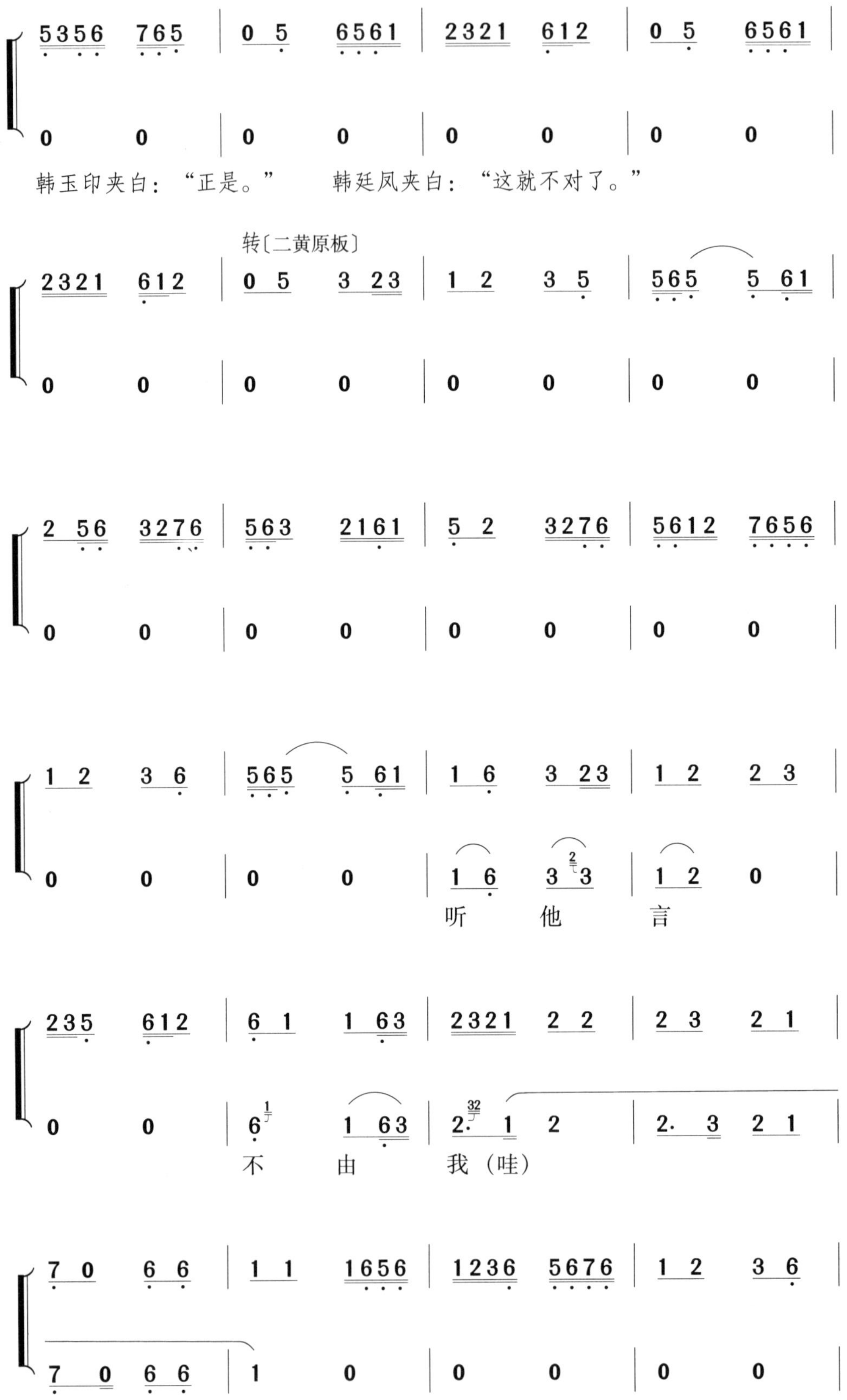
韩玉印夹白：“正是。” 韩廷凤夹白：“这就不对了。”
转〔二黄原板〕
听 他 言
不 由 我（哇）

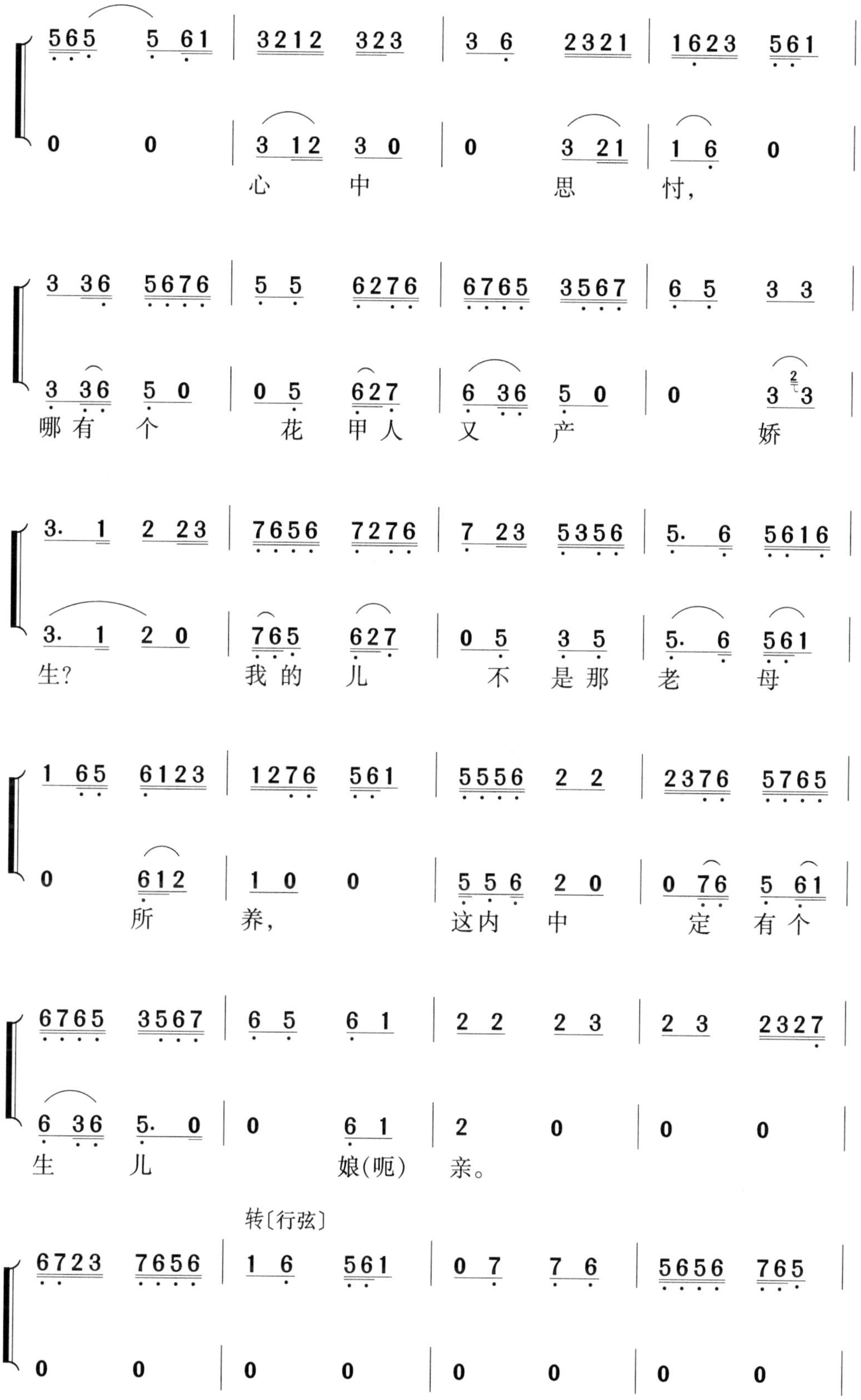

韩玉印夹白：“孩儿倒想起来了，那日，老妈妈卖我时节，是她言说，我不是

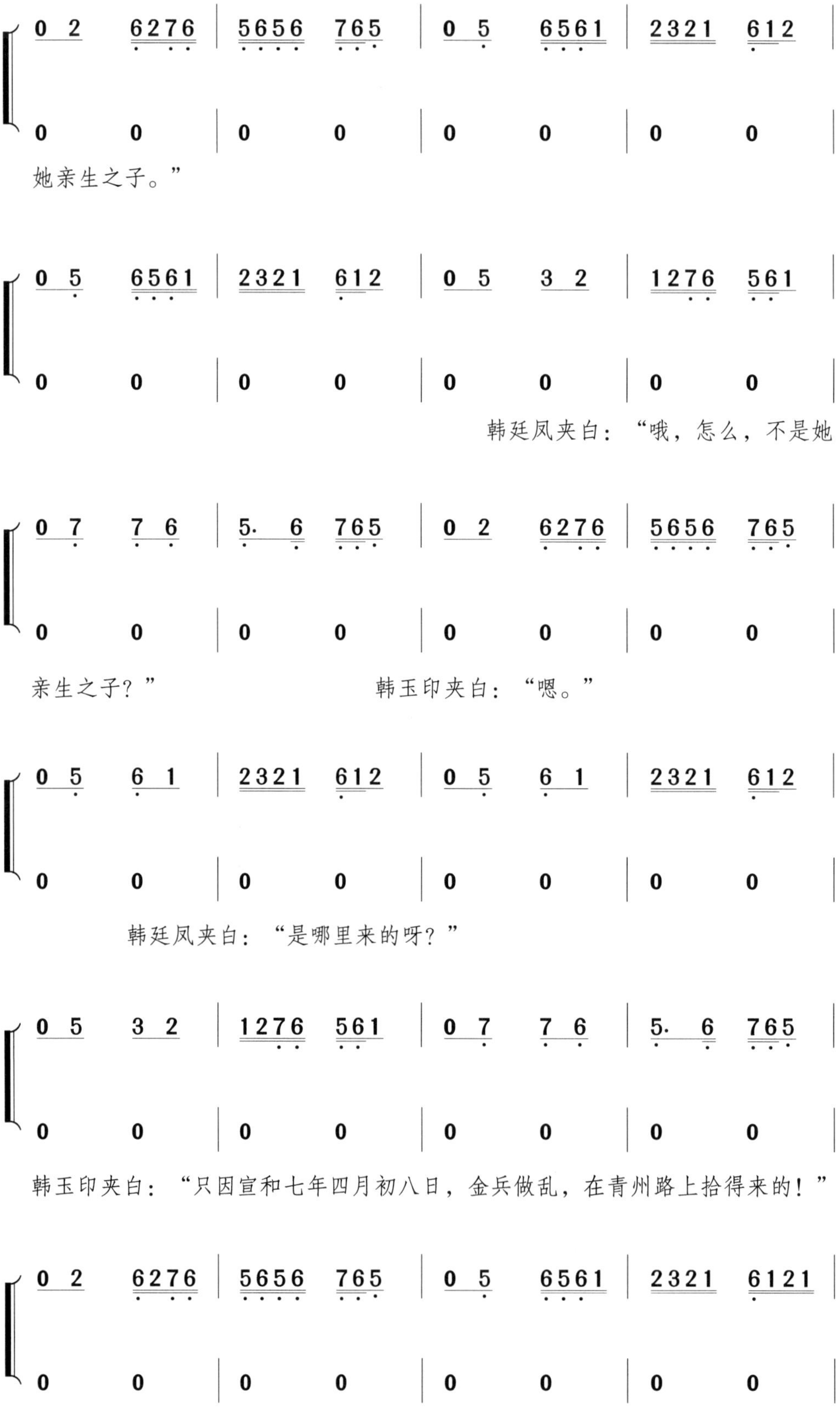
她亲生之子。”
韩廷凤夹白：“哦，怎么，不是她
亲生之子？”
韩玉印夹白：“嗯。”
韩廷凤夹白：“是哪里来的呀？”
韩玉印夹白：“只因宣和七年四月初八日，金兵做乱，在青州路上拾得来的！”

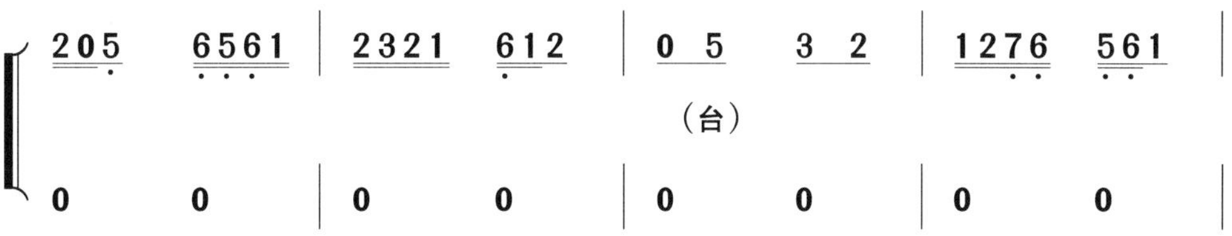

韩廷凤夹白：“哦，怎么？宣和七年四月初八日，金兵做乱，在青州路上拾得的么？”

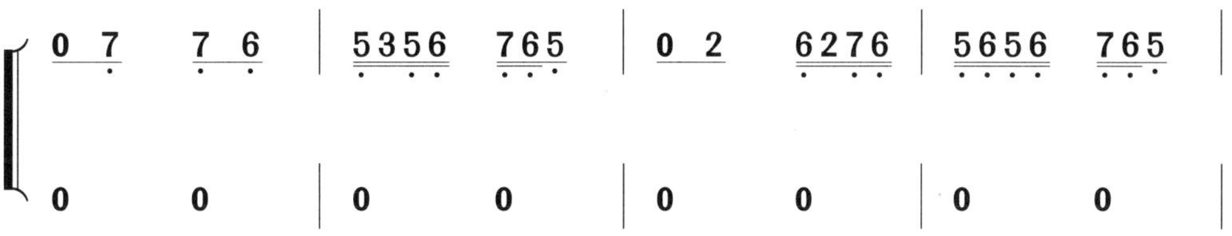

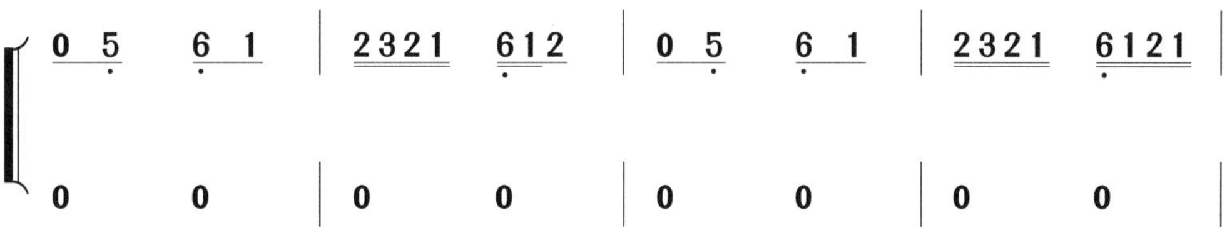

韩玉印夹白：“正是。”

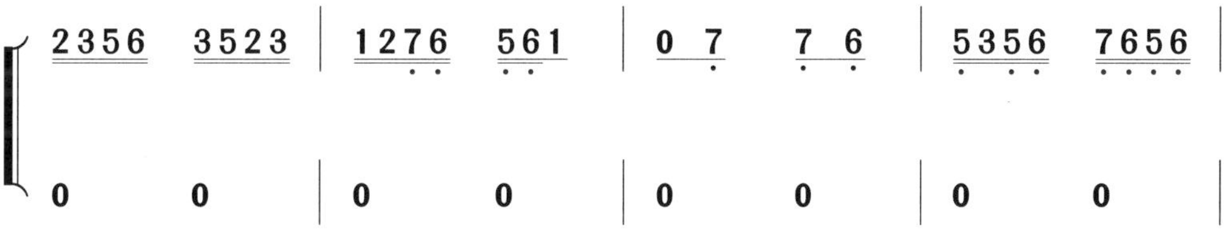

（韩廷凤仔细端详玉印，一惊）

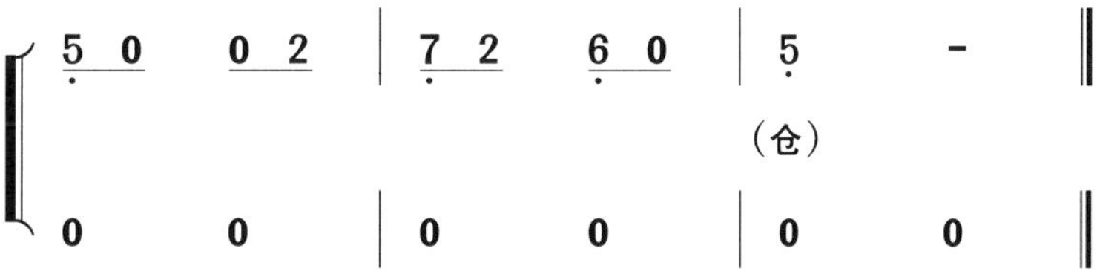

〔韩廷凤站起，抖袖，提袖。

韩廷凤 哎呀！

〔二黄散板〕

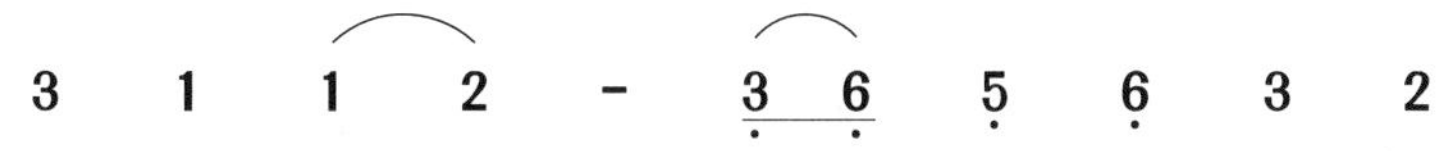

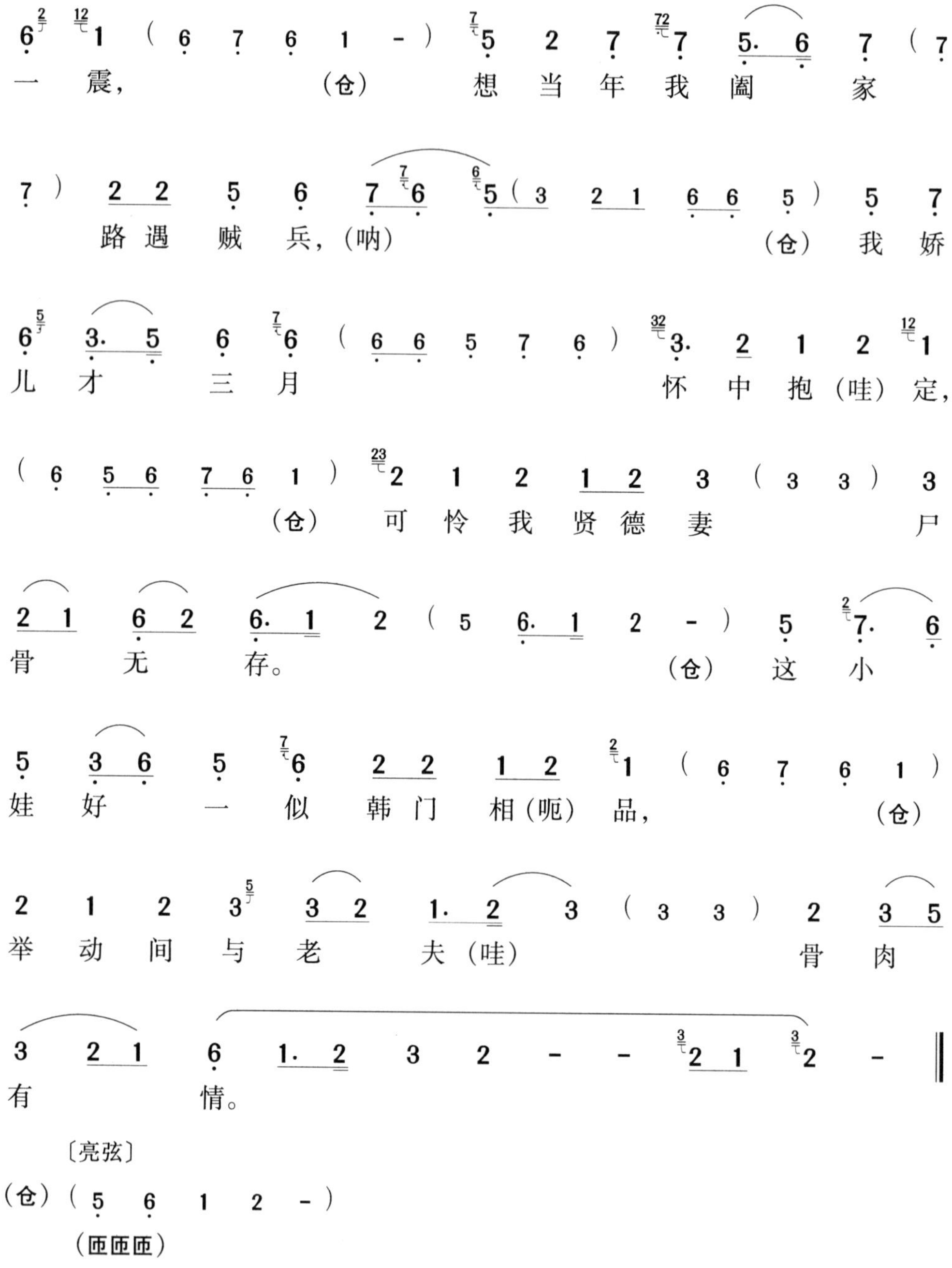
一 震，（仓）想 当 年 我 阖 家
路 遇 贼 兵，（呐）（仓）我 娇
儿 才 三 月 怀 中 抱（哇）定，
（仓）可 怜 我 贤 德 妻 尸
骨 无 存。（仓）这 小
娃 好 一 似 韩 门 相（呃）品，（仓）
举 动 间 与 老 夫（哇）骨 肉
有 情。
〔亮弦〕
（仓）
（匝匝匝）

韩廷凤 有了哇！（抖右袖）

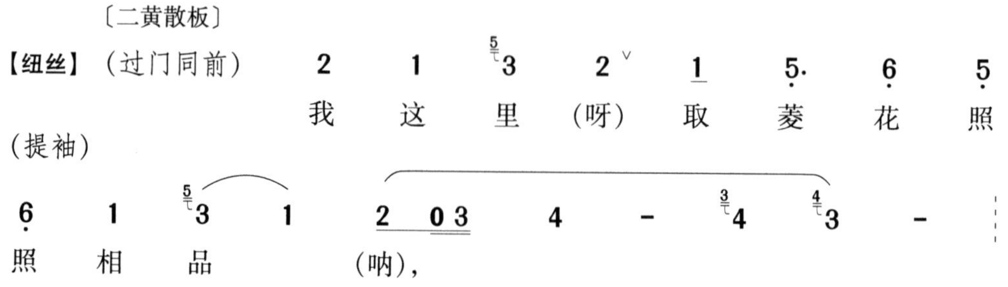
〔二黄散板〕
【纽丝】（过门同前）
我 这 里（呀）取 菱 花 照
（提袖）
照 相 品（呐），

〔【阴锣】韩廷凤退步左转身，右手单撑袖，抬左腿，左手撩帔，“下场门”下。【原场】韩廷凤持镜复上。【撕边一击】用镜子照照自己，【撕边一击】用镜子照照韩玉印，（八仓）韩廷凤右手搂住韩玉印，二人靠紧同照镜。【撕边】

〔亮弦〕

（ 6 1 2 3 - ）

韩廷凤 哎呀！

〔【快纽丝】韩廷凤放开韩玉印，轻抖右袖，提袖，退几步，凝视韩玉印。左转身，面向台口。

〔二黄散板〕

韩廷凤 （过门同前） 2 1 2 2 2 3 1 2 3 2 1 2 ‖
半 像 我 半 像 妻 不 差 毫 分。

〔【住头】韩廷凤将镜子放在桌上，回身至韩玉印身旁。

韩廷凤 为父倒想起一桩心事来了。

韩玉印 什么心事？

韩廷凤 我那亲生之子，落生之时，左足心上有朱砂红痣一颗。你可有哇？

韩玉印 孩儿也有。

韩廷凤 我却不信哪！待为父看来，待为父看来！

〔韩廷凤招呼韩玉印面向台里坐在“小边”跨椅上，看痣。

韩玉印 爹爹请看。【撕边一击】（八仓）

韩廷凤 哎呀，儿呀…… （哭）

〔【乱锤】韩玉印跪在韩廷凤膝下。韩廷凤右手抚摸韩玉印头，左手拭泪。【纽丝】

〔二黄散板〕

韩廷凤 （过门同前） 2 1 3 2 2 7 6 5 5 2 2 1 2
你 是 我 亲 生 子 名 叫 玉(呀)
（指韩玉印）

1 （ 2 1 1 5 6 7 6 1 ） 5 7 7 7 7 6 6 7
印， （仓） 遇 兵 荒 遭 失 散
（双手撒开）

7 6 5 5 6 6 5 - （ 3 2 1 6 6 5 ） 5 7
一 十 二 春。 （仓） 想 娇
（右手抚

6 5 6 5 5 3 2 1 2 1 （ 1 5 6 7 6 1 ） 5
儿 想 得 我 心 神 不（哇） 定， （仓） 想
摸玉印）（抚胸） （摊右掌） （右

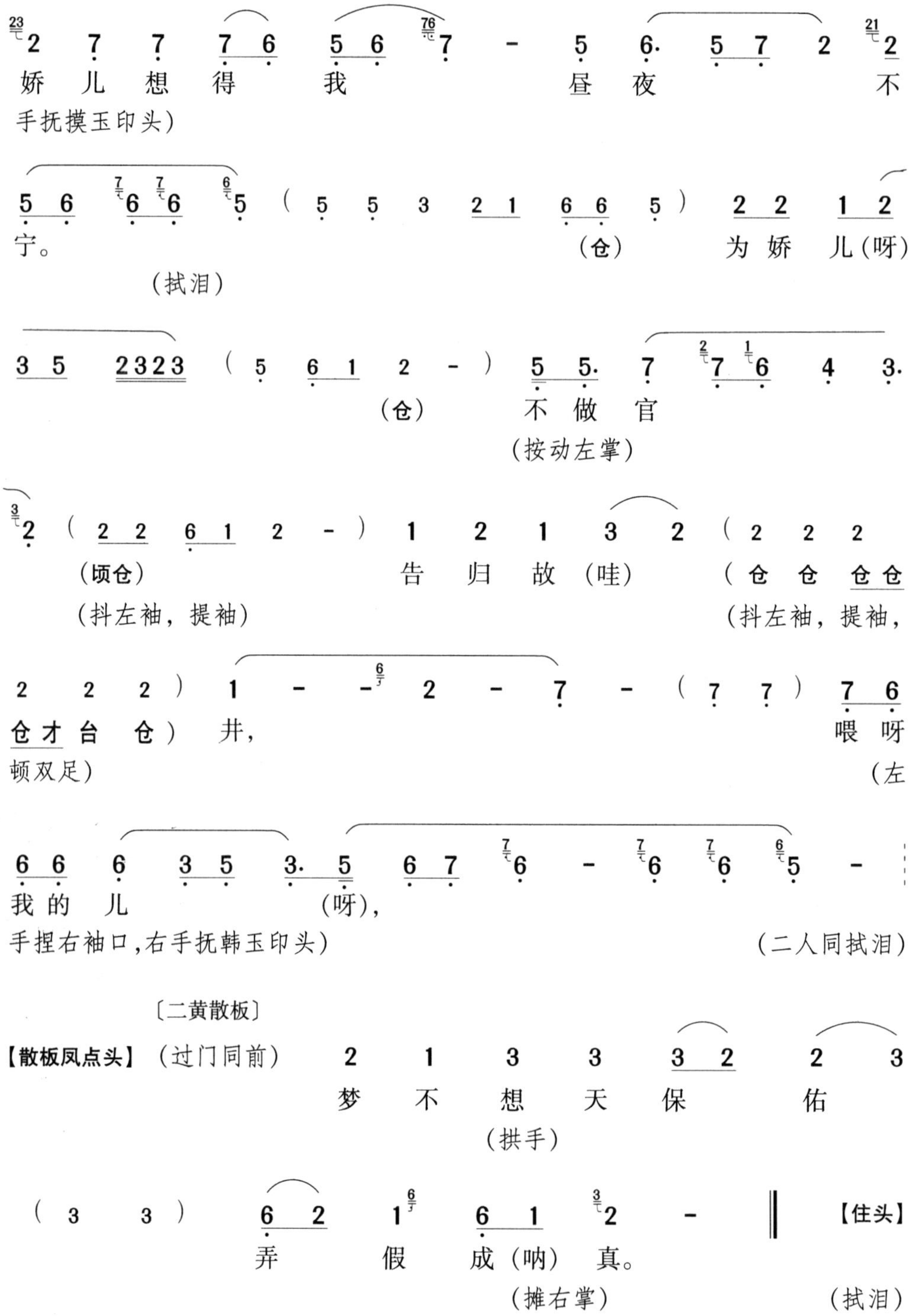

韩玉印 啊爹爹，何不将那老妈妈接进府来，吃碗安乐茶饭？

韩廷凤 好，好，好。就依我儿。随为父到后面歇息去吧。（回身取镜子）正是：（扎）

北地南来西复东，今日骨肉又相逢。（台．大 台）

为父再把菱花照，哎呀儿呀！只怕相逢在梦中。

韩玉印 啊爹爹，青天白日，父子相逢，不是做梦。

韩廷凤 啊？不是做梦？

韩玉印 不是做梦。

韩廷凤 玉印。

韩玉印 我父。

韩廷凤 我儿。

韩玉印 爹爹。

韩廷凤 随为父的来呀，啊哈哈哈……

〖唢呐吹奏曲牌<尾声·合头>韩廷凤右手拉住韩玉印左转身“下场门”下。落大幕。

——剧 终

附 录

第四场韩廷凤唱〔二黄原板〕上的演法

〔【小锣抽头】开二幕。场上置“正场桌”、“小座”，备椅两把。烟色绣金团花桌围椅披。

〔【小锣夺头】起〔二黄原板〕过门。韩廷凤“上场门”上，至“九龙口”。“扯四门”。

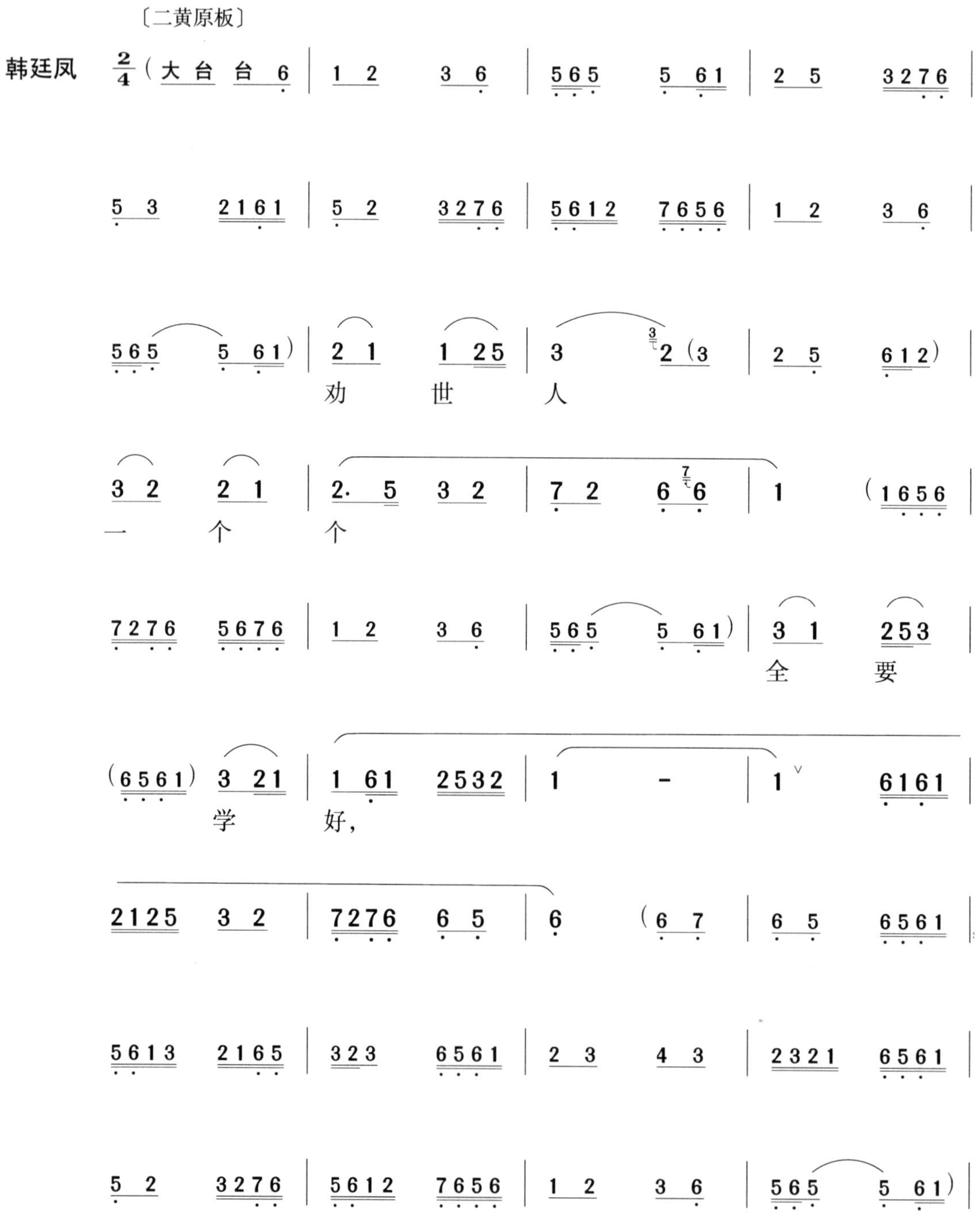

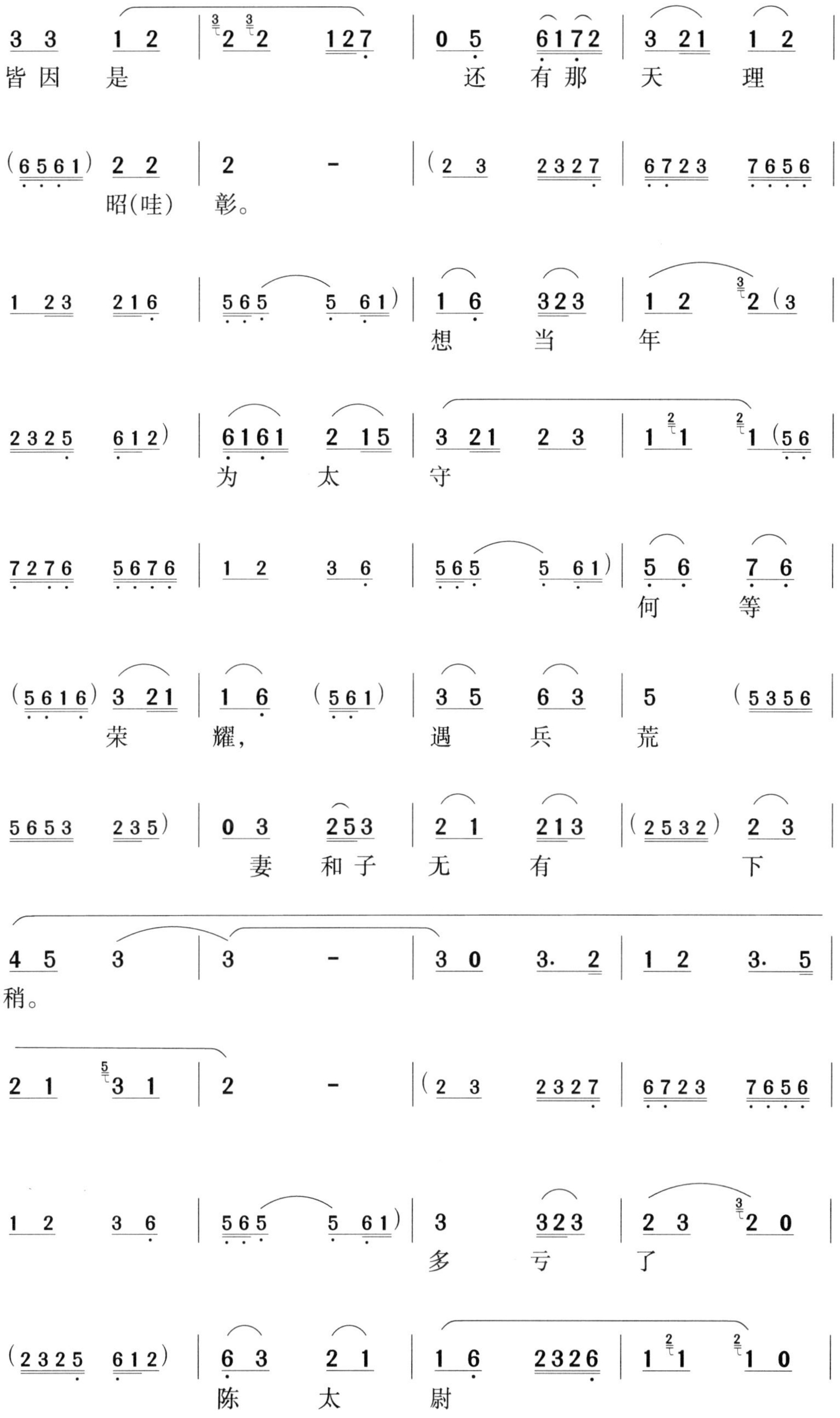
皆因是
还有那天理
昭(哇)彰。
想当年
为太守
何等
荣耀，
遇兵荒
妻和子无有
下
稍。
多亏了
陈太尉

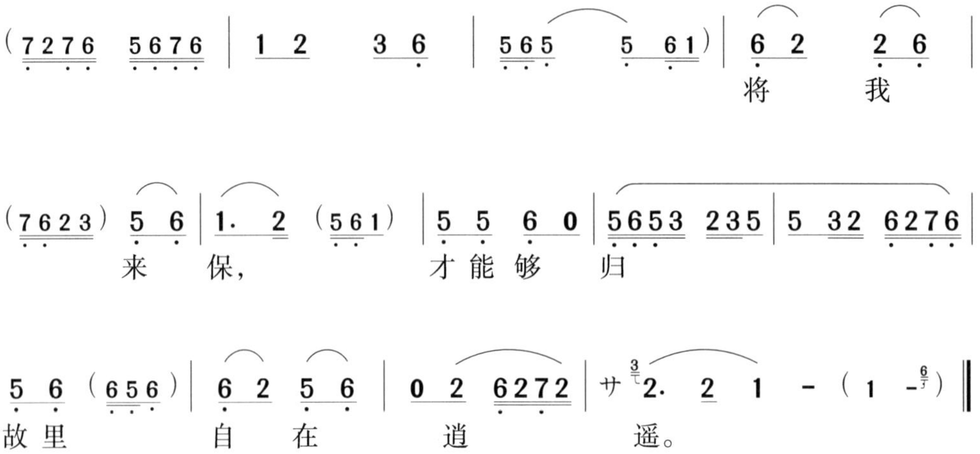

〔【小锣抽头】韩廷凤归“小座”坐。吴惠泉、江氏“上场门”上，至“九龙口”。

哈鸿儒 整理

战太平

谭富英演出本

《战太平》又名《花云带箭》，取材于明代李东阳《花将军歌》及《明英烈》第二十九回。明人张凤翼著《虎符记》传奇，写花云未死，突围之后反将陈友谅射杀。《战太平》故事中主要人物花云在历史上确有其人，《明史》有传，太平城事与该剧大体相符。

元末，天下大乱，群雄并起。花云辅朱元璋侄朱文逊守太平城。北汉王陈友谅与朱元璋争雄，攻打太平城。陈军攻城不克，为花云所败。后定计偷袭采石矶，攻占太平城。花云劝朱文逊突围到金陵争取援兵，但朱文逊贪恋家眷，贻误时机，二人不幸被擒。朱文逊屈膝向陈友谅投降，陈鄙夷其贪生怕死，杀之。花云挺身屹立，宁死不屈，陈友谅反爱其才，用尽方法来劝降，花云始终不为所动。陈友谅将其被绑在高竿乱箭射之，逼迫他投降。花云挣脱绳索，跳下高竿，夺刀奋战，终因体力不支，横刀自刎而死。

《战太平》早年王九龄、杨月楼常演。谭鑫培早年在三庆班搭班，当武行头，以演武生戏为主。但他醉心于老生戏，嗓音恢复后，逐渐向老生行当发展。由于他身材不高，面容清瘦，不适合演王帽戏，在程长庚的引导下，发挥自己武功好的优势，不少武老生戏，如《战太平》、《定军山》、《南阳关》等都成了他的代表剧目。之后，演《战太平》者，多为谭派传人，如王又宸、恩晓峰、安舒元、言菊朋、余叔岩、谭富英、杨宝森、王少楼等。余叔岩对《战太平》有所发展，形成“余派”的演法，为李少春、陈大濩等所继承。谭富英演《战太平》也有新意，形成新“谭派”的路子，谭元寿为传承人。现代京剧舞台上的《战太平》脱离不开这两个流派。当今的“杨（宝森）派”老生演员也演此剧，基本上是按“余派”路数来演。

《战太平》的音像资料相当丰富。老唱片基本上也是谭、余两派的版本。早期谭鑫培在百代公司录制了一面《战太平》“叹英雄失势入罗网”的唱片，由于思想保守，故意把“我主爷洪福齐天降，刘伯温八卦也平常”移到后面去唱。其他如言菊朋、王又宸、王少楼、夏山楼主留有谭派的《战太平》唱片；余叔岩、李少春、陈大濩留有余派《战太平》唱片。孟小冬有《战太平》说戏的录音；谭富英有《战太平》演出实况录音。可以说这出戏全剧资料还是相当完整的。此次整理本主要依据谭富英 1957 年录音，是“谭派”的演出本。

《战太平》唱段、身段和开打比起其他武老生戏要繁重。唱腔的特点是“三多”：高腔多，拍节自由的板式多，〔快板〕、〔流水〕多。这“三多”对谭富英来说都是他的强项，更难能可贵的是，他结合人物、剧情，创造性地发挥这些强项。《战太平》全剧花云唱四个〔导板〕，都唱高腔，既便是三个〔西皮导板〕，也绝不雷同。谭富英的〔快板〕最受推崇，“游街”、“劝降”、“法场”的〔快板〕唱段使观众得以充分地享受其艺术魅力。“游街”见到孙氏唱“明明认得是孙氏女”七句〔快板〕一口气唱出，如珠落玉盘，表现转瞬间对孙氏的叮咛，非常贴切。“法场”出场的原词显得花云非常颓废沮丧，谭富英改成“花云今日遭毒手，好汉英雄不到头。采石矶与贼斗，中了奸贼小计谋。将身来在法标口，为国一死把名留”。其中的〔快板〕顶着板唱，词句间绝无间隙，一气呵成，唱腔既新颖，又充分表现了花云视死如归的英雄气概。谭富英在高腔众多的《战太平》这出戏里，绝不刻意卖弄自己的好嗓子。像花云回答陈友谅："站的是你老爷叫花云"一句〔散板〕，通常"站的是"都唱"嘎调"得彩，谭富英在此处不唱"嘎调"，重点放在"叫花云"的腔上，唱出了气势，要了个满堂彩。

后人演《战太平》有不少改动，最集中的就是针对"劝降"中"罢罢罢屈膝跪宝帐"一句。不少人认为这有损花云的英雄形象，因而有各种的改动。谭富英对《战太平》进行了多处改动，唯独没改这一句词。笔者认为，元末天下大乱，群雄并起，英雄择主而事，并非过错。再者，在生死关头，一个人选择去死，还是选择求生，必然有一个思考过程，不应受到责难。

说到《战太平》花云的身段，从谭鑫培开始确实有很多精彩之处。如"被擒"时扎靠翻"虎跳"；"游街"时抛锁链，人称"朝天一炷香"……都留给观众很深的印象。花云的几次开打，都很有分寸。第一次对陈友杰，花云得胜，"要枪花"；第二次对陈英豹，"双收"下，花云并非不是对手，被擒是因中计失手，这给末场杀陈英豹埋下一笔；第三次"双刀"对打，力斩陈英豹，终因中箭体力不支而自刎。

哈鸿儒

人物行当

花　云	靠把老生	陈英豹	净
郜　氏	旦	张定边	丑
孙　氏	旦	四蓝龙套	杂
花　安	丑	八北汉兵	武行
朱文逊	小生	二刀斧手	杂
王　渊	小生	二船夫	杂
陈友谅	净	四明兵	武行
陈友杰	净		

服装扮相

花　云　俊扮。荷叶盔、黑三，红蟒、苫肩、玉带、红硬靠、靠绸，红彩裤、厚底靴。（被擒后改甩发、面牌，红龙箭衣，系靠排子、大带；“法场”一场腰两边插箭，头左额插箭）

郜　氏　俊扮。大头、线尾子、点翠头面、草花，浅蓝色绣花帔、褶子、领花、绣花边裙子，彩裤，彩鞋。

孙　氏　俊扮。大头、线尾子、点翠头面、草花，藕荷色绣花帔、褶子、领花，绣花边裙子，彩裤，彩鞋。（装疯后去头面戴草帽圈，穿黑褶子，大腰包）

花　安　丑扮。武生巾，绿花箭衣、黑马褂、大带，红彩裤，朝方靴。

朱文逊　俊扮。紫金冠，浅蓝色绣龙箭衣、明黄马褂、苫肩、大带，粉色彩裤，厚底靴。（被擒后脱掉明黄马褂，甩发、面牌）

王　渊　俊扮。夫子盔，白硬靠、苫肩、靠绸，黑彩裤，厚底靴。

陈友谅　勾白三块瓦。草王盔、翎子、狐尾、黪满，蓝蟒、苫肩、玉带，紫彩裤，厚底靴。

陈友杰　勾黑碎脸。黑蓬头抓髻、大额子、翎子、狐尾、黑扎，黑硬靠、苫肩、靠绸，红彩裤、厚底靴。

陈英豹　勾绿碎脸。豹头盔、翎子、狐尾、黑扎，黑硬靠、苫肩、靠绸，红彩裤，厚底靴。

张定边　勾豆腐块。圆纱、丑三、翎子，红官衣、玉带，红彩裤，朝方靴。

四蓝龙套　俊扮。蓝小板巾，蓝龙套服，黑彩裤，薄底靴。

八北汉兵　俊扮。黑士兵盔，黑士兵衣裤、绣花坎肩、腰箍，薄底靴。

二刀斧手　勾歪脸。红大板巾、单翎子、额子、茨菰叶、牵巾，红剑子手衣、下挎子，红彩裤，薄底靴。

二船夫　俊扮。梢子帽，蓝布箭衣、红卒坎、小大带，黑彩裤，薄底靴。

四明兵　俊扮。红小板巾，灰布侉衣、红绣花卒坎、小大带，灰彩裤，薄底靴。

道具

深色绣金团花桌围	一份	白杆枪	两杆
深色绣金团花椅披	三份	金杆枪	一杆
深色绣金团花大帐	一份	花杆枪	五杆
深绿色绣边桌围	一份	单　刀	六把
深绿色绣边椅披	四份	刽子手刀	两把
浅色绣边桌围	一份	锯齿双刀	一对
浅色绣边椅披	三份	宝　剑	一口
桌　子	三张	马　鞭	六根
椅　子	九把	船　桨	两个
小　凳	一个	弓	四张
山　片	一套	令　旗	一面
标　旗	一堂	人　头	一个
手　杻	两副	锁　链	两条
官　印	一方	惊堂木	一块
文房四宝	一份	喜　神	一个
羽　扇	一把	托　盘	一个
酒　壶	一把	酒　斗	一个

第　一　场

〔【冲头】大幕启。场上置正场桌、“大座”、“大边跨椅”。桌上放官印一方，文房四宝一份。深色绣金桌围椅披。

〔【四击头】陈英豹“上场门”、陈友杰“下场门”（双手提下甲）上。“双起霸”。

〔【大锣归位】陈英豹、陈友杰拉“山膀”，撩靠肚，上步。

陈友杰
陈英豹　（诗）屡屡边关报，

三军紧战袍；（台· 大 台）

大将跨战马，

腾腾（“顺风旗”）【冲头】（“云手”，转身）杀气高。（双托掌）

陈友杰
陈英豹　（“山膀”，搭手）某，【大锣一击】

陈友杰　陈友杰。

陈英豹　陈英豹。【大锣住头】

陈友杰　将军请了。

陈英豹　请了。

陈友杰　主公发兵，你我两厢伺候。（拱手）请。

陈英豹　请。

〔唢呐吹奏曲牌〈水龙吟〉。陈友杰、陈英豹两边分下。

〔四蓝龙套执标旗，四北汉兵左手抱单刀“上场门”上，“大站门”。张定边“上场门”上至正场，抖右袖，提袖，站“大边”。曲牌止。

〔【四击头】【一锤锣】陈友谅端带“上场门”上，一亮，进至“九龙口”，双抖袖提袖，整冠，捋髯，进至正场台口，右手拉左水袖口，左手折水袖遮面。

〈点绛唇〉

陈友谅　サ 6 i 5 4 3　5　2　－　【小锣二击】　2　2　1　2 1　6 1
将　士　英　豪，　儿　郎　虎　豹。

5　－　【小锣三击】　5　5 4　3 5　2　－　【小锣二击】　3 2　1
军　威　浩，　地　动

2 3　5 6　5　－　【小锣三击】（6 5 6 i 5 －）　2 2 1 2　6　1　5 ‖
山　摇。　（白）要把【撕边大锣一击】狼　烟　扫！
（抖左袖，提袖）　（左手端带，右手前指）

〔【冲头】唢呐吹奏曲牌〈水龙吟合头〉陈友谅双抖袖,提袖,整冠,捋髯,一望,(仓)两望,(仓)右转身(八大仓)归"大座"。张定边坐"大边跨椅",四北汉兵、四蓝龙套归"里八字"。陈友杰、陈英豹两边上进帐,面里躬身施礼。

陈友杰
陈英豹 (同)参见主公。

陈友谅 站立两厢。

陈友杰
陈英豹 (同)啊!

〔【大锣归位】陈友杰、陈英豹双手提下甲分站两边。

陈友谅 (诗)忆昔当年赴科场,
天下举子逞豪强。【小锣二击】
借酒独自手挥棒,
才得身居北汉王。①

〔【大锣住头】陈友杰、陈英豹放下甲。

陈友谅 孤,【撕边大锣一击】陈友谅。【住头】自鄱阳湖起义以来,斩关夺寨,势如破竹,看前面已是太平城,正好夺取。大元帅。

陈友杰 在。【撕边大锣一击】

陈友谅 人马可齐?

陈友杰 俱已齐备。

陈友谅 兵发太平城。

陈友杰 ("山膀",至正场)兵发太平城!

众 啊!

〔【回头】【冲头】四蓝龙套、四北汉兵"归正",张定边、陈友谅离座。

〔唢呐吹奏曲牌〈小朱奴儿〉。四蓝龙套带马,陈友谅、张定边、陈友杰、陈英豹扶鞍上马。四蓝龙套、四北汉兵"插门",引陈友杰、陈英豹、张定边打马,"下场门"下。陈友谅打马至"小边",勒马,左转身,举鞭,【回头】陈友谅"下场门"下。闭二幕。

第 二 场

〔【撤锣】开二幕。场上置正场桌。"八字椅"。桌上放令旗一面。浅色绣花桌围椅披。

〔【小锣帽子头】【小锣旦上场】郜氏抱喜神,孙氏右手盖袖"上场门"上。"九龙口"孙氏抖右袖,提袖。二人进至正场。

郜 氏 (念)夫受皇家禄,

孙 氏 (念)妻沾雨露恩。

〔花云"上场门"幕内白:"回府!"四明兵白:"啊!"

---

① 另有一种念法:"幼年举子中皇榜,汉阳兴兵到武昌。药酒毒死徐寿辉,孤称一字北汉王。"

〔郜氏、孙氏互相一望，出门迎接。

〔【冲头】转【大锣水底鱼】四明兵右手托枪，左手提带“上场门”上，站“小边一条鞭”。花安随上叉腰站在四明兵前。花云骑马，左手撩袍“上场门”上，蹉步，举鞭亮相。

〔【大锣水底鱼】花云进至“小边”抡鞭打马，左转身斜鞭勒缰，一望。【回头】一明兵摆“小边跨椅”。

郜　氏
孙　氏　（同）老爷。

〔【大锣原场】花云左转身下马，马鞭交一明兵。挥手。四明兵“上场门”下。花云右转身拱手，郜氏、孙氏让。花云“挖进”站“大边”，郜氏、孙氏“挖进”站“小边”，相互施礼，归座。花云坐“大边椅”，郜氏坐“小边椅”，孙氏坐“小边跨椅”。花安随进门，站“大边”。

花　云　【撕边】（折右袖）可恼！（仓）（翻回右袖，抖袖，提袖）

郜　氏
孙　氏　（同）老爷今日回府，为何这等烦恼？

花　云　（拱手）二位夫人有所不知。今有陈友谅攻打太平城。（拱手）千岁命我带领人马，埋伏闸子口，只是缺少一员能将把守采石矶头，岂不可恼？

郜　氏
孙　氏　（同）啊老爷说哪里话来？食王爵禄，当报王恩。老爷去至将房披挂，待妾身点动人马。

花　云　（拱手）有劳二位夫人。正（呐）是：

〔【住头】花云离座站起，抖右袖，上步，提袖；郜氏、孙氏随花云离座，上步。花安撤“大边跨椅”。

花　云　（念）（右手前指）青龙背上屯军马，（抓右袖，左转身，左手撩袍“下场门”下）

郜　氏
孙　氏　（同念）白虎头上休扎营。

〔【冲头】郜氏、孙氏归正场。郜氏在桌上取过令旗。

郜　氏　花安。

花　安　在呀！（仓）

郜　氏　传令下去，大小三军，全身披挂，二堂听点！（令旗交给花安）

花　安　得令！（出门至台口，举令旗）下面听者！

〔众明兵幕内白：“啊！”（仓）

花　安　夫人有令：大小三军，全身披挂，二堂听点！（摇令旗）

〔众明兵幕内白：“啊！”

〔【冲头】花安转身“下场门”下。郜氏、孙氏转身面向里。

〔二黄导板〕

郜　氏　【大锣导板头】艹（6 5 5 5 5 － 2 － 3 － 2 1 6 6· 6 5 －）6 6· i i －
（二人转身面向前）　在 二 堂

2 －（3 3 2 1 6· 6 5 －）5 5 3 5 2 2 i· 2 7 －
替 老 爷

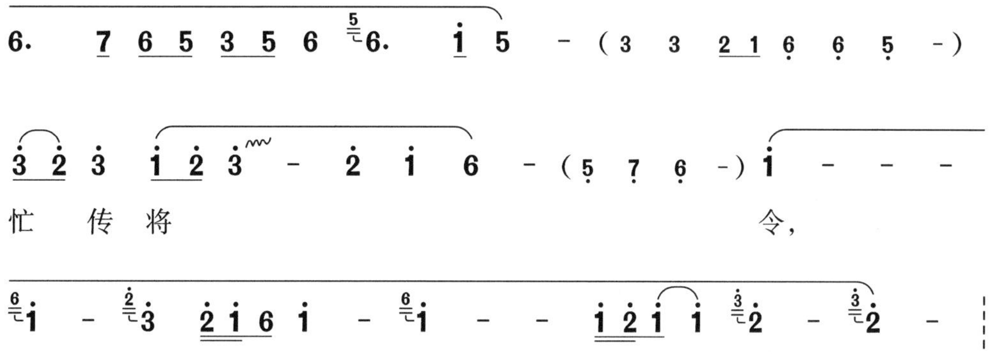

「【冲头】四明兵右手托枪，左手提带两边分上，面里“正场横一字”。

四明兵 （施礼）参见夫人。

郜 氏
孙 氏 （同）站立两厢！

四明兵 啊！（四明兵分站两边）

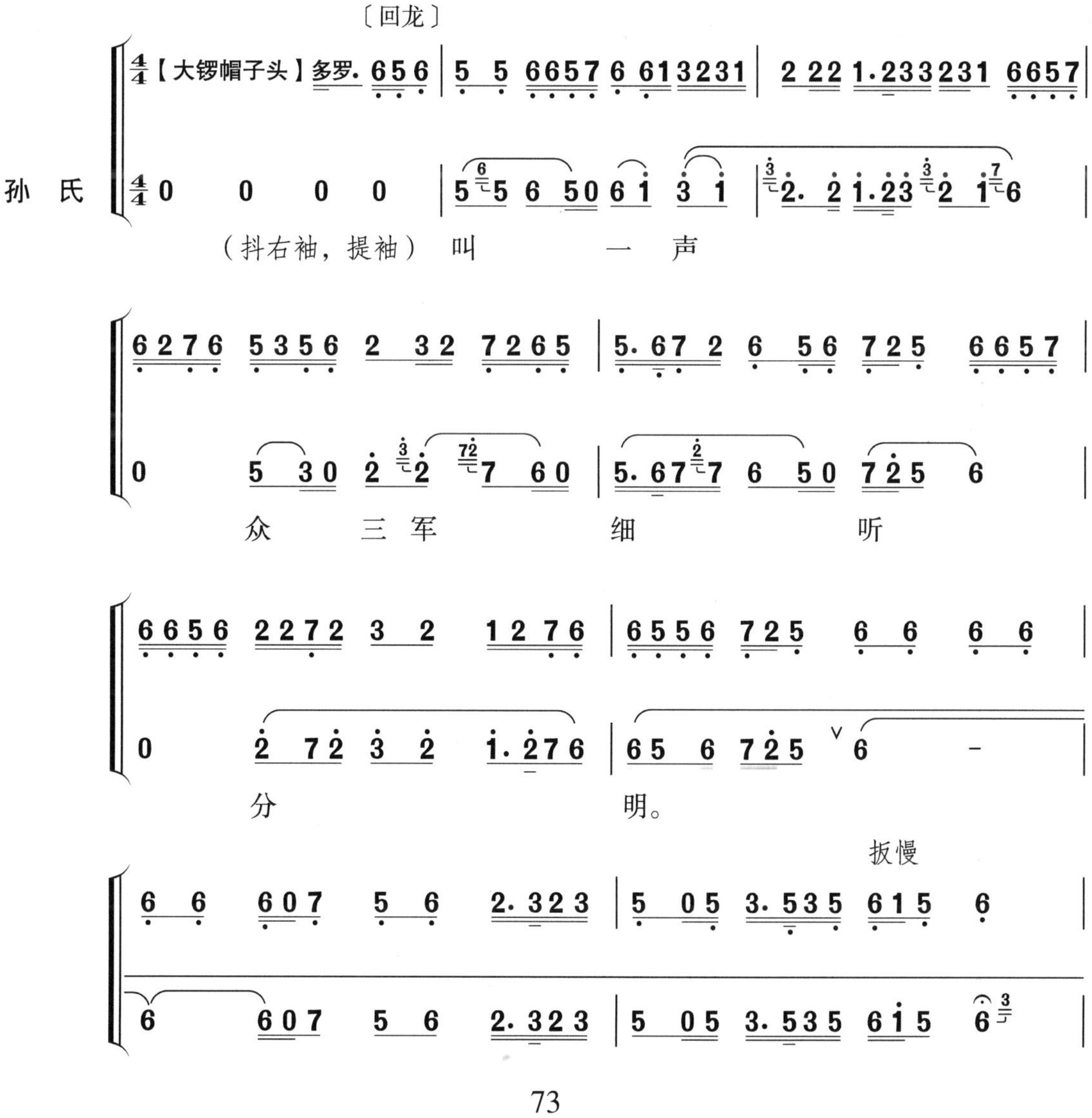

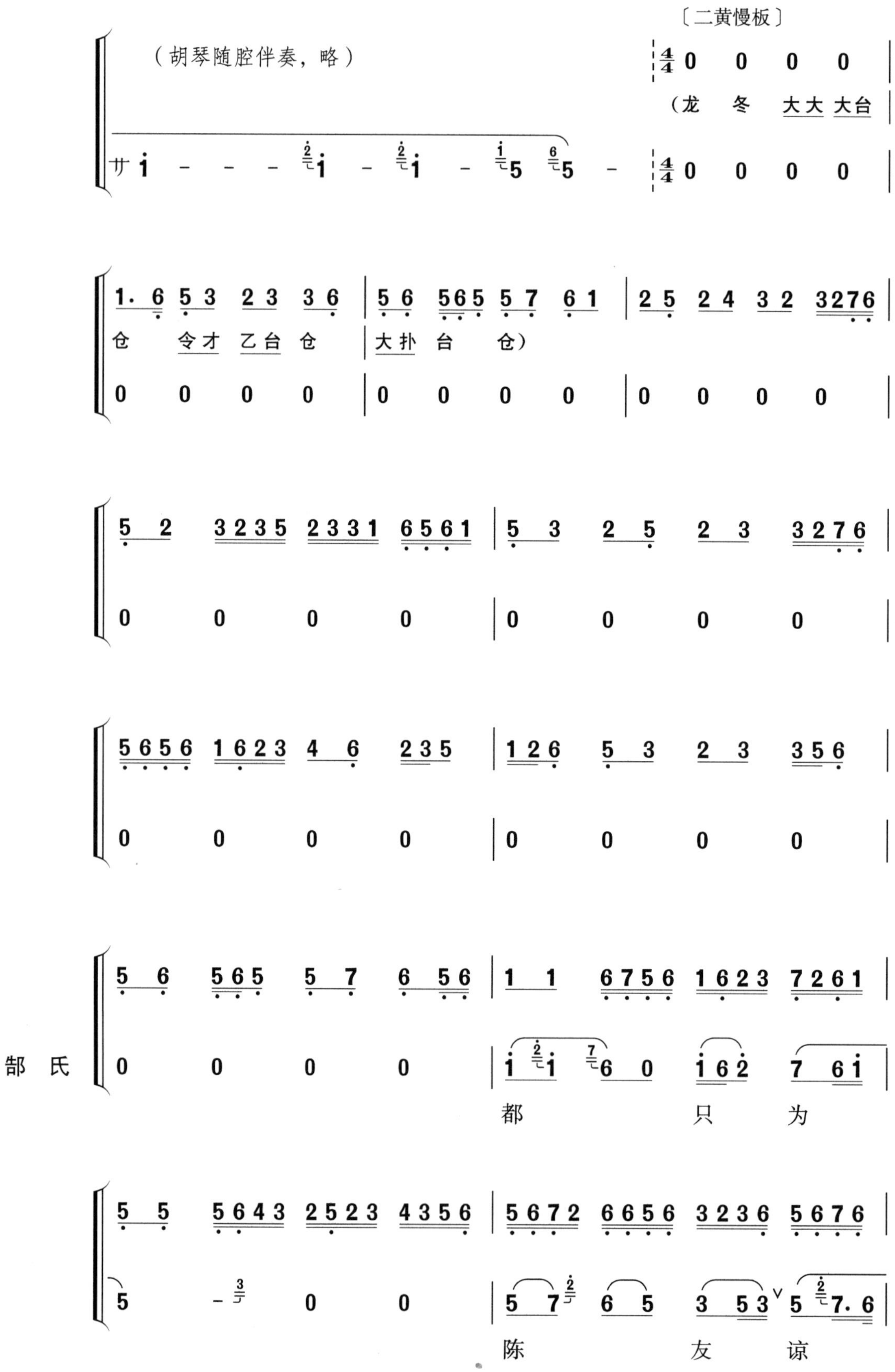
〔二黄慢板〕
（胡琴随腔伴奏，略）
（龙 冬 大大 大台
仓 令才 乙台 仓
大扑 台 仓）
部 氏
都 只 为
陈 友 谅

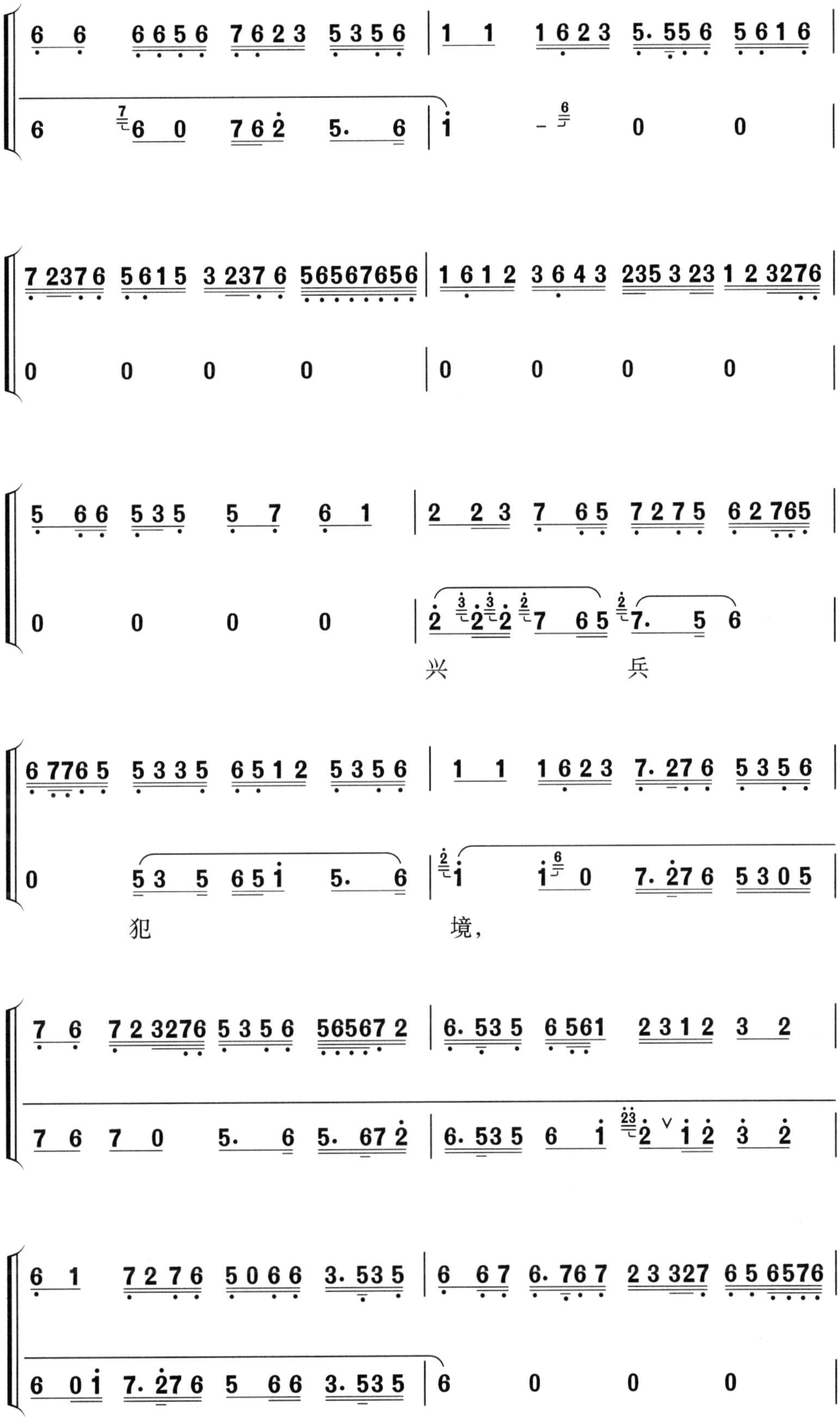
兴
兵
犯
境，

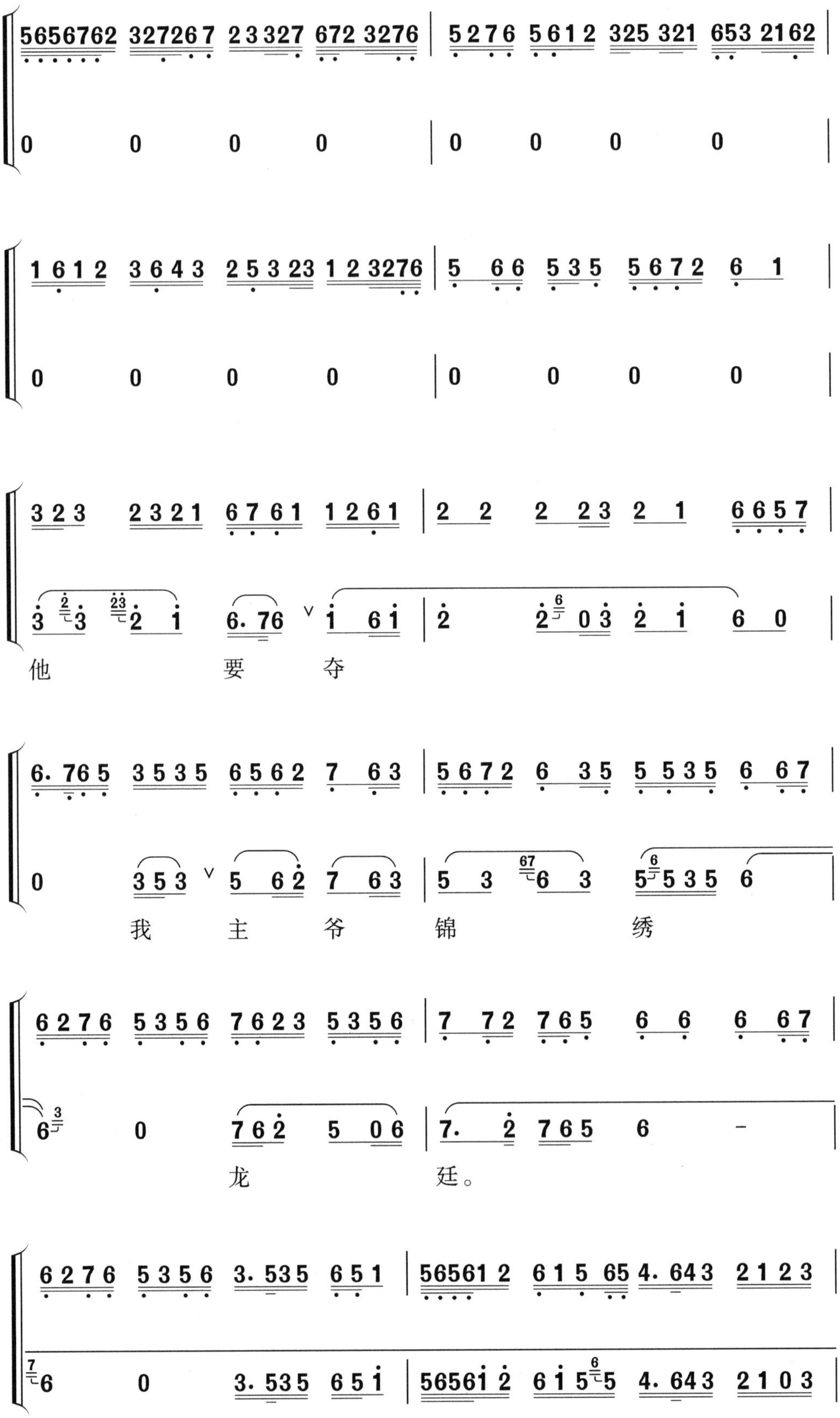
孙氏
他 要 夺
我 主 爷 锦 绣
龙 廷。

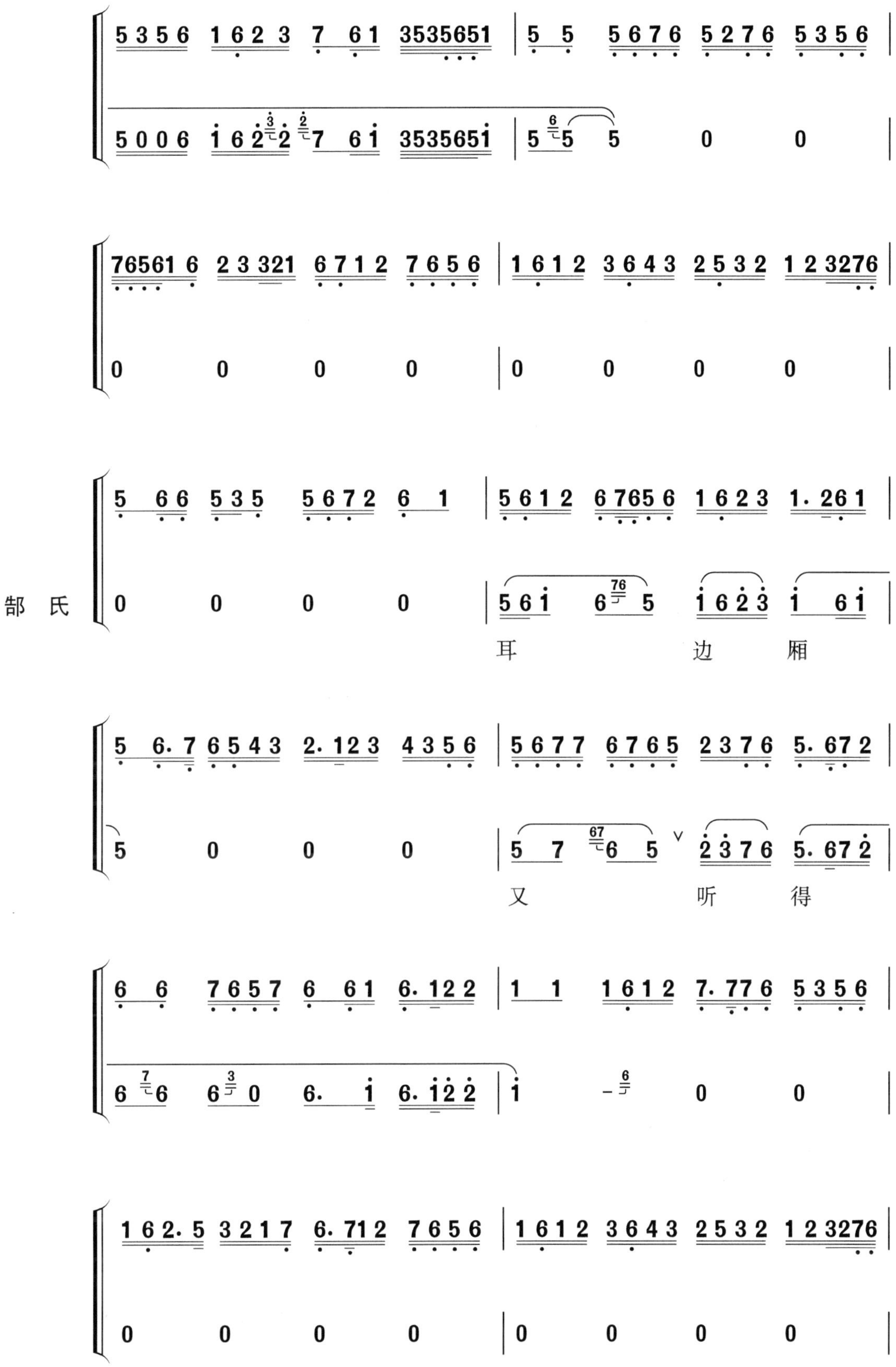
部氏
耳 边 厢
又 听 得

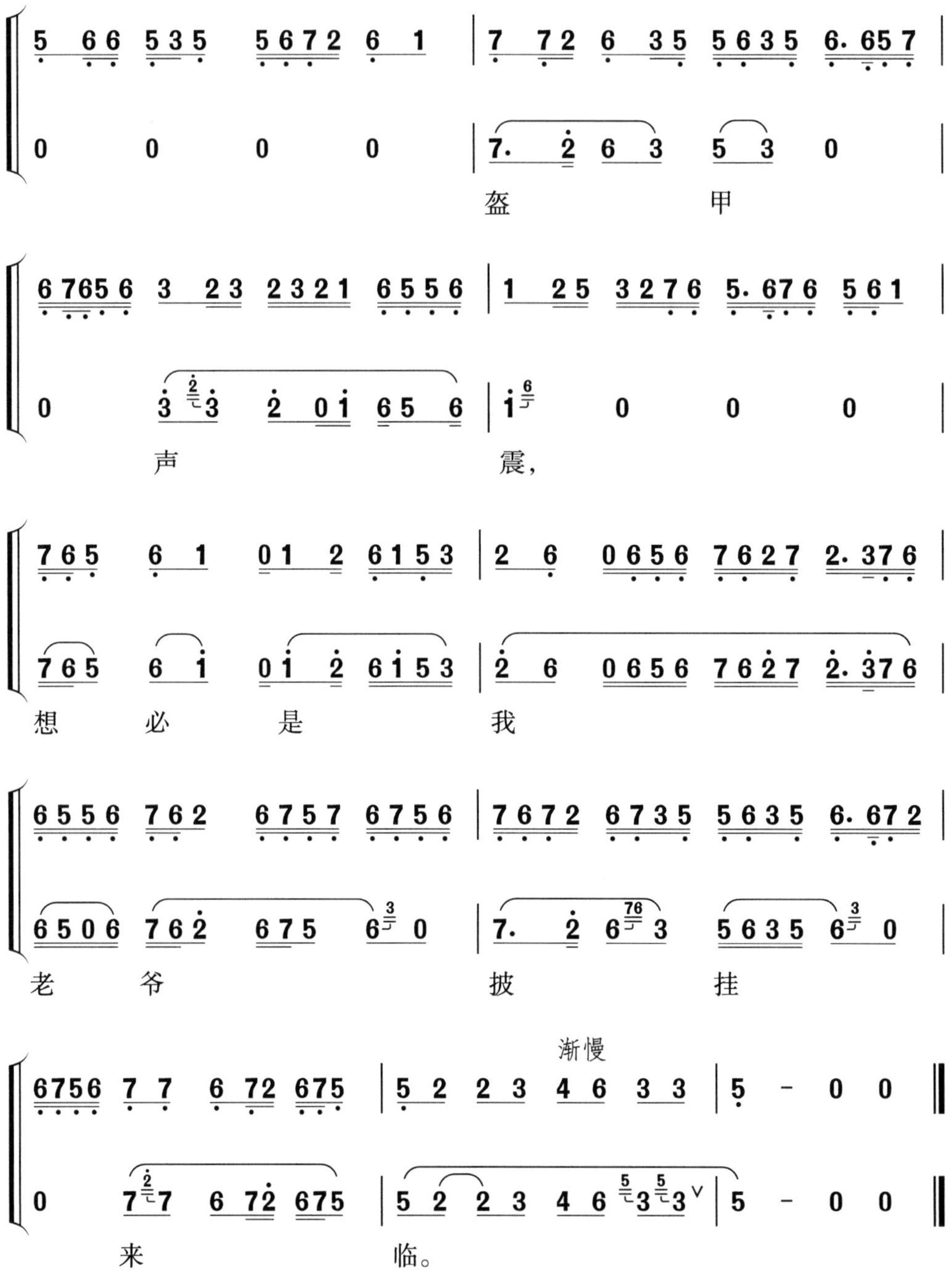

〔【冲头】四明兵两边分下。郜氏坐“大边”,孙氏坐“小边”。

〔花云内唱。

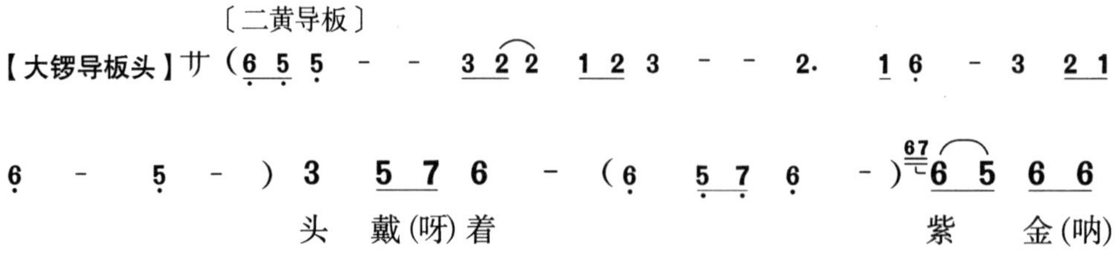

5. 6 5 3.（3 2 1 6 5 -）4 3 2 2 3 2 3 5 2. 1 6

盔 齐眉 盖

（6 6 5 7 6 -）5. 7 6 - - 5 6 6 5. 3 5 - -

顶 （呐），

〔【冲头】【四击头】花云双手提下甲"上场门"上，亮相。【回头】晃肩。【长尖】上左步，上右步，至台口，蹉步，成左丁步亮相。【回头】放下甲，挑右髯，"山膀按掌"，蹲裆式一亮，【长尖】右手捋髯，跨右步，"山膀按掌"，退左步，退右步，至"九龙口"，右手"拉山膀"，左丁步亮住。【吊钹·撕边一击】"云手"，左紧袖，【吊钹·撕边一击】"反云手"，右紧袖，【软四击】整冠，紧甲，亮相。【长尖】右手捋髯，左手捋髯，跨抬左腿，左手顺势提起下甲，左转身一周，右手拉开"山膀"，左丁步，朝"大边"台口亮住。【回头】向右回身右手提起下甲，左拧身双手提下甲一亮。进至"小边"台口双手提下甲亮住，放下甲，"云手"，左转身一周，整双袖，上步。

〔【纽丝】四明兵两边暗上，分站两边。

〔二黄散板〕

花 云 （6 5 - 3 2 - - 3 3 2 1 6 6 5 -）1 2 2 3 2 1 3. 2 3 -

为 大 将 临 阵 时（喏）

（挑拇指指自己）

（3 3 -）2 2 5 3 2 2 2 1 3 - 3 3 2（5 6 1 2 -）3 2 1 3 2 1. 2

哪 顾 得 残 生 （呐）。（仓） 撩 铠 甲 且

（掂右掌） （端左掌）

1 6（6 -）6 2 6 1 1 - 2 - - 2 2 1 - 7 - 6 7 6 6 1 2 - 2 2 1 -

把 二 堂 进，

（左手剑指点动，前指）

〔【纽丝】花云"挖门"进至"大边"，"拉山膀"，整袖。郜氏、孙氏离座至"小边"。花安端酒具"上场门"暗上，站"小边"外首。

〔二黄散板〕

（过门同前）3 2 2 3 1. 2 3（1 2 3 -）2 - - 2 3 1 - - 1 1 2 -

有 劳 夫 人 点 雄 兵。

（上步拱手） （端右掌掂动）

郜 氏

孙 氏 （同）看酒！

〔花安斟酒。

〔二黄散板〕

郜 氏 【双楗大锣凤点头】(过门同前) 1 1 - 1 65 3 6 5 76 7 6 5 6 1 - 6

花 安 看 过 酒 一 樽,

孙 氏 (6 7 6 1 -) 2 2 - 2376 5 6 7 6 6765 3. 5 6 1 5 - ‖

(仓) 我 与 老 爷 来 饯 行。

〔【双楗大锣凤点头】孙氏双手给花云敬酒。

〔二黄散板〕

花 云 (过门同前) 321 4 35 3 (1 2 3) 1 2 - 35 3 2 2 3. 5 3 5 5 -

接 过 夫 人 得 胜 饮 (呐),

(拱手,右手端掌,左手拿酒杯)

(5 5 5 -) 1 2 3 23 2 1 3 2 1 2 - (2 1 6 1

(仓) 背 转 身 来 谢 神 灵。 (仓)

(左转身,面向前) (右手执杯敬天地,酒杯交给一明兵)

2 -) 6 1 1 3 2 - 1 2 6 2 1 6 1 2 3 - - - 1 - -

辞 别 夫 人 足 踏 镫,

(花云、郜氏、孙氏面向里躬身拜别,转身面向前)

花 云 带马!

〔【纽丝】花安暗下。一明兵带马。花云出门,“云手”,跨右腿,左转身,推鞍,上马。郜氏、孙氏出门相送。四明兵“插门”“下场门”下。花云向“下场门”走,至“大边”,右转身,垂鞭“拉山膀”,抄鞭,上步。

〔二黄散板〕

花 云 (过门同前) 1 2 3. 2 2 3 - (61 2 3 3 3) 2 - 2 3 5 2 2 2 - 2 1 2 1 2 - ‖

但 愿 此 去 扫 (哇)荡 烟 尘。

(马鞭前指) (点动鞭梢)

〔(崩登仓)花云右手抡鞭打马,左转身跨抬左腿,右手举鞭亮住。【纽丝】“下场门”下。郜氏、孙氏往“大边”上步,目送花云远去,转身回至正场,面向前。

〔二黄散板〕

郜 氏 (过门同前) 2 2 - 6 3 6 5 6 6 5. 6 1 - 6 1 2 3 2 2 1 -

老 爷 上 马 威 风 凛,

〔【纽丝】郜氏“下场门”下。孙氏跟至“大边”,右转身,面向前。

〔二黄散板〕

孙 氏 （过门同前）7. 6 5 6 7 7 - 6 5 5 6 7 6 5 6 6 5 - - ‖

但 愿 此 去 退 贼 兵。

〡【大锣原场】孙氏左转身“下场门”下。闭二幕。

第 三 场

〡【大锣原场】开二幕。空场。

〡【急急风】（加堂鼓）四北汉兵举刀“上场门”上，四明兵举枪“下场门”上，“二龙出水”引陈友杰举枪“上场门”上，花云举枪“下场门”上，会阵。“一合”、“两合”，磕枪镡，二人右转身，右手“拉山膀”，枪交左手，陈友杰在“小边”斜提枪，花云在“大边”横背“一字枪”，二人同时上一步，陈友杰枪交右手斜垂枪，花云左手握枪背贴腰。

〔二黄散板〕

花 云 【快纽丝】（过门同前）3 3 3 3 3 2 1 2 3 （6 1 2 3） 5. 3

一 见 贼 子 怒 气 发，（仓） 不 由

（右手指陈友杰） （挑拇指

1 2 2 3 1 2 （7 6 1 2） 2 1 6 3 2

老 爷 咬 钢 牙。（仓） 我 主 洪 福

指自己） （拱手）

1 2 1 （6 5 6 1） 1 2 1 3 5 2 1 6 1 2 - ‖

齐 天 大， 把 尔 比 作 井 底 蛙。

（指陈友杰）

〔二黄散板〕

陈友杰 【双楗大锣凤点头】（过门同前）1 2 1 3 2 1 2 1 （6 5 6 1） 2 1 3 3 2 1 6 1 2 ‖

劝 你 马 前 卸 盔 甲，（仓） 稍 若 迟 延 丧 黄 沙。

〡【扫头】陈友杰、花云抡枪“一合”、“两合”。架住。

〡【急急风】（加堂鼓）四北汉兵、四明兵“钻烟筒”两边分下。【长调门】花云、陈友杰“一扯”、“两扯”，“一合”、“两合”。花云在“小边”，陈友杰在“大边”，磕枪，花云打陈友杰“封头”，陈友杰接“封头”，刺花云左耳，花云盖，打陈友杰“腰封”，陈友杰接“腰封”，打花云“腰封”。二人再各打一个“腰封”。换位，花云至“大边”，陈友杰至“小边”。二人持枪一绕，花云三刺陈友杰，陈友杰挡，搭，兜。花云刺陈友杰左耳，陈友杰盖，打“腰封”。花云接“腰封”，再打陈友杰“腰封”。二人再各打一个“腰封”。换

位，花云至“小边”，陈友杰至“大边”。花云刺陈友杰“马腿儿”，陈友杰挑，“里绕”，向花云“刺肚”，花云挑，二人外转身一周。陈友杰刺花云“马腿儿”，花云挑，“外绕”，向陈友杰“刺肚”，陈友杰挑，二人里转身一周。陈友杰右刺，花云外撩，花云右刺，陈友杰里撩，陈友杰右刺，花云外撩，陈友杰转身一周再刺，花云再撩。陈友杰转身面向“下场门”时，花云在陈友杰背后一个“压脖”，（切住）陈友杰继续转身枪交左手，面向前，右丁步，横背“一字枪”，右手按掌，亮败相。同时，花云右脚挑戳在地上的枪头，右手往外抡枪一周，右丁步，斜拧式亮相。**【急急风】**（加堂鼓）陈友杰“下场门”败下。

⺁**【长调门】**花云耍“枪下场”。左转身面向里，两个掖花，右转身面向前，两个迎面花，涮枪，右脚跨抬，枪打靴底，弹回，反向涮枪，左脚跨抬，枪打靴底，横甩枪，至身右侧，右臂伸直翻腕，右手后背，将枪横甩，跨抬右腿，枪从身左侧甩出打靴底，枪弹回，身体稍后仰，右手逆时针迎面抡枪三圈，第三圈枪抡向身体左侧左手搭枪弹回，**【四击头】**右转身一周面向“下场门”时跺左脚，右手翻腕，抬右腿继续右转身右跨一步，错步，右弓箭步，左手勒缰，右臂平抬端枪，枪头朝右上方，身向“大边”台口，眼神朝向枪头，亮相。**【急急风】**（加堂鼓）勒马，跨抬左腿，圆场，“下场门”下。

第 四 场

⺁**【一锤锣】**四北汉兵左手提单刀，“右山膀”“上场门”上，“站门”。陈英豹右手举枪，左手提下甲“上场门”上至正场，**【归位】**枪交左手，上步，贴腰式亮住。

陈英豹 （念）元帅去出兵，未见转回程。（上步，站“大边”）

⺁**【大锣水底鱼】**四北汉兵引陈友杰（右手举枪，左手提下甲）“上场门”上至正场，进门。四北汉兵“站门”，陈友杰横枪护腰式站正场。

陈英豹 （持枪拱手）参见元帅。

陈友杰 罢了。

陈英豹 胜负如何？

陈友杰 大败而归。

⺁**【撕边一击】**陈英豹左转身，拉“右山膀”，左手斜提枪，向前眺望。

陈英豹 （贴枪式，右转身）前面什么所在？

陈友杰 乃是采石矶头。

陈英豹 当初朱蛮如何得破？

陈友杰 你且听道：**【大锣归位】**（左手持枪贴腰式，拉“右山膀”，上步）

（念）朱蛮大将常遇春，（右手夸将）

刁斗之内把身存。（跨左步，右手按髯，向“小边”台口仰望）**【小锣二击】**

涨水之时登石矶，（收左脚，前视）

占了江山（拉“右山膀”）锦华夷。（上步，右遥前指）**【住头】**

陈英豹 何不学他一学？

陈友杰 好，先行听令！

陈英豹 在。

陈友杰 准备战船,不得有误。

陈英豹 得令!

〔【**冲头**】四北汉兵出门,"插门""下场门"下。陈英豹举枪提下甲出门,"下场门"下。

陈友杰 众将官!

四北汉兵 有。

陈友杰 采石矶头去者!

四北汉兵 啊!

〔【**大锣水底鱼**】四北汉兵出门,"插门""下场门"下。陈友杰出门,端枪"下场门"下。闭二幕。

第五场

〔【**冲头**】【**大锣水底鱼**】四明兵托枪"小边"侧幕上,"站门"。王渊举枪提下甲"小边"侧幕上。至正场,枪交左手。

王　渊 俺,(仓)王渊。【**报名一锣**】奉了千岁将令,把守采石矶头。军士们!

四明兵 有。

王　渊 采石矶头去者!

四明兵 啊!

〔【**大锣水底鱼**】四明兵"插门""大边"侧幕下。王渊左转身,"大边"侧幕下。

〔【**急急风**】(加堂鼓)开二幕。"下场门"台口置山片。王渊左横枪护腰式山上把守。陈友杰举枪提下甲领四北汉兵举单刀"骨牌对儿"乘船"上场门"上,水手摇桨随上,至"小边"。【**走马锣鼓**】陈友杰往山头一望、两望。船向山头进,船近山时,陈友杰上刺,王渊撩,打"封头",陈友杰接"封头",王渊下刺,陈友杰后退,斜提枪一亮。陈友杰再次进攻,两枪搭,陈友杰打"封头",王渊接"封头",左手抓住陈友杰枪,陈友杰就势抓住王渊枪。【**流水**】陈友杰登上山,二人拉扯着"下场门"下,四北汉兵登山"下场门"下。水手摇桨转回"上场门"下。陈英豹提枪领四北汉兵举刀乘船"上场门"上,水手摇桨随上,过场,陈英豹、四北汉兵登山,"下场门"下。水手摇桨转回"上场门"下。

〔闭二幕。撤去山片子。

第六场

〔【**流水**】开二幕。空场。

〔王渊退步与陈友杰互拉枪"上场门"上,二人跨抬身体外侧的腿,里高外低平抬枪一亮。王渊向右跨步拉着陈友杰到正场,王渊蹿步成左弓箭步,陈友杰右脚反丁步里高外低平抬枪一亮。【**三锣**】互夺枪,各踹右脚,各得一枪。【**急急风**】(加堂鼓)"一合"、"两合",陈英豹"上场门"上,刺王渊,王渊一挑。陈英豹至"大边"左转身,陈友杰在"小边”,王渊在二陈中间出枪前刺。二陈压,王渊抽回枪。陈友杰前刺,陈英豹拧身反刺。王渊死,转身“下场门”下。

陈英豹 得了采石矶头。

陈友杰 (拱手)迎接主公进城。

陈英豹 (至台口)迎接主公进城!

〔陈友杰、陈英豹扯“下场门斜胡同”。唢呐吹奏曲牌〈小傍妆台〉。四蓝龙套举标旗、张定边骑马“上场门”上,过场,“下场门”下。陈友谅骑马“上场门”上至正场一亮,陈友杰、陈英豹躬身迎接,陈友谅缓鞭,打马,举鞭“下场门”下。曲牌止。

陈友杰 先行听令!

陈英豹 在。(仓)

陈友杰 传令下去,就说大元帅陈友杰保定北汉王得了采石矶头,叫那不怕死的花云前来受死!

陈英豹 得令。(至台口)大元帅陈友杰保定北汉王得了采石矶头,不怕死的花云前来受死!

〔花云“上场门”幕内白:“花云来也!”

〔**【急急风】**(加堂鼓)花云持枪“上场门”上,至“小边”,陈友杰、陈英豹归“大边”,“过合”,花云左转走中间,陈友杰走“大边”,陈英豹走“小边”,打花云“封腰”,花云接,左转身打陈友杰“封腰”,陈友杰接“封腰”左转身归“小边”,“过合”,陈友杰、陈英豹归“大边”,花云归“小边”。花云与陈英豹兜,外绕,陈英豹归“大边”里首,陈友杰打花云“封腰”至“大边”外首,花云在“小边”右转身,(切住)三人相对,花云端枪,陈友杰斜提枪,陈英豹端枪亮相。**【急急风】**(加堂鼓)双收,两边分下。

第 七 场

〔**【急急风】**(加堂鼓)**【四击头】【一锤锣】**花云举枪、提下甲“上场门”上,朱文逊举马鞭、扶剑“下场门”上,二人至正场,碰面。花云反圆场至“上场门”一望,朱文逊圆场至“下场门”一望。二人返回正场,花云拱手躬身施礼。朱文逊垂鞭。

朱文逊 啊,卿家,你看那贼人马犹如潮水一般,这便如何是好?(摊双掌)

花　云 千岁不必惊慌,随为臣杀出重围去至金陵,搬来救兵,再与那贼鏖战。

朱文逊 小王还有满门家眷!**【撕边】**

花　云 **【叫头】**(挑右髯,拱手)哎呀千岁!事至如今,还讲的什么家眷哪!(摊右掌)

朱文逊 (指花云)嘟!**【大锣五击】**(花云横枪拱手,躬身应承)你为臣的不论家眷,难道我这为君的也不论家眷?小王保护家眷去也!

〔(**崩登仓**)朱文逊抄马鞭,左转身,托鞭一亮。**【急急风】**朱文逊“下场门”下。花云拱手躬身,全身战抖。(**嘟……**)起身右回身一个“劈喉”,(**崩登仓**)挑右髯,左手斜提枪,按右掌,收左脚,左丁步面向“大边”台口亮相。(**嘟……**)向正场上左步,蹉步,右蹚步,迈出左脚,收回左脚,左丁步,面向“下场门”一亮。

花　云 (抬右手)**【叫头】**且住!(右转身面向前,上步)你为君的有家眷,难道说我为臣的就无有家眷么?(摊右掌)**【撕边】**(挑右髯)**【叫头】**也罢!(枪交右手,斜提)待俺勒转马头,保护家眷去了!

〔**【四击头】**花云向里涮枪成出枪式,跨右腿,踢左腿,右手向外涮枪枪交左手端枪,右臂由里向外抡一圈，握拳做勒缰状，斜身，右腿微弓，眼神向左上仰视，亮相。【撤锣】右转身“上场门”下。闭二幕。

第八场

〔【撤锣】开二幕。场上置正场桌，“小座”。浅色绣花桌围椅披。

〔【小锣打上】郜氏抱喜神、孙氏抱腹盖袖“上场门”上至正场。

郜　氏　（念）但愿狼烟尽，

孙　氏　（念）君臣享太平。

〔郜氏站“小座”“大边”一侧，孙氏站“小座”“小边”一侧。

〔花安“上场门”幕内白：“报——！”

〔【快冲头】花安提带“上场门”急上，进门。

花　安　（面里躬身）爹爹回府。

郜　氏
孙　氏　（同）有请。

花　安　（转身面向前，拱手）有请！

〔【快冲头】花安出门往“上场门”张望，归“小边”外侧站。郜氏、孙氏出迎。花云举枪提下甲“上场门”上，一亮。进至“小边”，挑左髯，小蹉步，斜提枪，与郜氏、孙氏见面。【回头】

郜　氏
孙　氏　（同）老爷！

〔花云见到二位夫人，掯右掌，摇头。缓枪，右转身下马。枪、马交花安。【乱锤】花安接马到“大边”，拴马。孙氏双手扶花云进门，“推磨”，花云侧身向“小边”右手托腮坐“小座”，郜氏、孙氏站“小边”，抬右臂遮挡花云。花安进门，关门，在门旁侧耳听。

〔【急急风】（加堂鼓）四北汉兵举刀两边上，过场，两边下。【冲头】花安开门，出门，向“下场门”一望，【长尖】转身面向“小边”站。同时朱文逊举鞭“上场门”上，不断环顾，躲避敌人，至花云门外。斜鞭，勒马。花安跪迎。

花　安　参见千岁。

朱文逊　你爹爹可在府中？

花　安　现在府中。

朱文逊　对你爹爹去讲，就说那贼大炮一响，吓死皇老太太，姜氏夫人坠楼而死。叫你爹爹快些出马！

〔（八大仓）朱文逊退两步，马鞭向前一点，左转身【冲头】“下场门”下。

花　安　（进门站“大边”，禀报）【快叫头】哎呀爹爹！（花云振作，郜氏、孙氏侍立）小千岁到此言讲，那贼大炮一响，吓死皇老太太，姜氏夫人坠楼而死。（花云一惊）叫爹爹快快出马！

〔（崩登仓）花云双手托靠肚，向左涮靠肚，站起顿左足，大惊。（嘟……）摊双掌，抖髯抖手，左转身面向“大边”，低头右手往右一按，颓然坐下。（仓）

郜　氏
孙　氏　（哭）喂呀……【冲头】（伸右手遮挡）

〔花安关门,在门旁侧耳听。

〔【急急风】(加堂鼓)四北汉兵举刀两边上,过场,两边下。【冲头】花安开门,出门,【长尖】同时朱文逊举鞭"上场门"急上,至花云门外。斜鞭,勒马。花安跪迎。

花　安　参见千岁。

朱文逊　你爹爹可曾出马?

花　安　未曾出马。

朱文逊　哦呵是了!想是你爹爹有降顺北汉王之意,(摘下佩剑)这有宝剑一口,叫他将小王龙头割下,降顺北汉王去吧!(崩登仓)(将宝剑扔给花安)

〔【快冲头】朱文逊左转身打马,"上场门"下。花安拿宝剑进门,站"大边",郜氏、孙氏站"小边"侍立。

花　安　【快叫头】哎呀爹爹呀!小千岁言道,想是爹爹有降顺北汉王之意,这有宝剑一口,(花云一惊)叫爹爹将小千岁龙头割下,降顺北汉王去吧!

〔(嘟……)花安递宝剑,花云将花安往外一推,(崩登仓)双顿足,摊右掌,"气椅"。郜氏、孙氏站"小边"伸右手遮挡,花安将宝剑放在桌上,站"大边"伸左手遮挡。

郜　氏
孙　氏　(同)喂呀,老爷醒来!

〔西皮导板〕

花　云　【大锣导板头】艹(7 6 66 6 5 55 i i i i 3 2 7 6 2 1 -)3 6 5 3 6
号炮一声

5 - 3 65 4 - 45 6 5 3 2 - 3 - 5 - - 2 - 3
(呐)

23 21 61 1 -(6 55 21 7 2 1)23 3 65 5 - 4 5 5 -
震　天地　(呀　呃),
(摊双掌)

郜　氏
孙　氏　(同)喂呀……老爷呀!

花　安　爹爹呀……

〔【纽丝】花云站起,上步,拉"右山膀",整袖。

〔西皮散板〕

花　云　(7 6 6 5 i 3 2 76 6 2 1 -)1 2 12 35 76 56
就是雀　鸟　也　难

1(7 62 1)3 5 6 -(35 6 -)1 2 - 2 36 5 3 5 -
飞。(仓)　叫花安　与父　带坐　骑(呀),
花安夹白:"有。"(仓)

花　安　啊。

〔【纽丝】花安出门至“大边”解马，提枪，牵马。同时花云左紧袖、右紧袖，紧甲，捋髯，一望，转身一周欲上马。（切住）

部　氏
孙　氏　（同）喂呀……

〔亮弦〕

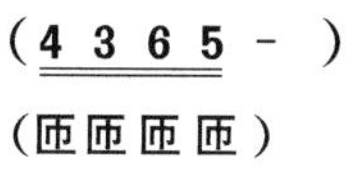

〔花云一望，退回。花安拉马回“大边”，拴马。站“大边”。

〔西皮散板〕

花　云　（过门同前）

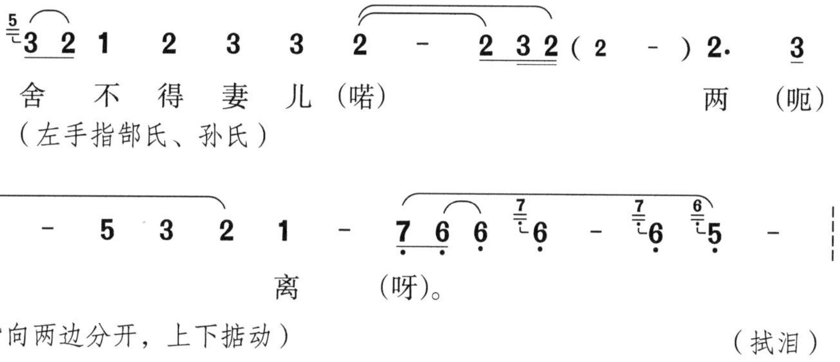

〔西皮散板〕

花　云　【纽丝】（过门同前）

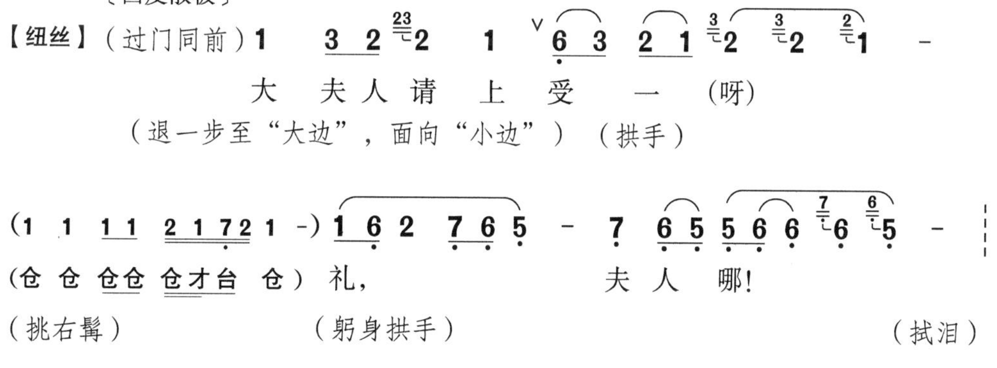

〔【纽丝】花云撩靠肚单腿跪，花安扶花云也单腿跪，部氏、孙氏同跪。

〔西皮散板〕

花　云　（过门同前）

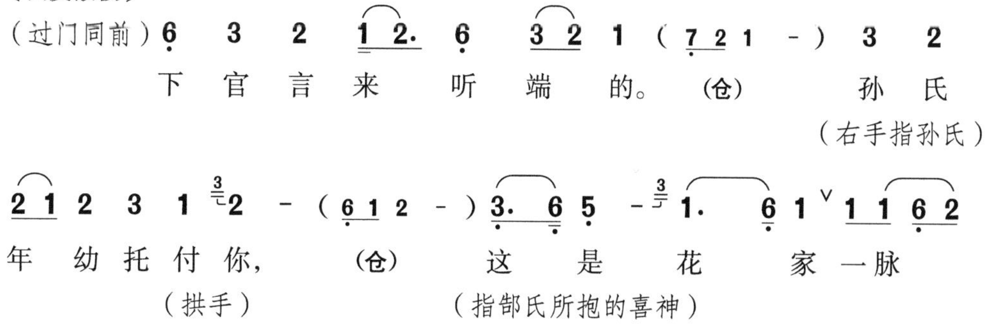

1 －（1 7 6 2 1 －） 6 3 2 1 1 2 2 1 2 4 － － 3

息。 （仓） 含 悲 忍 泪 跨 坐 骑（呀），

马来！

〔【纽丝】花云摸摸喜神后，拭泪，郜氏、孙氏拭泪。花安出门至"大边"解马，提枪，牵马至正场，带马。花云右"山膀"出门，右转一周，上步，推鞍上马。花安从花云身后绕至"小边"外首站。花云举枪向"大边"走，右手将枪从左下往右涮枪，右转身，成斜垂式提枪。

〔西皮散板〕

花 云 （过门同前）2 1 1 2 3 2 1 1 2 － 2 3 2 2 － － － 5 － 6 1 6 1 1 －

落 一个青 史 名标 万 古 题。

（右手挑拇指指自己）

〔（崩登仓）花云左转身，跨抬左腿，翻腕端枪，左手护枪一亮，"下场门"下。

〔【纽丝】郜氏、孙氏拭泪进门，站两边，花安跟进门，站"小边"外侧。

〔西皮散板〕

郜 氏 （过门同前）i 5 3 6 5 7 6 5 3 5 6（6 5 3 5 6 －）

花 安 过 来 听 娘 语，

孙 氏 3 5 3 5 6 － 5 6 5 3 5 3 5 －

去 到 阵 前 看 端 的。

〔【回头】郜氏、孙氏左转身"下场门"下。花安出门"下场门"下。闭二幕。

第九场

〔【冲头】二幕前。

〔【四击头】花云端枪提下甲"小边"侧幕上，举枪一亮，同时朱文逊骑马反握宝剑"大边"侧幕上，举鞭一亮。【大锣原场】二人同时往台口上二步，转身向后察看。转身花云圆场，朱文逊反圆场至正场，照面。朱文逊举右手遮羞。

花 云 哼！（仓）这是千岁保的好家眷哪！

朱文逊 事到如今，埋怨小王，也是枉然了。

花 云 随为臣杀出重围！

〔【急急风】（加堂鼓）开二幕。空场。

〔陈友杰、陈英豹举枪"上场门"上。花云右转身举枪与陈友杰架住。朱文逊左转身圆场至后场遇陈英豹，陈英豹刺，朱文逊盖，二人"钻烟筒"，朱文逊左转身"下场门"败下，陈英豹"下场门"追下。"过合"，花云至"小边"，陈友杰至"大边"。花云刺，陈友杰

枪交左手,右手抓住花云的枪头,一望花云,左转身拉花云“下场门”下。

连　　场

〔【急急风】(加堂鼓)朱文逊举剑“上场门”败上至“九龙口”,一望、两望,摊双掌至正场。四北汉兵“上场门”追上,朱文逊右转身迎敌,用剑右拨,左拨,再右拨三个北汉兵,拨第四个时,陈英豹举枪打掉朱文逊的宝剑,【长尖】朱文逊右转身被擒。

陈英豹　绑了回去!

四北汉兵　啊!

〔四北汉兵押朱文逊“下场门”下。陈英豹随下。

连　　场

〔【冲头】【一锤锣】四北汉兵举刀“上场门”上,“站门”。陈友杰举枪提下甲“上场门”上,“挖”至正场。

陈友杰　众将官!

四北汉兵　有。

陈友杰　绊马索伺候。

四北汉兵　啊!

〔【急急风】(加堂鼓)四北汉兵扯“下场门斜胡同”,做布绊马索状。

〔花云端枪“上场门”急上,陈友杰左转身端枪迎敌。二人照面一磕,右转身一周,磕枪镈,再左转身一周,花云漫陈友杰头,陈友杰绕至后场,花云横提枪至“大边”往“下场门”一望,右转身回到“小边”台口右转身面向“下场门”,准备突围。(切住)三个(**不拉大仓**)花云用枪镈三次打马冲向“下场门”,被绊马索绊住。(**崩登仓**)花云扔枪,“虎跳”,被擒。【冲头】陈友杰右手端枪挥左手,四北汉兵押花云“下场门”下,陈友杰跟下。

〔花安“上场门”暗上,跟至正场,朝“下场门”一望、两望。右转身回至中场。

花　安　【大锣叫头】哎呀且住!我爹爹被那贼擒拿去了,不免回去报与我母亲知道便了哇!

〔(**崩登仓**)花安右转身,右“山膀”,右脚“跺泥”。【冲头】“上场门”下。

第 十 场

〔【纽丝】郜氏抱喜神、孙氏抱腹盖袖“上场门”上至正场。

〔西皮散板〕

郜　氏　(过门同前)3 6 5 7 6 (6 -) 5 6 3 5 6 - (6. 5 3 3 5 6 -)
　　老 爷 出 兵 未 回 转, (仓)

孙　氏　3　5　3 5　6　5　6 5　6　⁷6 i　5　－ ‖
倒　叫　姐　妹　挂　心　间。

〔花安"上场门"幕内白:"不好了!"
〔【冲头】花安"上场门"跑上,"挖"进,至"大边"。

花　安　(躬身禀报)启禀母亲,大事不好了!

郜　氏
孙　氏　(同)何事惊慌?

花　安　我爹爹被那贼擒去了!

郜　氏
孙　氏　(同)喂呀……(仓)(拭泪)

〔西皮散板〕

郜　氏　【快纽丝】(过门同前)i　i　3 6　5　5　6　3 5　6　－　(6. 5 3　3 5 6　－)
听　说　老　爷　被　贼　擒,　(仓)

孙　氏　3　5　3 5　6　5　6 5　3　5　－ ‖
怎　不　叫　人　两　泪　淋。

郜　氏
孙　氏　(同外折右袖)【大锣叫头】儿呀!你爹爹被擒,就该想个计策搭救为娘才是。

花　安　(拱双手)【小锣双叫头】母亲哪!哦呵母亲哪!这太平年间,你们俩人是我母亲,我是你们俩人的儿子。【小锣二击】

郜　氏
孙　氏　(同)如今呢?

花　安　这离乱年间,谁是谁的母亲,谁是谁的儿子?【小锣三击】母子好比同林鸟,【小锣二击】大限来时各自飞,【小锣三击】咦嘻嘻,(仓)哇哈哈,(仓)哇呀……(拿出匕首在"大边"台口走一圈,漫郜氏头,)哇呀,哇呀……(出门)(京白)我也降顺那北汉王去了,我!(左转身,"下场门"下)

郜　氏
孙　氏　(同)喂呀……(拭泪)

〔西皮散板〕

郜　氏　【纽丝】(过门同前)i　i　3 6　5　5　6　3 5　6　－　(6. 5 3　3 5 6　－)
花　安　奴　才　不　孝　顺,　(仓)

孙　氏　3　5　5　3 5　6³　5　6.　5　3　5　－　(2　3 6 5　－)
倒　叫　姐　妹　两　泪　淋。　(仓)

郜　氏　3 6　5　7　7　5 6 6　－　7　6　3　∨5　－　⁶5　－　⁶5　⁷6　－ ³
手　拉　贤　妹　花　园　进,

〔【纽丝】郜氏拉孙氏手走一圈圆场，至正场前场。孙氏走“小边”圆场至正场，郜氏走“大边”反圆场，至“下场门”台口往里一望，转身走向孙氏。

〔西皮散板〕

郜　氏

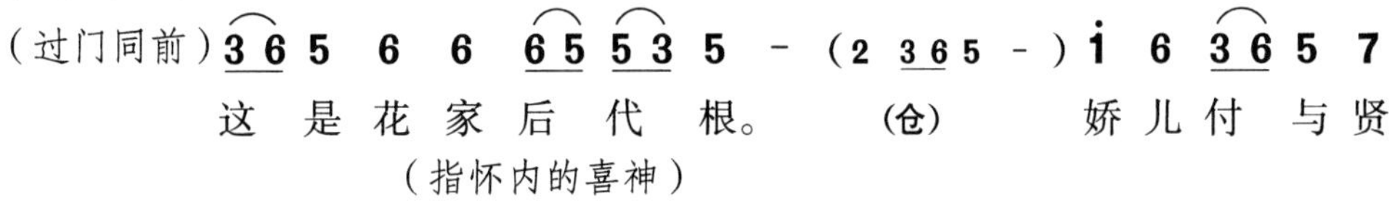

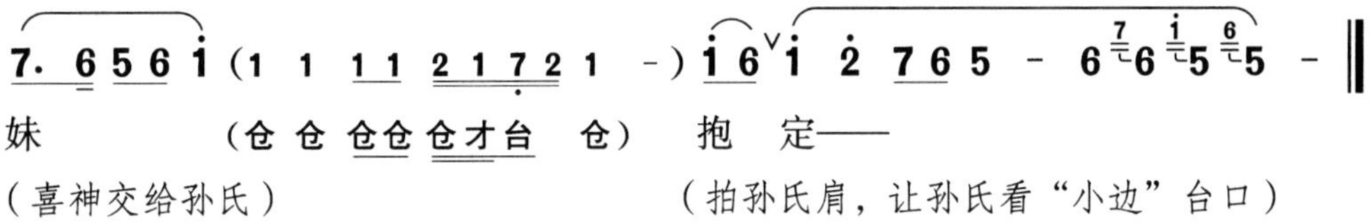

〔【扫头】郜氏向“下场门”投井下。孙氏转身忙往“下场门”奔。

孙　氏　哎呀！（抱喜神右转身一周，向外扬右袖成撑袖，面向前跪）（仓）

（【撕边】跪蹉，由“小边”到“下场门”台口，拭泪）

〔西皮散板〕

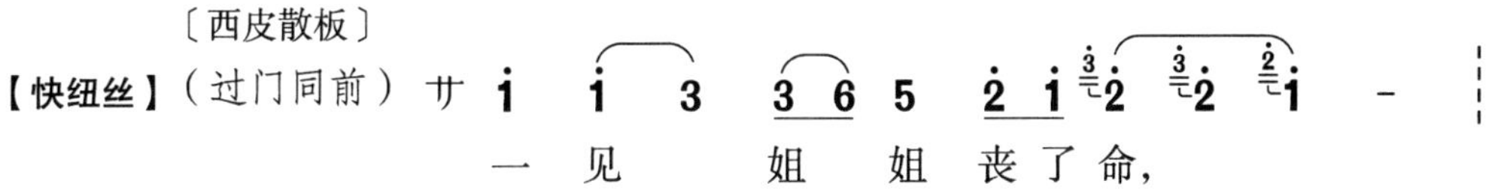

（【快纽丝】站起，抖右袖，提袖，退步至正场）

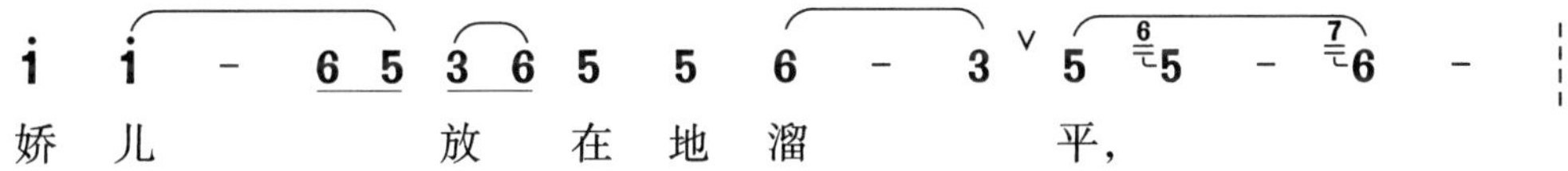

（【撕边】把喜神放在地上，转身向“下场门”欲投井，婴儿哭。（崩登仓）外绕右袖，撑左袖，俯视喜神，一亮。蹉步，抱起喜神，亲吻）

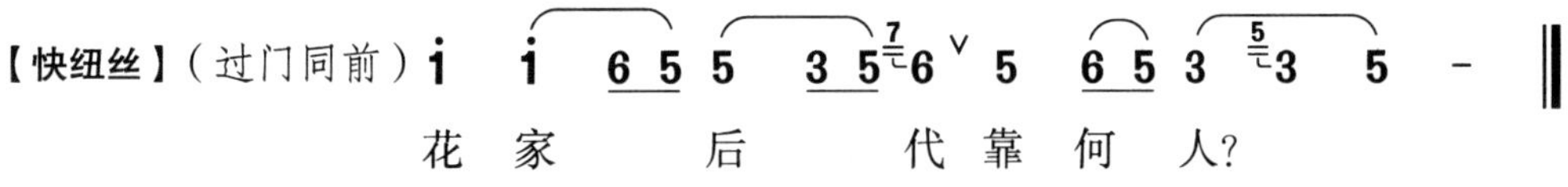

（折右袖）【大锣叫头】且住！（轻抖右袖，提袖）老爷被擒，姐姐已死，这便如何是好？（拍拍喜神，缓缓地抬右手托袖）【大锣叫头】也——罢——！我不免装成疯癫，撕破衣裳，装成疯婆模样，去至金陵，搬取救兵，搭救老爷。事不宜迟，待我装起疯来。（【四击头】孙氏右转身至“小边”，转身时，解帔，脑门画彩，抓右袖身向“大边”台口，面朝“小边”台口，向“小边”台口投袖，亮相。【慢冲头】眼神呆滞，右手垂袖，慢起圆场，逐渐加快，第二圈快，第三圈极快，走“太极”，反圆场，里翻右袖，至正场台口）【三叫头】哈哈，（绕回右袖，再外折右袖）哈哈，啊哈哈哈……

㇀孙氏随笑退步向"下场门"退，至"下场门"台口，小蹦步，绕回右袖，左摆，右摆右袖快步至"小边"台口，外扬右袖，右撑袖一亮。慢起圆场至"大边"，反圆场"下场门"下。闭二幕。

第十一场

㇀【冲头】开二幕。场上置下场桌、"大座"。桌上放官印一方、文房四宝一份、惊堂木一块。

〔西皮导板〕

陈友谅 【大锣导板头】（过门同前）3 3 3. 2 1 2 – 3 2 – 2 3 – 2321 1 2 –

威风凛凛兴兵到，

㇀【慢长锤】四蓝龙套执标旗、张定边骑马"上场门"上，"站门"。陈友谅举鞭端带"上场门"上至正场，打马，斜鞭，勒缰。

〔西皮原板〕

陈友谅

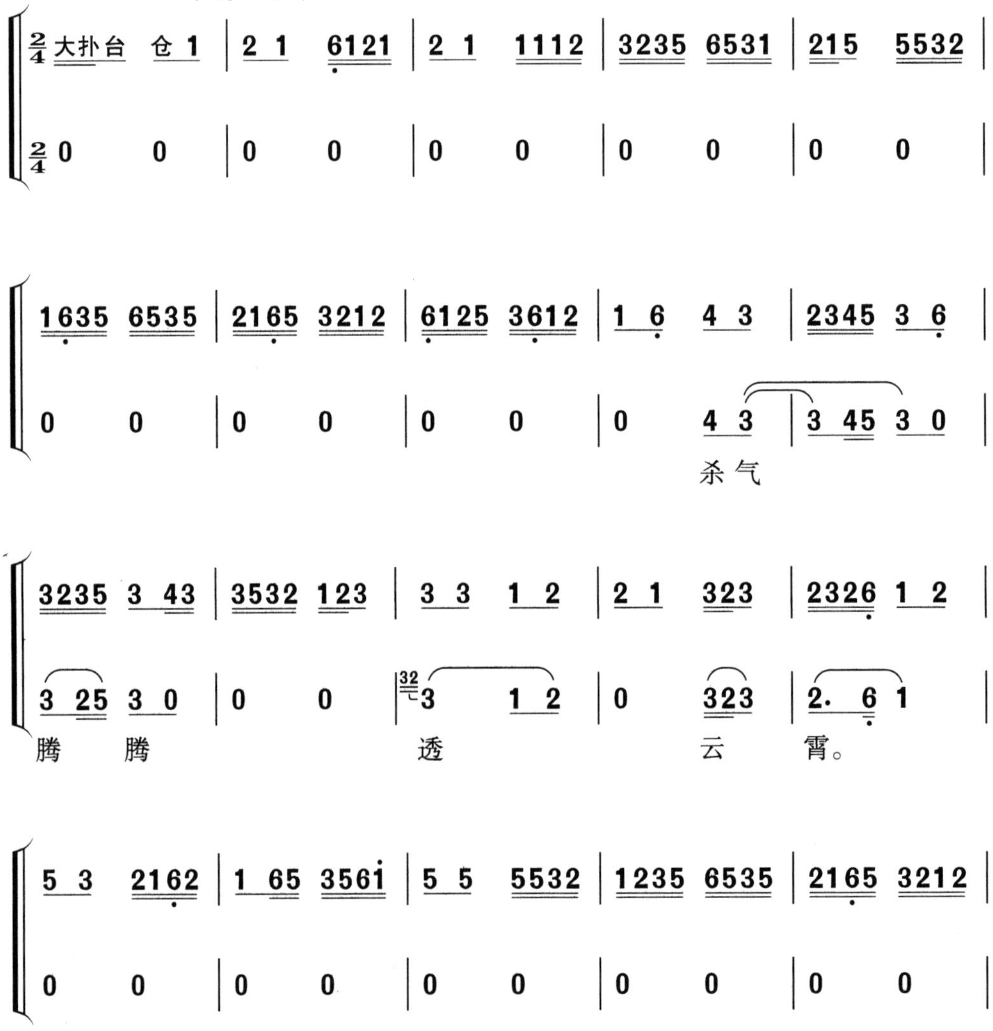

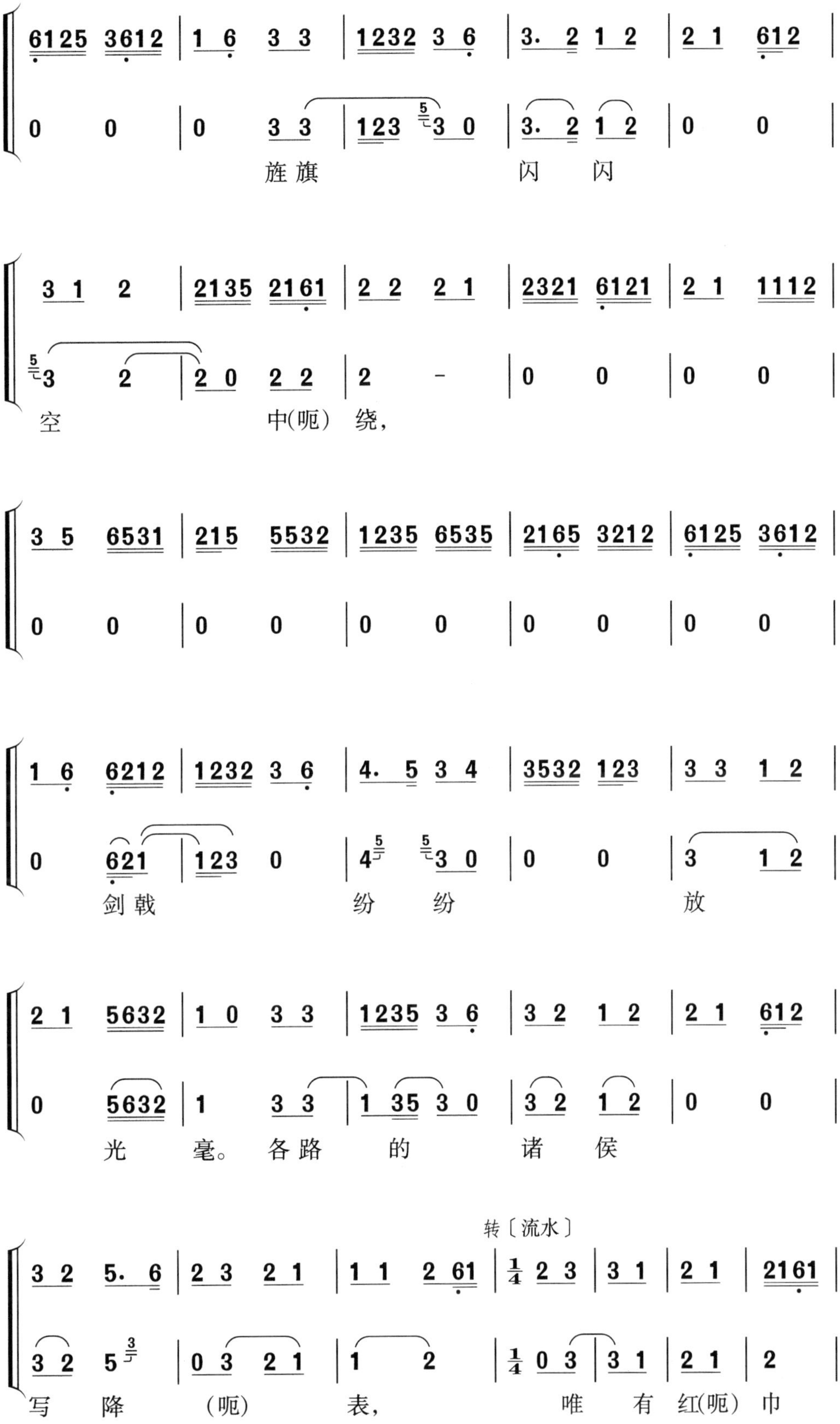
旌旗 闪 闪
空 中(呃) 绕，
剑戟 纷 纷 放
光 毫。各路 的 诸 侯
转〔流水〕
写 降 (呃) 表， 唯 有 红(呃) 巾

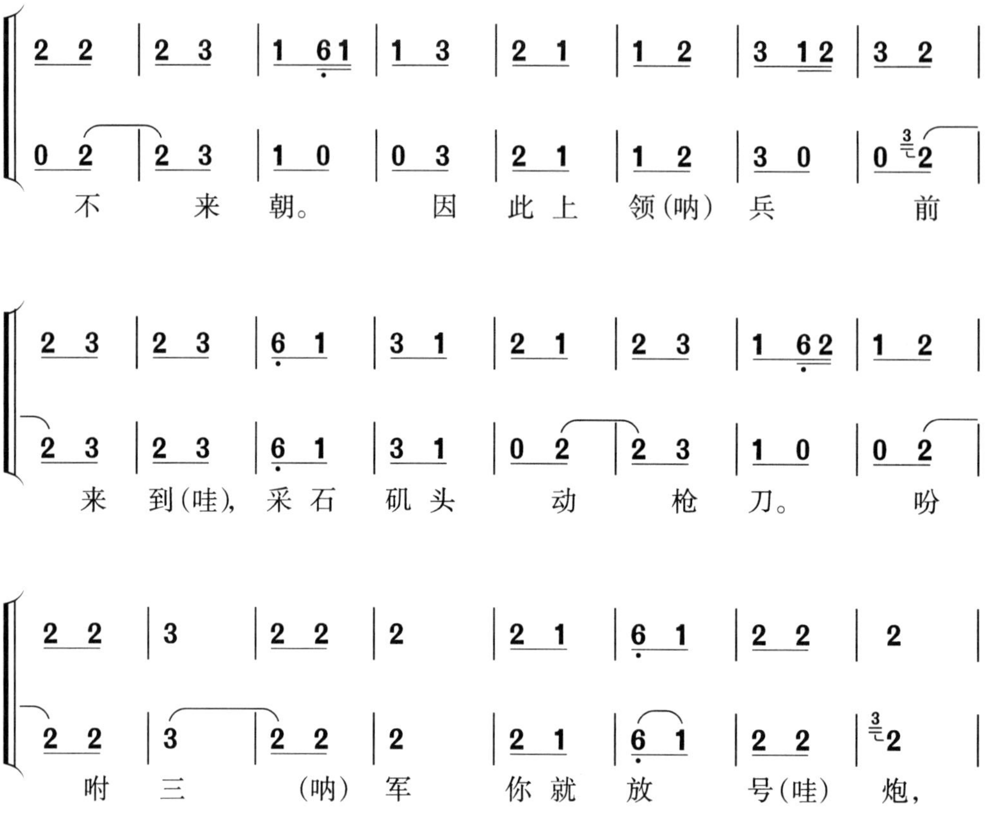

〔【快长锤】四蓝龙套"插门"圆场,张定边跟圆场至正场。陈友谅转身一周与张定边同下马,马鞭交龙套。四蓝龙套、张定边进门,"站门"。陈友谅进门,左转身,面向前,上步。

〔西皮摇板〕

陈友谅 廿(7 6 5536553211 6211)1. 23 212 -(2 -)1. 2 3 2321 -‖

旗 开得 胜 逞(呃)英 豪。

〔唢呐吹奏曲牌〈小傍妆台〉陈友谅双抖袖,整冠,捋髯。右转身,归"大座"。张定边归"大边"里首,四蓝龙套归"里八字"。陈友杰、陈英豹"上场门"上,进门,面里,躬身禀报。

陈友杰
陈英豹 (同)花云君臣被擒。(分站两边)

陈友谅 先行听令!

陈英豹 在。

陈友谅 将花云君臣游街示众,再来见我。(拍惊堂木)

陈英豹 得令!

〔【大锣原场】四蓝龙套、陈友杰、张定边、陈友谅两边分下。陈英豹出门,"下场门"下。闭二幕。

第十二场

〔【**大锣原场**】开二幕。空场。

〔【**快长锤**】四北汉兵举刀“上场门”上，“站门”。朱文逊戴手杻“上场门”上至“九龙口”，一望、两望。扔锁链，捯回锁链，上步。

〔西皮摇板〕

朱文逊

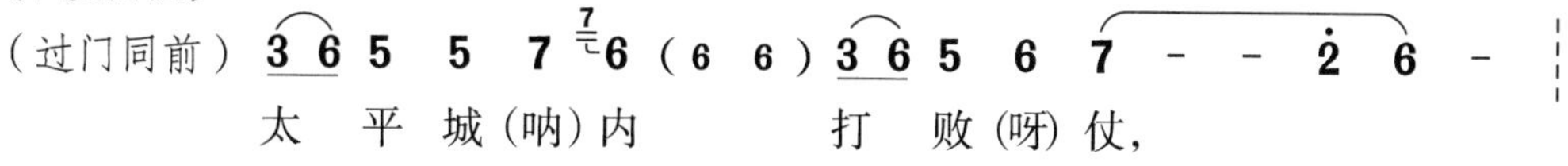

（【**闪锤**】 进至正场）

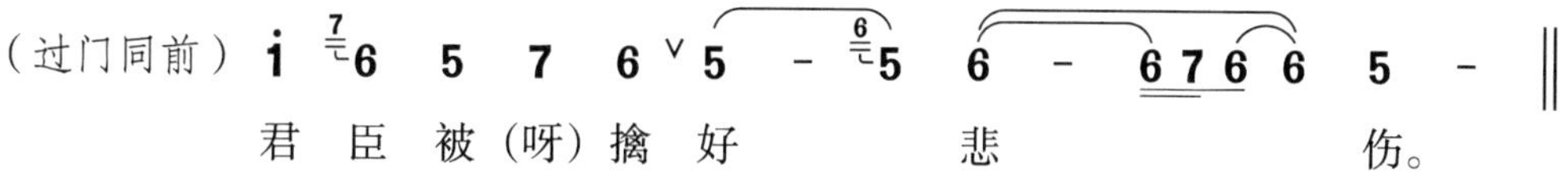

悔不听花云之言，失守采石矶，君臣被擒。思想起来，好悔也！

〔西皮摇板〕

【**单楗大锣凤点头**】

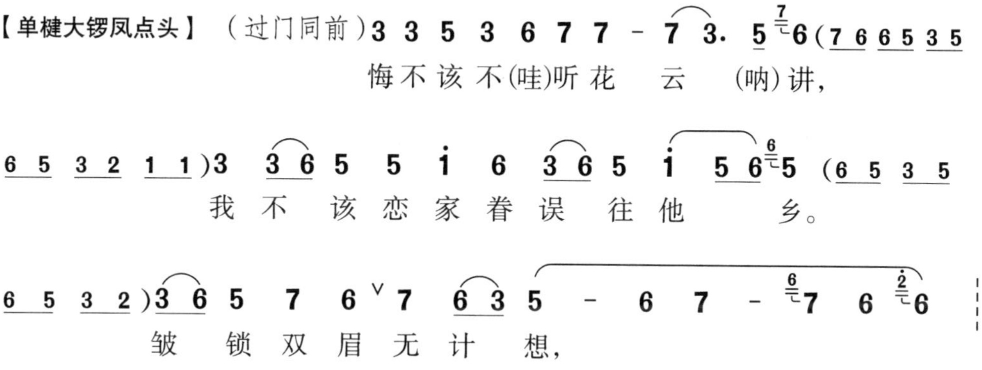

〔【**闪锤**】四北汉兵转场扯“下场门斜胡同”。朱文逊往“下场门”走，到“大边”右转身，上步。

〔西皮摇板〕

朱文逊

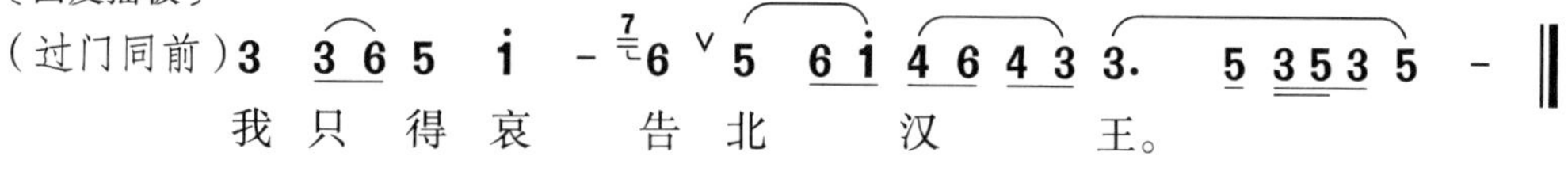

四北汉兵 快走！

〔【**一锤锣**】四北汉兵押朱文逊“下场门”下。

第十三场

〔花云内唱。

〔西皮导板〕

【大锣导板头】（过门同前）3 6. 3 5 6 3 5 - 6 4. 5 3（3 -）

叹 英 雄 失 势（喏）

3 5 2 - ∨ 3 - 5 3 5 3 5 - 5 -

入 罗 网，

〔【回头】二刀斧手举刀“上场门”上，站“上场门斜胡同”。

〔【四击头】花云戴手杻“上场门”急上，挑甩发左脚蹉步，右脚蹲步至“九龙口”。

二刀斧手 嘿！（跺脚，上步）

〔西皮原板〕

| 2/4 嘟仓大 0 6 | 5 1 2356 | 5 1 1112 | 3 5 6531 | 2 5 5532 |

| 2/4 0 0 | 0 0 | 0 0 | 0 0 | 0 0 |

（花云上几步至“小边”）

| 1235 6531 | 2165 3212 | 6125 3612 | 1 6 2135 | 3 46 3 6 |

花 云 | 0 0 | 0 0 | 0 0 | 0 2 3 | 3 46 3 0 |

大将 （呃）

| 2 21 3 5 | 5631 235 | 3 23 5 5 | 5 5 2326 | 1 1 1 2 |

| 2 3 5 | 5 0 0 | 3 5 | 5 0 2. 1 | 1 - |

难 免 阵 头 亡。

| 1235 2162 | 1 6 6535 | 615 5532 | 1235 6531 | 2165 3212 |

| 0 0 | 0 0 | 0 0 | 0 0 | 0 0 |

（花云进至正场，二刀斧手跟进，站两边）

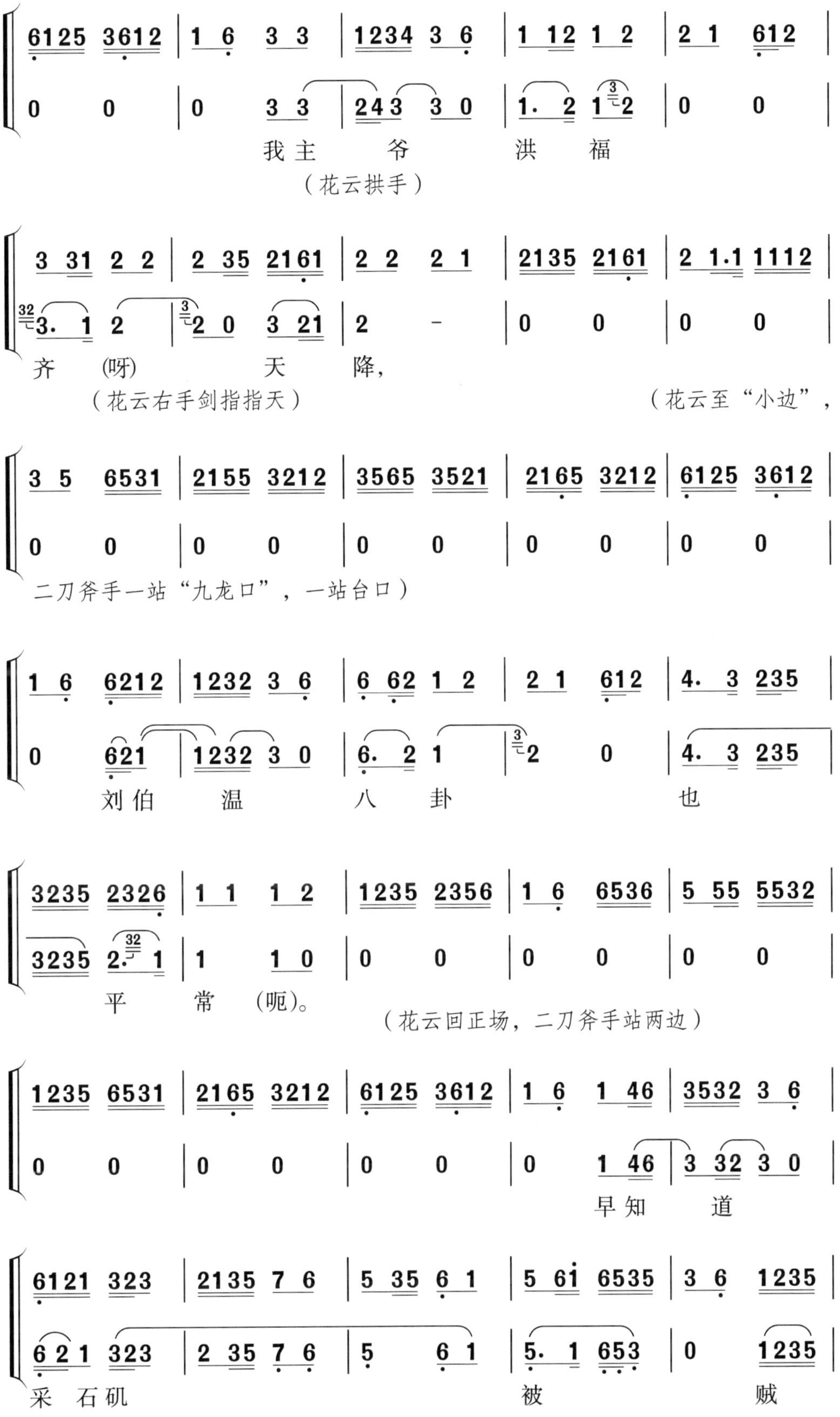
我主 爷 洪 福
（花云拱手）
齐 (呀) 天 降，
（花云右手剑指指天）
（花云至“小边”，
二刀斧手一站“九龙口”，一站台口）
刘伯 温 八 卦 也
平 常 (呃)。
（花云回正场，二刀斧手站两边）
早知 道
采 石矶 被 贼

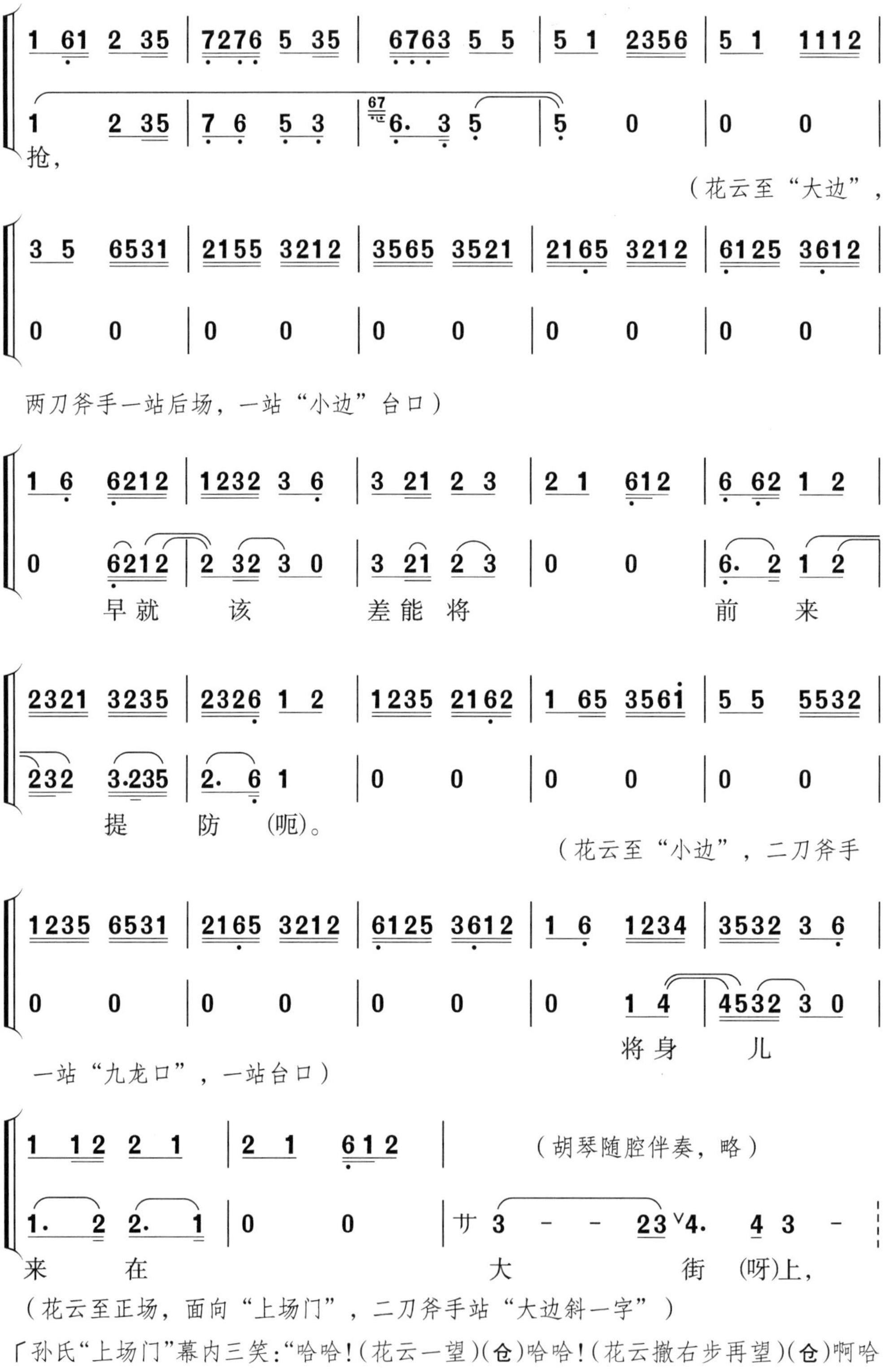

⺁孙氏“上场门”幕内三笑：“哈哈！（花云一望）（仓）哈哈！（花云撤右步再望）（仓）啊哈哈哈……”

⺁【闪锤】花云右手挑拇指指“上场门”，掂掌，惊异。

战 太 平

〔西皮摇板〕

花 云 （过门同前） 6. 2 1 2 1 2 － 4. 21 6 3 2 1 － ‖

那 旁来了 疯 婆 娘。（仓）

（上步至正场） （右手挑拇指后指） （右手剑指指台口）

⺁【快纽丝】花云左转身至后场面向“下场门”，左右蹉步，瞭望，逐渐走至二刀斧手里侧。孙氏右手执羽扇，身上大腰包，喜神系于胸前，“上场门”上，“小边”反圆场，至“小边”外侧时变“小边”圆场，在下段唱中跟两圈到花云身前。

〔西皮散板〕

孙 氏 （过门同前） i i 36 5 6 3 35 7 6 －（3 5 6 － ）36 5

将身来 在大街 上，（仓） 不 见

（孙氏跑圆场） （花云走至二刀斧手身旁转身，

i 7 6 65 53 5（4 3 6 5 － ）36 5 7 7. 2 56 V2 i 3 2 3 2 2 i －

儿夫在哪 厢？（仓） 不顾生死 朝前闯，

见到孙氏朝自己闯来，花云、二刀斧手同时上步）

⺁【撕边】二刀斧手呵斥。花云踢孙氏“屁股座子”，孙氏摔至“小边”台口（仓）【快纽丝】花云蹉步，上步到正场，俯视孙氏。孙氏战抖，仰视。

〔西皮散板〕

花 云 （过门同前） 3 36 5. 3 5 －（5 5 3 6 5 － ） 1

这 一 足 （哇 呃） （仓） 踏

2. 2 6. 5 23 2. 1 1 1. 6 1 0（7 6 2 1 － ）2. 1 3 32 3 2 －（7

在 你地 埃 尘 （呐）。（仓） 你 是谁 家

（指孙氏）

6. 1 2 － ）3 3 3 － － － 2. V 3 4 － － － 3 4 4 3 －

（顷 － 仓） 疯婆女 （呀），

（掂右掌）

⺁【快冲头】花云左脚向后撤一步，二刀斧手同时后撤。孙氏从地上爬起。

孙 氏 ⺁【三叫头】（三笑）（双手拉开腰包，外折左袖）哈哈，（绕回左袖，再里翻左袖）哈哈，啊哈哈哈……

⺁【紧锤】花云认出孙氏，上两步与孙氏同时往里转身一周，转身中花云将锁链冲天扔出成一直线，再回落双手中。花云横提右腿，落地右腿略弓，双手贴在腰左侧，身体略倾向孙氏，与其耳语。孙氏折左袖，左手后背，别右腿，右手横握羽扇举在头顶之上，倾听。

〔西皮快板〕

花 云 1/4（7 | 6 | 5 | 5 5 | 3 6 | 5 5 | 3 2 | 1 1）| 6 1 | 3 |

怀 中

0 3 | 2 1 | 1 | 2 | 1 6 | 0 3 | 3 2 | 1 | 2 |

抱 定 小 娇 生。 明 明 认 得

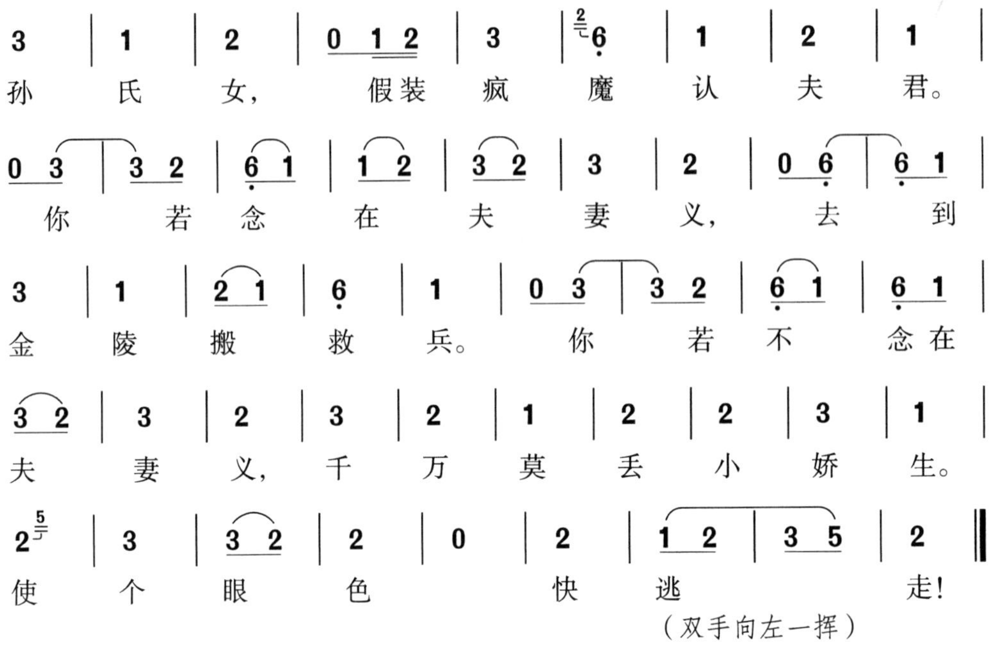

〔【扫头】【冲头】花云圆场至正场右侧，二刀斧手紧跟花云半个圆场站“小边”。孙氏反圆场至“大边”变圆场至正场左侧，双手左高右低拉开腰包，外折左袖。

孙 氏 【三叫头】（三笑）哈哈！（绕回左袖再里翻左袖）哈哈！啊哈哈哈……

〔【四击头】翻回左袖，外甩，顺势左转身一周，再里翻左袖，右手搂住喜神，别右腿，亮相。【冲头】右转身“下场门”下。

〔花云横提右腿，往“下场门”方向进至“大边”，看孙氏远去。

〔西皮散板〕

花 云 【快纽丝】（过门同前）

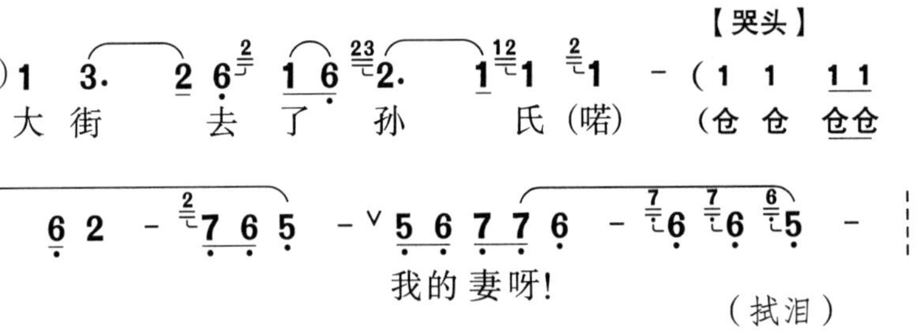

（【闪锤】捋髯，捋甩发，挑甩发，右转身面向前，上步）

〔西皮散板〕

（过门同前）

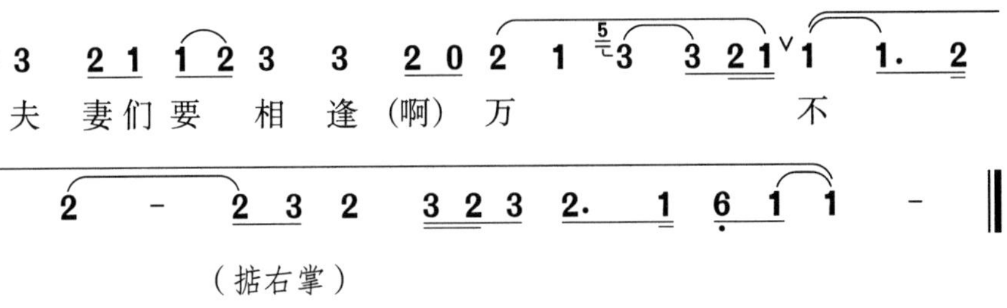

〔【一锤锣】二刀斧手上步，举刀，威胁花云。

二刀斧手 走！

〔花云右转身怒视二刀斧手，退二步。【大锣原场】左转身，“下场门”下。二刀斧手跟下。闭二幕。

第十四场

〔【大锣原场】开二幕。场上置正场桌，“大座”，“八字跨椅”。桌上放官印一方、文房四宝一份、惊堂木一块。深色绣金团花桌围椅披。“大座”后置深色绣金团花大帐。

〔唢呐吹奏曲牌〈小傍妆台〉。四蓝龙套（执标旗）、张定边、陈友杰“上场门”上，“站门”。陈友谅端带“上场门”上，至正场，双抖，提袖，整冠，捋髯，上步，右转身。（仓）四蓝龙套喊堂威：“哦—！”陈友谅归“大座”，张定边归“大边跨椅”坐，陈友杰归“小边跨椅”坐，四蓝龙套归“里八字”。曲牌止。

〔【冲头】陈英豹“上场门”上，进门，站“大边”，面里禀报。

陈英豹 （躬身）花云君臣押到。

陈友谅 绑进帐来。（拍惊堂木）

陈英豹 （至正场）绑上来！（出门，“下场门”下）

〔二刀斧手“上场门”幕内：“啊！”

〔【快长锤】二刀斧手押朱文逊、花云“上场门”上，二刀斧手分站两边，朱文逊、花云站“小边”。

〔西皮摇板〕

朱文逊 （过门同前）

花 云

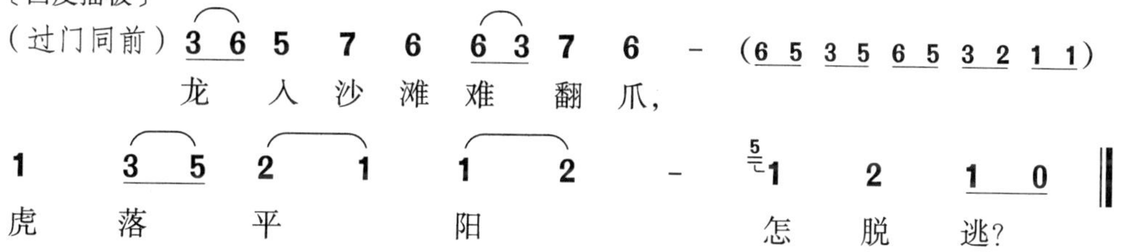

朱文逊 卿家，此番进帐，哀求的是，还是叫骂的是？

花 云 （斩钉截铁地）自然是叫骂的是！

朱文逊 唉，哀求的是。

花 云 唉，不不不，叫骂的是。

朱文逊 （端起架子）哀求的是！

〔（大 大 大大 大大 衣 ）花云后撤一步，一望朱文逊，上步至朱文逊身旁。（仓）

花 云 千岁！

〔西皮流水〕

【紧锤尾】

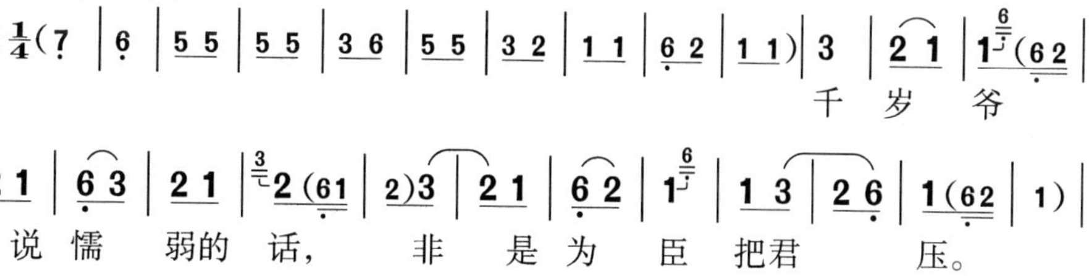

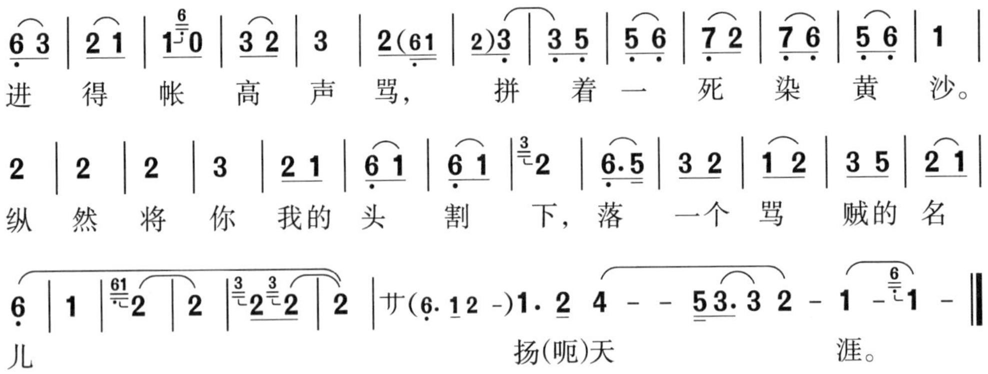

〔西皮摇板〕
朱文逊 【单槌大锣凤点头】（过门同前）

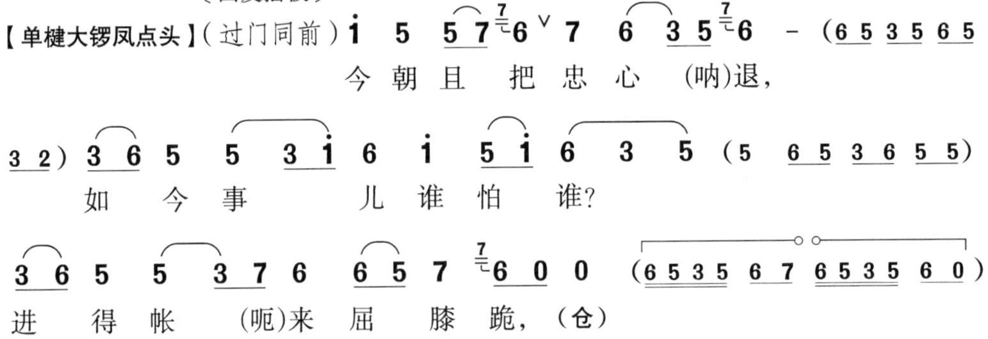

花　云　（低声）千岁，叫骂的是！
朱文逊　哀求的是呀！
花　云　叫骂的是！
朱文逊　哀求的是！
花　云　（推开朱文逊）哎——呀！（仓）（指点着朱文逊）懦弱无刚呃！
〔【闪锤】朱文逊转身跪“大边”，花云站“小边”。

〔西皮摇板〕
朱文逊 （过门同前）

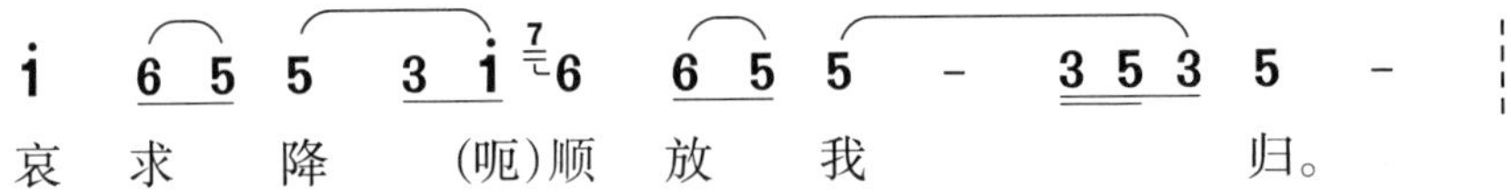

〔西皮快板〕
陈友谅

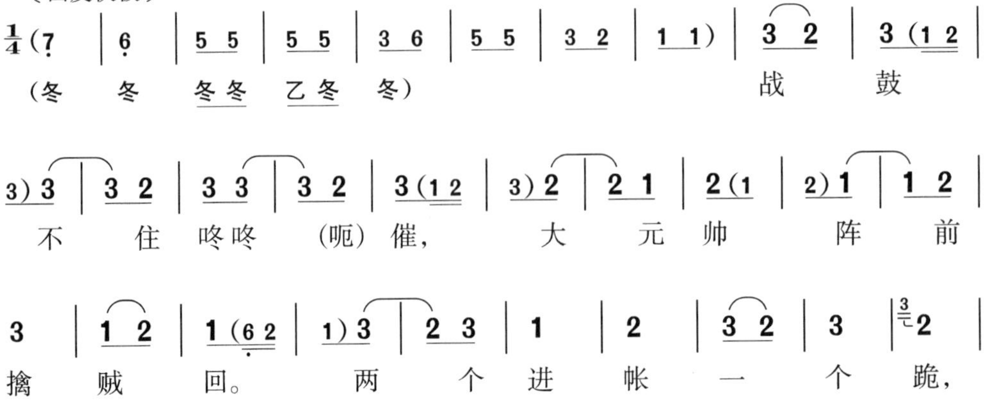

2 1 | 6 1 | 2 | 2 | 廿(大 大) 2 1 1 - 1 3 2 1 - ‖
跪 的是 何 人 站 的 谁?

〔西皮散板〕
朱文逊 【双槌大锣凤点头】(过门同前) 3 6 5 7 6 6 3 5 7 - 7 6 -
困 在 沙 滩 朱 文 逊,

花 云 (6 - -) 2 3 3 3 5 5 (3 5 6 i 5 -) 3 2 2 1 - 1 2
(顷-仓) 站 的 是(喏 呃)① 你老 爷
(冲天抛锁链,
双手接,上步)

(2 -) 3. 5 6 5 4 - - 4 5 6 - - 6 - 5. 3 5 - ‖
叫(哇)花 云 (呐)。

〔西皮散板〕
陈友谅 【纽丝】(过门同前) 1. 3 3 3 3 2 1 2 3 - (6 1 2 3)
损 兵 折 将 悔 不 悔? (仓)

3. 3 2 1 2 3 1 - 2 2 1 - ‖【住头】
事 到 头 来 埋 怨 谁?

朱文逊!

朱文逊 有。
陈友谅 你叔王驾前有几个侄男?
朱文逊 就是小王一人。
陈友谅 待你如何?
朱文逊 恩重如山。
陈友谅 嗯!【撕边一击】既然待你恩重如山,失职被擒就要归降,似你这样贪生怕死之人,要你何用。来!
〔花云、朱文逊一惊。
四蓝龙套 有。(仓)
陈友谅 斩!(拍惊堂木)(仓)
〔朱文逊左拧身摔"屁股坐子"。【乱锤】花云上前拉,朱文逊起来。朱文逊一狠心出门,【长尖】悔恨地双手一挥,顿左脚,左转身,二刀斧手押其"下场门"下。
〔花云俯身沉痛地低着头站"小边",不停地搓手。【监斩鼓】(冬)花云一惊,挑甩发,顿左脚,跨右腿,面向"大边"踢左腿,至正场,(冬)左转身一周,面向前旋甩发,蹉步,(匡)至"大边"台口,面向"下场门"一望,跨左腿,右转身,面向"小边",踢右腿,蹉步,

---

① 此处也可唱嘎调:3. 5 3 5 i i i - 。
站 的是(喏)

跨左腿，转身一周，面向前，(冬)旋甩发，蹉步至“小边”(冬)面向“上场门”(匡)一惊，向里上二步，右转身，面向“大边”台口(仓)收左腿。【冲头】奔向台口。同时，二刀斧手捧人头“下场门”急上，至台口。花云抢过人头推一刀斧手向“小边”“抢背”，转身踢另一刀斧手向“大边”“抢背”。蹉步，右转身一周跪正场台口。

〔西皮散板〕

花　云　【快纽丝】(过门同前) 5 55 5 5 35 6 5 – (3 6 5 –)
哗啦啦大炮一　声　响，　(仓)

4 3 21 61 1 3 21 6 1 – (7 6 2 1 –) 3. 2
血　淋　淋的人　头　滚　一　旁。　(仓)　先　前

2.1 1 6.3 32 2 6 3 21 2 1 6. 21 (7 6 2 1 –)
怎　样　对(呀)你　讲，一　心　要　降北　汉　王。(仓)

3. 2 32 1 – 6. 3 21 2 0 21 61 22 2 – 32
奸　贼哪　有　容　(呃)人的量，顷　刻　之(喏)间

(2 7 6.1 2 –) 7.6 72 5 – 5 6 7 2 7 2 76 6 6 6 6 5 –
一　命　亡　啊！

(拭泪)

(【快纽丝】站起，挑甩发，上步)

〔西皮散板〕

(过门同前) 6 3 621 2 – 3 322 344 – 3 – (333 –)
忙将人头　打进　帐(啊)!　(仓)

〔花云扔人头，人头从陈友谅头上飞过。花云进帐，“挖”至“大边”，面向陈友谅。

〔西皮快板〕

【紧锤】1/4 (7 | 6 | 55 | 55 | 36 | 55 | 32 | 11 | 62 | 11)

花　云　35 | 3 | 02 | 21 | 1 | 61 | 6 | 06 | 21 | 12 |
大　骂　贼　子　北　汉　王。　既　然　兴
(指着陈友谅)

3 | 32 | 1 | 2 | 03 | 22 | 62 | 1 | 6.1 | 2 |
兵　来　打　仗，　一　来　一　往　动　刀
(左转身面向前，右手一挥)

6 | 03 | 21 | 61 | 16 | 61 | 61 | 2 | 2 | 35 |
枪。　你　今　设　计　害　能　将，　贼　是　个

2 1 | 2 | 6 1 | 5 | 1 | 1 | (1 1 | 1 | 1) ‖ (仓)
人 面 兽(哇) 心 肠。
(指向"小边台口") (进至正场昂然而立)

陈友谅 哈哈哈……

〔亮弦〕
サ(7 2 - 1 - -)

〔【闪锤】花云往"大边"上一步。

〔西皮流水〕

陈友谅 1/4(7 | 6 | 5 5 | 5 5 | 3 6 | 5 5 | 3 2 | 1 1) | 3 | 3 |
一 见

0 3 | 3 3 | 3 2 | 1 2 | 3 | 0 1 | 1 2 | 3 | 1 | 2 | 3 |
人 头 打 进 帐, 不 由 孤 王 喜 洋

1 | 2 | 2 5 | 3 2 | 2 ∨ | サ(3 2 1 6 1 2 -) 3 1 2.3 4 - 3 - ¦
洋。下 得 位 来 把 话 讲,

〔【快长锤】陈友谅出座至正场,陈友杰、张定边随之离座站两边。一蓝龙套将座椅改成"小座"、"大边跨椅"。

〔西皮摇板〕

陈友谅 (过门同前) 3 2 3 2 1 2 - (3 5 2 1 6 1 2 -) 3 2.3 2 1 - ‖【住头】
花 云 将 军 听 端 详。

花将军!

花 云 (右转身,上步,狠指)陈奸贼!

陈友谅 唉!(仓)想你主乃是放牛牧童出身,怎比孤家,二甲进士。你若归降,定是封侯之位;执意不降,一刀将你斩首,家中还有妻儿老小,依靠何人?花将军,你要再思呀,再想!
(大·拉 大大 衣大 大 仓)

〔小拉子〕

(‖: 1/4 1 2 6 2 | 1 3 | 2 1 6 2 | 1 | 1 2 6 2 | 1 2 3 5 | 2 1 6 2 | 1 :‖)

〔花云有所思地上步至正场,张定边跟至花云身旁。张定边(夹白):"我主乃是有道明君,花将军,你归降了吧!"陈友谅(夹白):"将军三思!"花云抬头摊右掌退步至"小边",张定边归"大边跨椅",陈友杰站"小边",陈友谅缓步回"小座"坐。音乐止。(仓)

〔西皮流水〕

【闪锤】1/4(7 | 6 | 5 5 | 5 5 | 3 6 | 5 5 | 3 2 | 1 1 | 6 2 | 1 1) |
(花云上步至正场左侧,面向前)

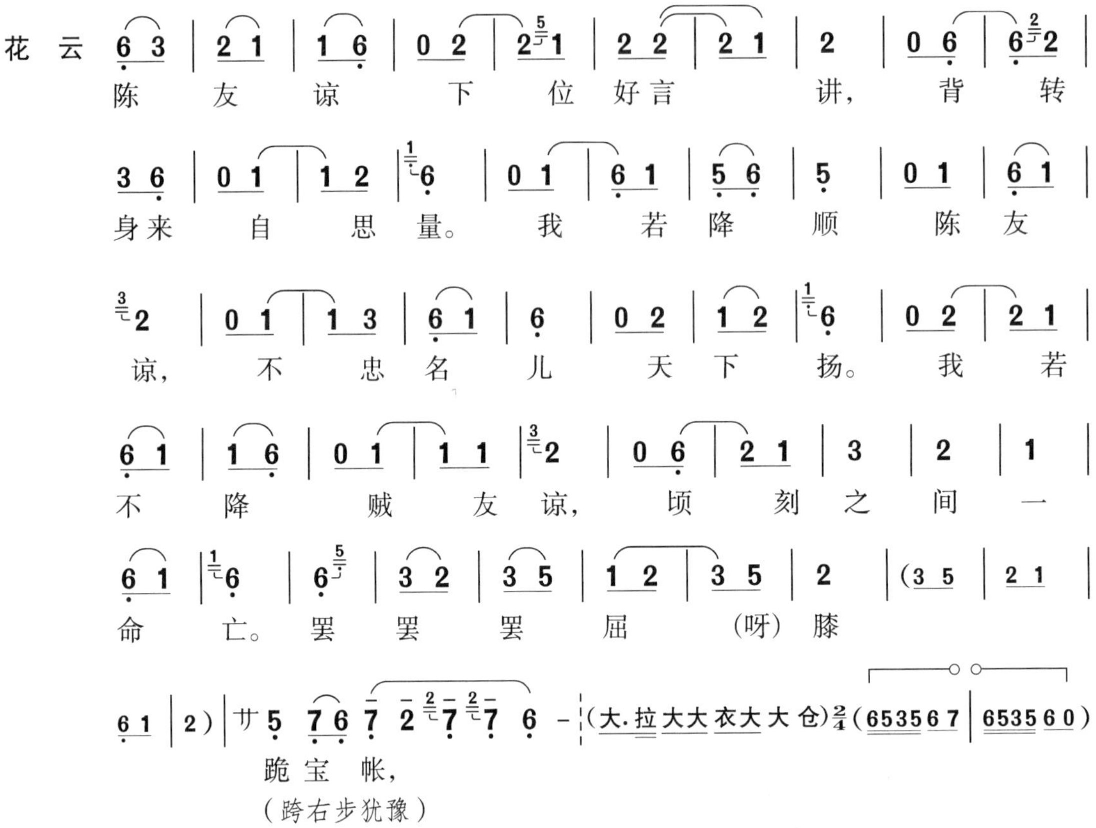

陈友谅 （站起）归降了吧！（仓）

张定边 归降的好哦！

〔陈友谅归座，面向“小边”静等。

花 云 （朝张定边）呸！

陈友杰 住了！（上步）

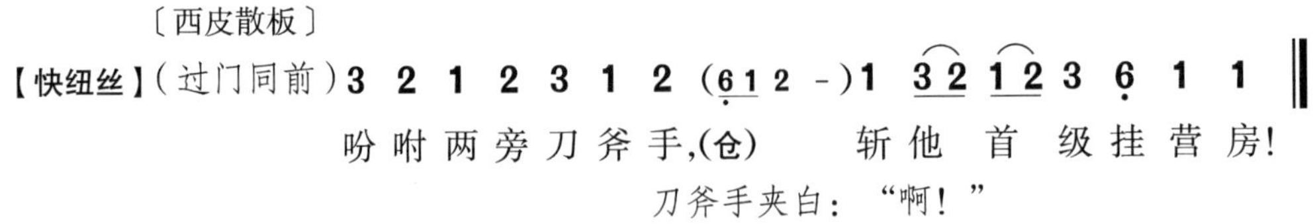

二刀斧手 走！

〔【冲头】花云昂然出帐。【回头】【快原场】二刀斧手押花云“下场门”下。张定边急出帐至台口。

张定边 刀下留人！

〔【大锣五击】张定边回原座坐。

陈友谅 归降的好！（站起）【撕边】（不见花云）（仓）花云哪里去了？

陈友杰 辱骂兄王，已将他斩首。

陈友谅 嘿嘿！（仓）（拂右袖）他骂的是孤家，与你什么相干！

张定边 小王保得在。

陈友谅 花云执意不降，如何是好？

张定边 主公，在百步之外，立一高杆，将花云绑在高杆之上，主公手持弓箭，只可开弓，不可放箭。为大将者，不怕杀，就怕吓。这一吓么，也就归降了。

陈友谅 哈哈哈……此计甚好，带马伺候。

四蓝龙套 啊。

〔【**闪锤**】四蓝龙套"归正"，陈友谅、张定边离座与陈友杰一起进至前场。

〔西皮流水〕

陈友谅

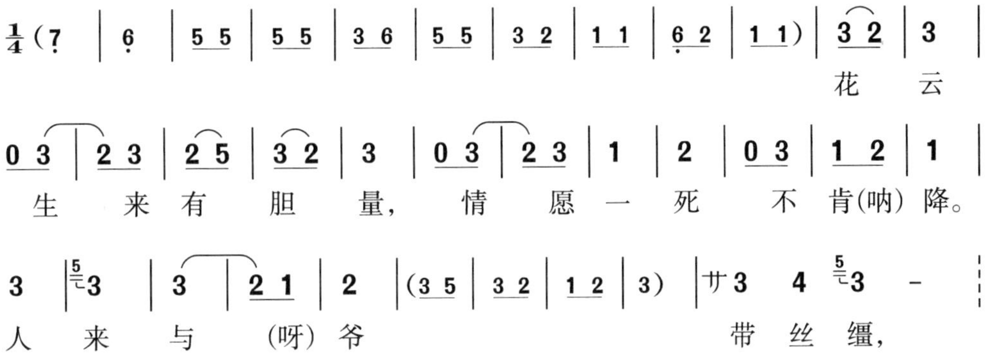

〔【**快长锤**】四蓝龙套正场合扇，带马。陈友谅、张定边、陈友杰出帐，"一翻、两翻"，上马。四蓝龙套、张定边、陈友杰"插门""下场门"下。陈友谅右转身举鞭向"下场门"走至"大边"，右转身，面向"小边"台口，横鞭，上步。

〔西皮摇板〕

陈友谅 （过门同前）

〔【**一锤锣**】陈友谅左转身，举鞭，"下场门"下。闭二幕。

第十五场

〔【**大锣原场**】开二幕。正场置高杆高台（即正场桌上置一椅，椅背向前，椅上绑一十字架，丝绦中间绑在竖杆顶部，丝绦两头分别绑在横杆的两头，绦穗下垂。两侧两把椅背向前的椅子，桌前一凳，桌、椅、凳覆盖深色绣边桌椅披）。

〔西皮导板〕

花 云 【**大锣导板头**】（过门同前）

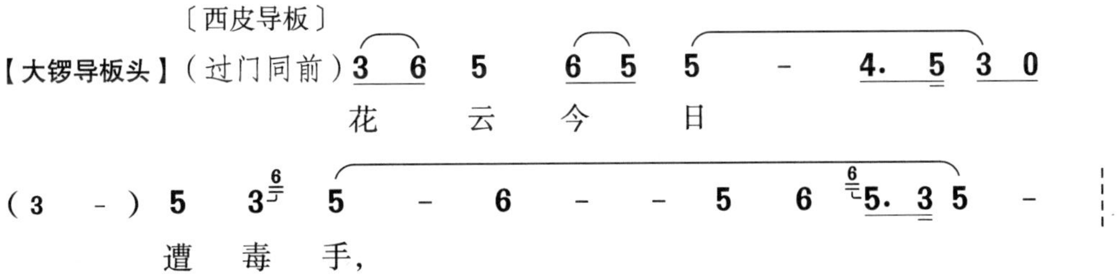

〔【紧锤】二刀斧手架着花云举刀“上场门”上。花云跨抬右腿，进至正场，右蹉步，亮住。

〔西皮快板〕

$\frac{1}{4}$(7̣ | 6̣ | 5 5 | 5 5 | 3 6 | 5 5 | 3 2 | 1 1 | 6̣ 2 | 1 1) |

花 云 1 | 2 | 3 | 1 | 3 | 1 2 | 1 | 1 | 2 | 3 | 6̣ | 1 | 2 | 2 | 1 |
好 汉 英 雄 不 到 头。采 石 矶 与 贼 斗，中 了

3 | 1 | 3 | 1 2 | 1 | 1 | 2 | 3 | 2 | 1 | 0 | 4 | 4 | 4 | 4 |
奸 贼 小 计 谋。将 身 来 在 法

4 | 4 | 4 | 4 | $\frac{5}{}$4 | $\frac{5}{}$4 | 2 | 2 | 3 | 3 ∨ | 4 | 4 | 4 | 4 | $\frac{6}{}$3 |
标 (哇) 口，

〔【快长锤】二刀斧手押花云上高台，将花云双臂绑在高杆的横杆上。二刀斧手一手举刀，一手压住花云双手，站在两边的椅子上。

〔西皮摇板〕

花 云 （过门同前）6̣ 3 2 1 1 $\frac{3}{}$2 − ∨2 1. 3 2. 3 2 1 6̣ 1 1 − ‖
为 国 一 死 把 名 (呐) 留。①

〔【快长锤】四蓝龙套“上场门”上，站“小边一条鞭”。陈友杰、张定边“上场门”上，站龙套前。陈友谅打马“上场门”上，至“小边”台口，放鞭。

〔西皮快板〕

$\frac{1}{4}$(7̣ | 6̣ | 5 5 | 5 5 | 3 6 | 5 5 | 3 2 | 1 1 | 6̣ 2 | 1 1) |

陈友谅 3 2 | 3 5 | 3 | 0 3 | 3 3 | 3 | 3 2 | 3 | 0 2 | 2 3 |
来 至 在 校 场 停 走 兽，花 云

1 | 2 | 2 | 3 | 1 | 0 1 | 1 2 | 3 | 2 | 1 2 |
将 军 听 从 头：你 若 真 心 把

3 | 2 | 1 | 3 | 2 | 2 2 | 2 1 | 6̣ | 1 | 1 |
孤 投，不 封 王 (呃) 位 我 定 封 侯。

① 这段唱的原词是：“盖世英雄遭毒手，好似鳌鱼吞了钩。将身来在法标口，为国忠良下场头。”

战太平

花　云　呸！

〔西皮快板〕

【大锣三锤】1/4（7 | 6 | 5 5 | 5 5 | 3 6 | 5 5 | 3 2 | 1 1 | 6 2 | 1 1）|

1 | 3 | 0 1 | 1 2 | 3 | 3 2 | 3 | 0 3 | 2 1 | 6 2 |
一　见　友　谅冲　牛　斗，　大　骂贼

1 | 6 | 2 1 | 6 | 0 1 | 1 2 | 1 | 2 | 3 | 3 2 |
子　听　从　头：　老　爷本　是　忠　良

3 | 0 1 | 1 2 | 4 | 4 | 3 | 0 | 1 | 6 1 | 6 ‖
后，　岂　与　奸　贼　做　马　牛。

陈友谅　4 | 3 2 | 3 | 0 3 | 3 3 | 3 | 3 2 | 3 | 0 3 | 3 1 |
花　将　军　休　要　逞　刚　强，　刚　强

2 | 1 | 3 | 1 2 | 1 | 0 1 | 1 2 | 3 | 2 | 1 2 |
怎　比　楚　霸　王。　你　若　真　心　把

3 | 2 | 3 | 2 3 | 4 | 4 | 3 | 0 | 2 | 3 | 1 ‖
孤　降，　孤　封你　一　字　并　肩　王。

花　云　6 | 6 | 1 | 0 3 | 3 1 | 2 1 | 6 1 | 2 | 0 1 | 1 2 | 6 1 | 6 |
陈　友　谅　休　得来　妄　想，　老　爷言　来

1 | 2 | 6 | 0 1 | 1 2 | 2 | 1 | 1 | 3 | 2 |（6 | 6 1 | 2 | 2）|
听　端　详：　若　要　花　云　来　归　降，

（夹白）贼子呀！（顿足）

陈友谅　怎么样？（仓）

花　云　贼子！（顿足）

〔西皮摇板〕

【大锣三锤】（过门同前）6 2　1　3　2　2. 5　2　1　– ‖
日　从　西　出　也　不　降。

「【快纽丝】陈友谅取过弓箭。

〔西皮散板〕

陈友谅　（过门同前）2　2　1　2　3　3　3 ‖
开　弓　便　把　雕　翎　放——

〔【快扫头】陈友谅开弓。花云夺刀，顺手杀死二刀斧手，跳下高台。【急急风】(加堂鼓)四蓝龙套、张定边“上场门”下，陈友谅拖鞭“上场门”急下。陈友杰与花云“过合”，花云右刀砍“鼻子”，陈友杰持钢鞭挡，花云左刀削头，陈友杰“下场门”败下。闭二幕。

第十六场

〔【急急风】(加堂鼓)开二幕。空场。

〔【急急风】(加堂鼓)四北汉兵举弓“上场门”上，圆场，面里翻，站“八字”。陈友杰举钢鞭提下甲“上场门”上，至正场，转身面向前。

陈友杰 弓箭伺候!

〔【急急风】(加堂鼓)四北汉兵后场站“横一字”，花云举双刀“上场门”上。“过合”。花云双刀漫头，在台里左转身一周与陈友杰一磕，右转身小圆场至中场，陈友杰圆场至“小边”后场。四北汉兵放箭，花云在正场面向里抡刀拨箭，左转身面向前，右弓箭步，俯身，左手横刀，右手握刀戳地，做带箭状。花云双刀护腰式弯腰横蹉步至“下场门”台口，左转身，“下场门”下。

〔四北汉兵“归正”。陈友杰至正场，横钢鞭，挥左手。

陈友杰 紧紧追赶!

四北汉兵 啊。

〔【一锤锣】四北汉兵“插门”“下场门”下。陈友杰左转身，举钢鞭“下场门”下。

第十七场

〔【堂鼓架子】【冲头】【回头】花云俯身面朝右，双刀护腰式跨步“上场门”上，右脚左跨步，左脚跟左跨步至“九龙口”。横提左腿，“云手”，圆场，至正场，面向“大边”，右蹚步，站立不稳，俯身，双刀戳地。

花　云 【双叫头】杀败了哇，杀败了！实指望啊——【撕边】(崩登仓)(挑甩发，挺直身体右脚右跨一步，左脚跟一步，右手将刀抬起成横刀式，左手收刀成插腰式，面向“大边”台口亮相)杀出重围，去到金陵搬来救兵，(右手持刀前指)再为千岁(双刀拱手式)报仇。不想那贼，(左手持刀插腰，右手持刀前指)乱箭齐发。如今身带箭伤，恐怕性命(顿左脚，左手翻腕双手握刀摊掌，掂刀)休——矣!

〔唢呐吹奏曲牌〈风入松〉

〈风入松〉

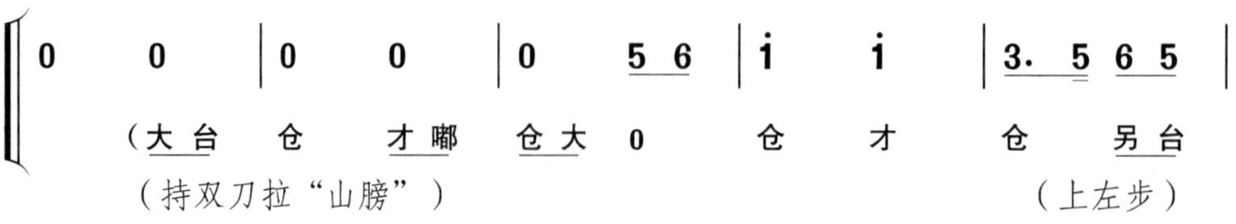

（左臂往里划一圈，横提左 （左弓箭步，成端刀式）
腿，右臂下划，握刀前指）

〔【堂鼓架子】右手翻腕往外抡刀，右腿左跨，提左腿，左转身，左手握刀外抡。陈英豹持双刀"上场门"急上，至正场。花云、陈英豹漫头，左转身。陈英豹至"大边"，转身双刀刺。花云右手里刨，左手里刨。陈英豹举双刀往下砍空。花云双刀刺，杀死陈英豹，"下场门"下。

〔【冲头】花云体力不支，双刀往右平划，右转身，至正场，面向"小边"，俯身，双刀戳地。

花　云　圣上啊，圣(呐)上！(崩登仓)(挑甩发，挺直身体，左脚左跨，左转身，面向前，左手持刀成横刀式，右手持刀插腰式一亮)为臣竭力已尽，再不能与国家出力【撕边】报(哇)效。(左手举刀，右手横刀)【叫头】也罢！(右手插腰式，左手横刀式亮相)拜谢国家(双手握刀拱手)爵禄之恩，我就战(呐)死(仓)(左手插腰式，右手端刀式，面向"小边"台口一亮)疆场！

〔唢呐吹奏曲牌〈风入松〉

〈风入松〉

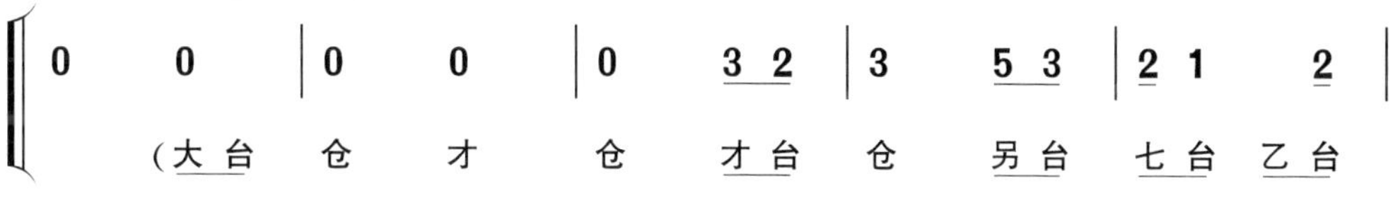

（右手掂刀，收右脚成双刀护腰式，跨左步，面向"大边"台口跪，

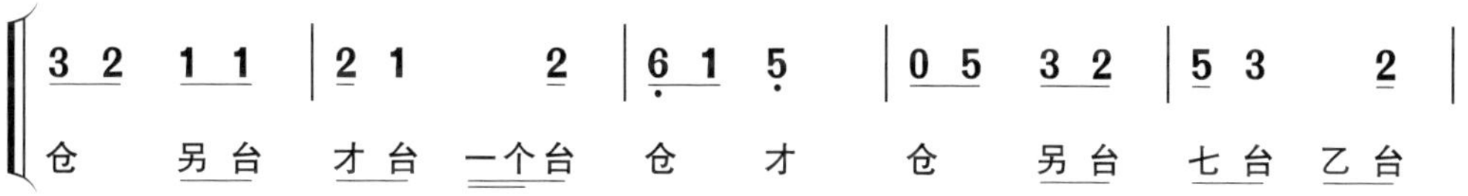

做三个望天双刀拱手式，打甩发，叩首，挑甩发）

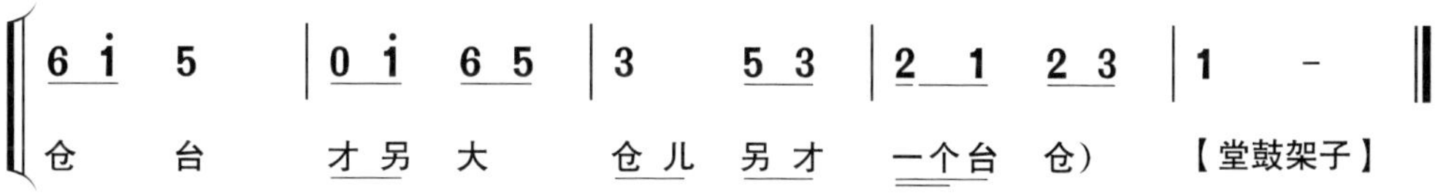

〔花云挣扎站起，力不从心，右刀掉在右前方。【乱锤】抬左腿单脚后退数步，左刀落地，跌倒在地，右腿盘坐双手在右侧撑地。左手抖动向左划圈，右翻身，左手撑左腿艰难地站起。向左跨移两步，双手后背，右手拔出一箭，提右腿折箭，扔箭。右手抱腹，左手后背拔箭，提左腿折箭，扔箭。左揉、右揉、左揉背后箭伤。跨步右移，双手抖动抬起过顶，拍腹，右脚向左跨步，左脚跟左跨一步，面向"小边"台口。【堂鼓架子】【乱锤】跨右步，左转身，面向"下场门"，踢左腿，蹉步，双手向两侧拉开向"下场门"一望，摊双掌，搓手。左转身面向"小边"台口，左丁步，摊双掌，右蹚步，转身向"大边"台口，再一个右蹚步至正场，双手扶头上的箭伤，企图拔箭，疼痛难忍。右跨左步，看到地上的刀，双手抖动往怀里划圈，后退两步，(仓)提左腿，左手提起左下甲，(仓)提右腿，右手提

起右下甲,(**仓**)面向“小边”台口一亮。三个(**不拉大仓**)蹉步,【**撕边**】蹉步至刀前,俯身拾刀,左步左跨一步,右手涮刀成端刀式。

花　云　嘿!(顿右脚,左转身,面向“下场门”,【**四击头**】跨右腿,踢左腿,出右步右转身,面向前,让髯,横刀自刎①)

〔唢呐吹奏〈尾声·合头〉接【**大锣原场**】

大幕落。

——剧　终

---

① 这按通常演出还有如下的表演,谭富英先生演出则删去这一情节。

〔【**急急风**】四北汉兵引陈友杰、张定边“上场门”上。站“小边一条鞭”。陈友谅骑马“上场门”上,至“小边”台口。

四北汉兵　花云自刎疆场。

陈友谅　呜呼呀!【**撕边一击**】可惜一员虎将,不肯归降。马上受孤一拜。(作揖)众将官!

众　有。【**大锣一击**】

陈友谅　花云尸首不可损坏。歇兵三日,兵发金陵!

〔唢呐吹奏曲牌〈尾声·合头〉,四北汉兵“下场门”领下,陈友杰、张定边、陈友谅随下。

哈鸿儒 整理

御碑亭

梅兰芳、谭富英 1957 年演出本

《御碑亭》又名《金榜乐》、《王有道休妻》，故事梗概如下：浙江金华书生王有道娶妻孟月华，与妹王淑英一起居住京华。甲辰科举，王有道入场会试。时逢清明佳节，孟月华回娘家祭祖。祭毕，因惦记小姑一人在家，不辞父母而归。不想中途大雨倾盆，便在御碑亭避雨。恰巧书生柳生春也因遇雨来到御碑亭，见孟月华在亭内，为避嫌，在亭外廊下躲雨。通宵二人未交谈一语。孟月华深感柳生春守礼老诚，回家便说与小姑。王有道还家得知此事，心疑而不细察，竟将孟月华休弃。王有道、柳生春等会试得中进士，一同拜谒老师申嵩。柳生春答卷并非完美，曾三次落卷，申嵩因其答卷每次均复归案上，这才将其录取。申嵩问及柳生春有何阴骘，得神灵护佑。生春说明御碑亭避雨之事，王有道始明真相，深悔自己孟浪。随后便向孟月华陪罪，并将妹淑英许配给柳生春。

《御碑亭》故事取材于《今古奇观》清人《庐夜雨》传奇，《双合欢》传奇讲的也是这个故事。它是一出传统老戏，生旦并重，且角色众多，各有戏可做，能拴住名角，故此一些堂会义务戏经常安排演出。这个整理本就是根据1957年4月25日梅兰芳、谭富英、姜妙香、李砚秀等名家为筹集“北京市京剧工作者联合会”福利基金在中山公园音乐厅演出义务戏的实况录音整理而成的。演出本对老本做了一定的修改，把雷公、电母、值日功曹、朱衣神等都净化出舞台，将柳生春落卷的戏改为暗场处理。这些修改都很恰当必要，因此，无须再追溯老本的原貌，画蛇添足。

学习研究梅派艺术的人一致认为梅派“易学难工”，《御碑亭》同样具备这一特点。从孟月华的唱段来看，全剧以〔摇板〕、〔散板〕为主，音域在“3”到“$\dot{2}$”七度之间，梅兰芳就是用这些唱腔来塑造孟月华这样一位端庄娴淑妇女的喜怒哀乐的。以“一见休书如刀绞”那段〔散板〕为例，唱腔没有高腔、花腔，也没有高亢激越的旋律，只是在她晕倒醒来之后，凄楚委婉地向父母表述事情的原委，说到最伤心的时候，才在〔哭头〕当中使了一个普通的大腔，使观众不觉潸然泪下。梅兰芳完全是用工整的腔调，从神态上表现出孟月华的教养，衬托出她的书香门第气质。这种艺术境界，是靠艺术修养、文化内涵实现的。“送行”时的〔西皮原板〕只有两句，却深深地表达了夫妇的恩爱情深，烘托出欢畅和谐的家庭气氛。“避雨”一场的八句〔西皮二六〕是旦角在全剧中的核心唱段。唱段不长，表现的心情却很复杂：有度过漫长雨夜的焦急，有孤独无援的恐惧，有贞洁不保的忧虑，还有夜宿御碑亭的无奈，唯一的希望寄托在“天助应”之上。全段平整无华，只在“贞洁”以高音“$\dot{2}$”的音调唱出。这是封建社会妇女致命的要害，不由得发自内心呼喊出来。“避雨”出场的滑步，是《御碑亭》一剧著名的身段。看似简单的身段却表现出了雨夜泥泞的路上，浑身湿透的孟月华步履维艰的场景，使观众如身临其境。

另一位主人公王有道，以须生应工。各派老生名家都唱《御碑亭》，唯谭富英最具本色。他早年录制的“送行”一段三人对唱的〔西皮原板〕，“贤德妹体谅我手足情分”一句还使了个高腔，而在晚年与梅兰芳合作的这个录音，整个唱段用的全是平腔，更出色地刻画出和睦安稳的生活氛围。王有道生活在这样和谐美满、温馨幸福家庭之中，他决心通过科举改换门庭。到写休书时，被程朱理学束缚着的王有道情绪激动起来了，这一段〔西皮原板〕，谭富英用了高亢的声腔来刻画人物。“实难舍夫妻结发的情，实指望同庚同到老”中“夫妻”、“庚”都用了高腔，撕心裂肺地唱完这两句，使观众很容易理解王有道此刻矛盾的心情。念白上，谭富英总是喜欢用口语化的表演，不拉腔拿调。像王有道考试完毕回到家里，向妹妹淑英打听妻子为什么生病，就是兄妹在拉家常，有关心，有埋怨，有不解，有疑惑，毫无做作。这种念白作为韵白极其不易，是谭富英的特色。

谭富英晚年对很多戏都认真地做了研究，有些地方还删改了戏词。如该剧写休书的唱段，他删去了“非是我一旦多薄幸，实实难容下贱的人”二句，因为王有道是在封建理法上过不去，在感情上对孟月华难舍难分，既然如此，又何须用“下贱人”这样恶毒的词来对待？删去这两句，更加合理地表现出王有道的内心世界。以1929年开明唱片唱词与整理本唱词比较，如“实难舍夫妻两离分”改成“实难舍夫妻结发的情”，“忍住泪痕咬牙根”改成“眼含珠泪又痛恨”，从中可以看出谭富英的匠心所在。又如把“疑他暧昧事不明”改成“与他暧昧事不明”，正符合剧情规定，即王有道主观武断的错误。从剧情戏理上深入地想一想，不能不佩服谭富英的高明。

哈鸿儒

人物行当

孟月华	青衣	进士甲	老生
王有道	老生	进士乙	小生
王淑英	花旦	二报录人	丑
柳生春	小生	四红龙套	杂
申　嵩	老生	二旗牌	杂
孟鸣时	老生	四青袍	杂
张　氏	老旦	苍　头	杂
得　禄	丑	车　夫	杂
丫　鬟	花旦		

服装扮相

孟月华　俊扮。梳大头、线尾子、点翠头面、绢花、领花，蓝色绣团花帔、黑色绣边褶子、白绣花裙子，彩裤，彩鞋。(第七、八场改为皎月色包头、皎月色绣花褶子；第十一场换红绒花、红色绣团花帔)

王有道　俊扮。黑高方巾、黑三，宝蓝褶子、衬褶子、绦子，香色彩裤，厚底靴。(第九场后换忠纱、改良红官衣、玉带)

王淑英　俊扮。梳大头、线尾子、水钻头面、绢花、领花，藕荷色或粉色袄子、裙子，彩裤，彩鞋。(第十一场为红盖头、红绣花帔、白绣花裙子)

柳生春　俊扮。文生巾、帽正，浅蓝绣领素褶子、绦子、黑色衬褶子，皎月色彩裤，厚底靴。(第九场后忠纱、帽正，红官衣、补子、玉带)

申　嵩　俊扮。文阳、白三、黄绸条，红蟒、玉带，红彩裤，厚底靴。

孟鸣时　俊扮。紫员外巾、黪三，紫色团花对帔、衬褶子，黑彩裤，厚底靴。

张　氏　俊扮。黪网子、老旦冠、勒子、绸条，紫色团花对帔、褶子，绿裙子，福字履。

得　禄　丑扮。孩儿发，蓝色对襟褂子（带水袖)、小白腰包，黑彩裤，大袜、皂鞋。

丫　鬟　俊扮。梳大头、线尾子、头面、绢花，裤袄、坎肩、腰巾子，彩鞋。

进士甲　俊扮。忠纱、黑三，改良红官衣、玉带，红彩裤，厚底靴。

进士乙　俊扮。忠纱、帽正，红官衣、补子、玉带，红彩裤，厚底靴。

二报录人　丑扮。梢子帽，蓝布箭衣、淡黄色小大带，黑彩裤，大袜、皂鞋。

四红龙套　俊扮。红大板巾，红龙套服，黑彩裤，薄底靴。

二旗牌　俊扮。黑大板巾，蓝绣边箭衣、黑团花马褂、苫肩、紫大带，红彩裤，厚底靴。

四青袍　俊扮。红秦椒帽，黑褶子，黑彩裤，薄底靴。

苍　头　俊扮。白毡帽、白二涛，老斗衣、紫大带，黑彩裤，白袜、皂鞋。

车　夫　俊扮。梢子帽，蓝布箭衣、紫大带，黑彩裤，薄底靴。

道具

桌　子	三张	**信封、休书**	一份
椅　子	九把	**石　凳**	两个
红色绣金团花桌围、椅披	一套	**喜　报**	一个
深色绣金团花桌围	一套	**招文袋**	一个
深色绣金团花椅披	五套	**提　篮**	两个
浅色绣花桌围	一套	**折　扇**	一把
浅色绣花椅披	三套	**酒　壶**	一个
车　旗	一对	**酒　斗**	一个
红　旗	四面	**手　绢**	一方
文房四宝	一份	**方　盘**	一个
御碑亭	一座		

第一场

〔【冲头】幕启。场上置正场桌“小座”。烟色绣金团花桌围椅披。

〔【大锣原场】四红龙套、二旗牌“上场门”上，站门。申嵩端带“上场门”上，“九龙口”亮住。抖双袖，提袖，整冠，捋髯。端带进至正场台口。【归位】

申　嵩　（引）君正臣贤（台·大台）享太平(大大)

621 ²3 2 - ³2 ³2 6 7 6 ⁷6 | 5 - ⁶5 ⁶5 ⁷6 - - ‖

贺岁　丰　　　　　　　　年。

〔【大锣原场】申嵩抖右袖，提袖，左转身归“小座”。【归位】四红龙套、二旗牌归“里八字”。

申　嵩　（诗）文章本是两评论，

不负祖先与国恩。（台·大台）

犹恐此心终未尽，

夜深常自暗思忖。【住头】

老夫，【报名一锣】申嵩，南直人也，进士出身，官居礼曹。今当甲辰科举，蒙圣恩（拱手），钦点老夫以为总裁大主考。此时理应封门回避。今当黄道，正好入场。来！

二旗牌　有。

申　嵩　外厢顺轿，贡院去者！

众　啊！

〔【冲头】四红龙套、二旗牌进至前场分站两边。申嵩离座，出门、上轿。

〔唢呐吹奏曲牌<六幺令>四红龙套、二旗牌“下场门”下。【大锣原场】申嵩“下场门”下。闭二幕。

第二场

〔【撤锣】开二幕。场上置正场桌，“小座”，备椅。浅色绣花桌围椅披。

〔王有道“上场门”幕内白：“嗯哼！”

〔【小锣打上】王有道“上场门”上，一亮，至“九龙口”，抖右袖，提袖，捋髯，进至正场台口。【小锣归位】

王有道　（引）磨穿铁砚，（多多）这襟怀，（扎）

1 2 1 2 - 2 2 6 7 - 6 5 6 5 0 6 - - - ‖

不 让 前 (呐)贤

(诗)读尽诗书生得寒，

　　文章满腹不为官。

　　月中丹桂相攀易，

　　金殿鳌头独占难。【小锣住头】

卑人，王有道。浙江人氏，寄居京华。娶妻孟氏月华，十分贤德。家妹淑英，年方一十八岁，尚未许字。今当甲辰科会试之期，不免将娘子、贤妹唤出，嘱咐门户之事，我好入场。（站起，朝“上场门”喊）啊娘子、贤妹哪里？（将椅子摆成“八字椅”，“小边跨椅”。坐“大边椅”）

「孟月华、王淑英“上场门”幕内白：“来了！”

「【旦上场】孟月华、王淑英持手绢“上场门”上，一亮，至“九龙口”。二人抚鬓，整衣。孟月华轻抖双袖，提袖，至“小边”台口。王淑英随至。

孟月华　（念）亲操井臼侍衾裯，

王淑英　（念）静隐纱窗花绢绣。

孟月华　贤妹请。

王淑英　嫂子请。（台）

　　「孟月华、王淑英进门。（台）

孟月华　（拱手）啊，官人！

王有道　（站起，拱手）娘子！（台）（让座）请坐。

孟月华　有座。（台）（坐“小边椅”）

王淑英　（拱手）哥哥。

王有道　贤妹少礼，一旁坐下。

王淑英　有座。（台）（坐“小边跨椅”）

孟月华　啊官人，将我们唤出何事？

王有道　今当甲辰科会试之期，唤你二人前来，嘱咐门户之事，我好入场。

孟月华　恭喜官人，今科入场，必定高中了！

王有道　但愿如此。

王淑英　哥哥，我嫂子备得有酒，与哥哥饯行。

王有道　承蒙你等一片好心，我当立饮三杯。

孟月华　如此，待我把盏。

王有道　有劳了。

〔西皮原板〕

4/4 扎	多 6	2 5	3 6	5 3	5 i	6 5	3 2
4/4 0	0	0	0	0	0	0	0

（王有道等三人站起，王淑英至“上场门”取酒，孟月华抖双袖，提袖，与王

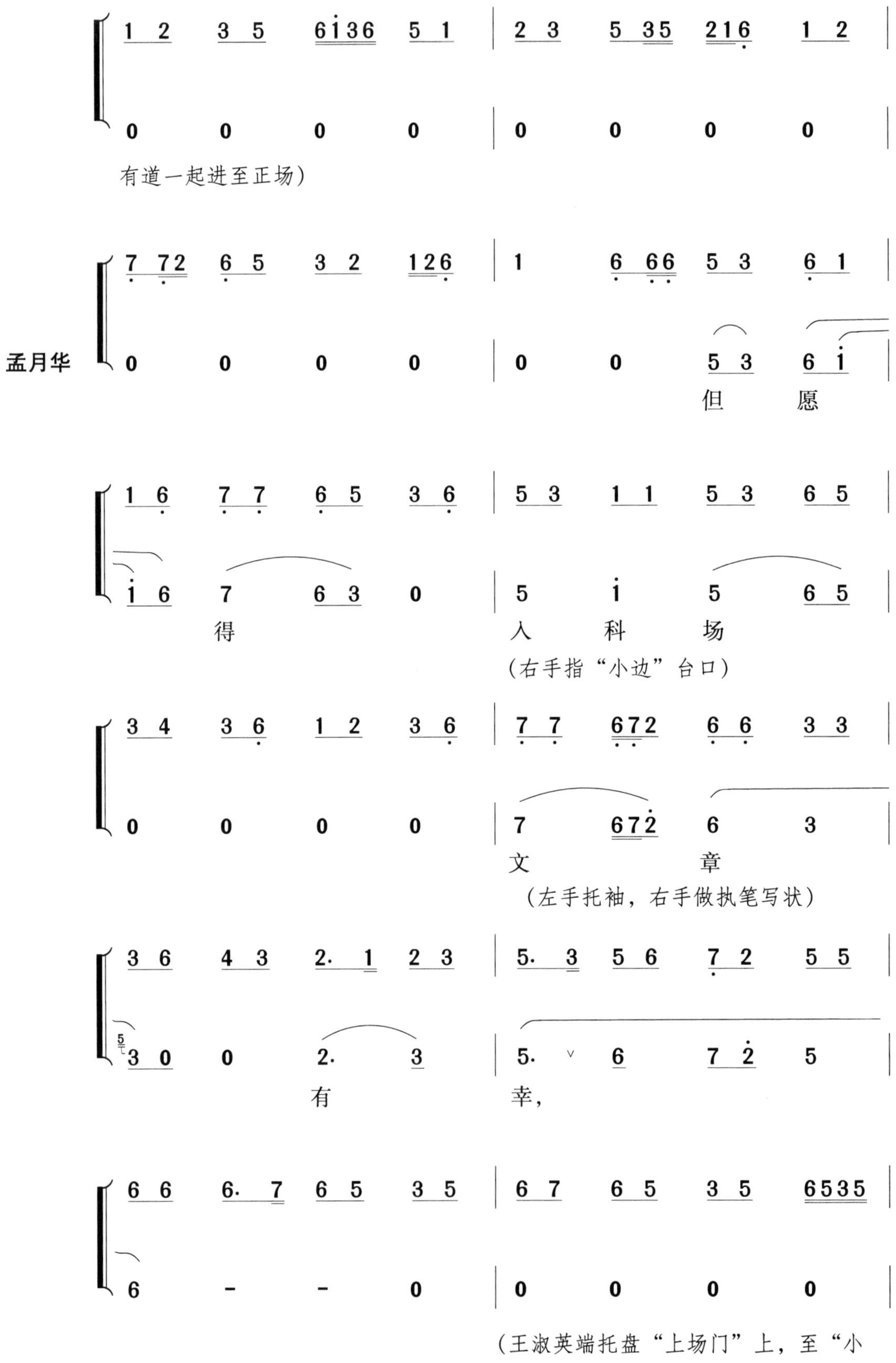
有道一起进至正场）
孟月华
但
愿
得
入
科
场
（右手指“小边”台口）
文
章
（左手托袖，右手做执笔写状）
有
幸，
（王淑英端托盘“上场门”上，至“小

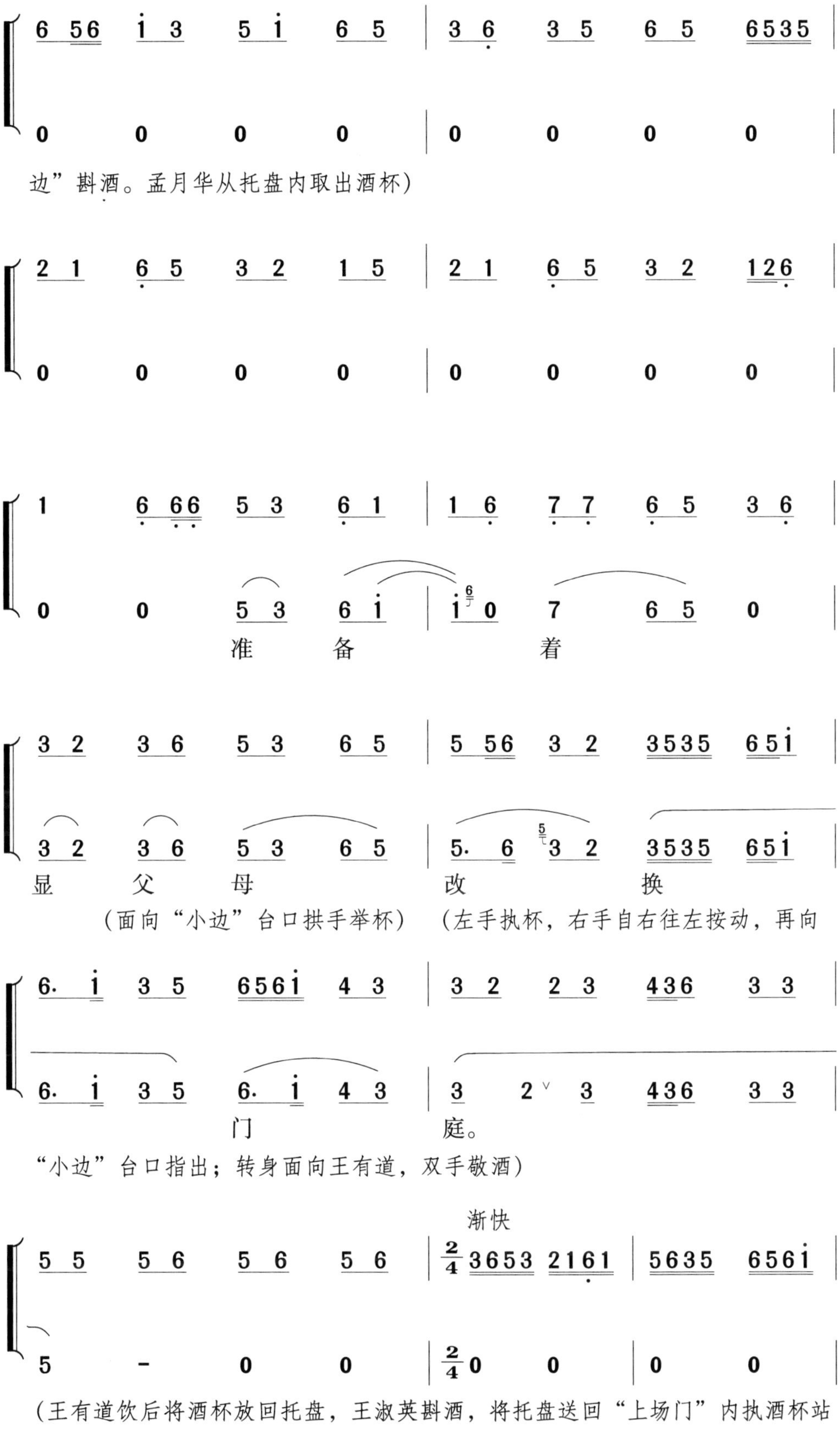
边”斟酒。孟月华从托盘内取出酒杯)
准 备 着
显 父 母 改 换
(面向“小边”台口拱手举杯) (左手执杯，右手自右往左按动，再向
门 庭。
“小边”台口指出；转身面向王有道，双手敬酒)
渐快
(王有道饮后将酒杯放回托盘，王淑英斟酒，将托盘送回“上场门”内执酒杯站

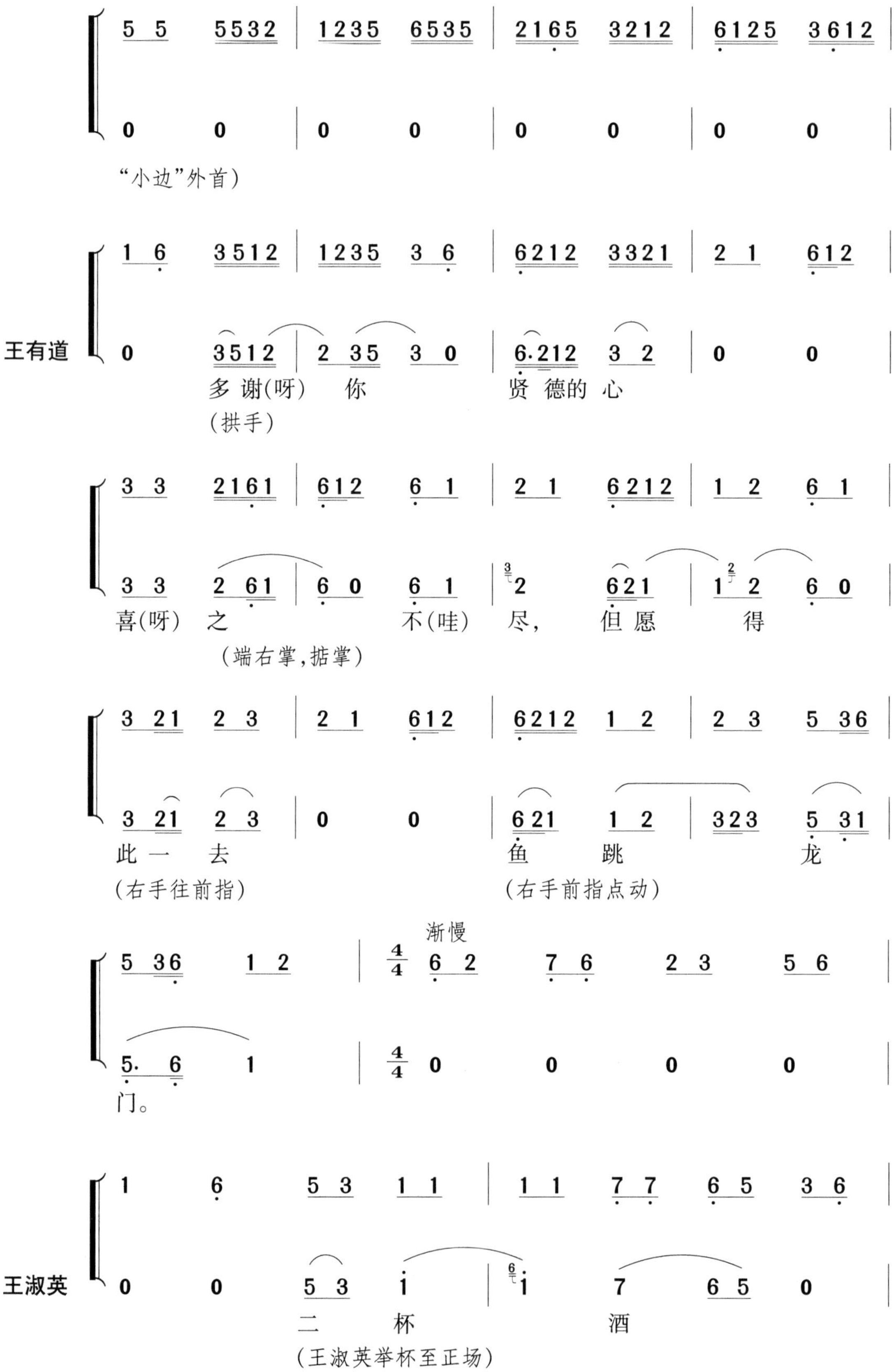
“小边”外首)
王有道
多谢(呀) 你 贤 德的 心
(拱手)
喜(呀) 之 不(哇) 尽, 但 愿 得
(端右掌,掂掌)
此 一 去 鱼 跳 龙
(右手往前指)
(右手前指点动)
渐慢
门。
王淑英
二 杯 酒
(王淑英举杯至正场)

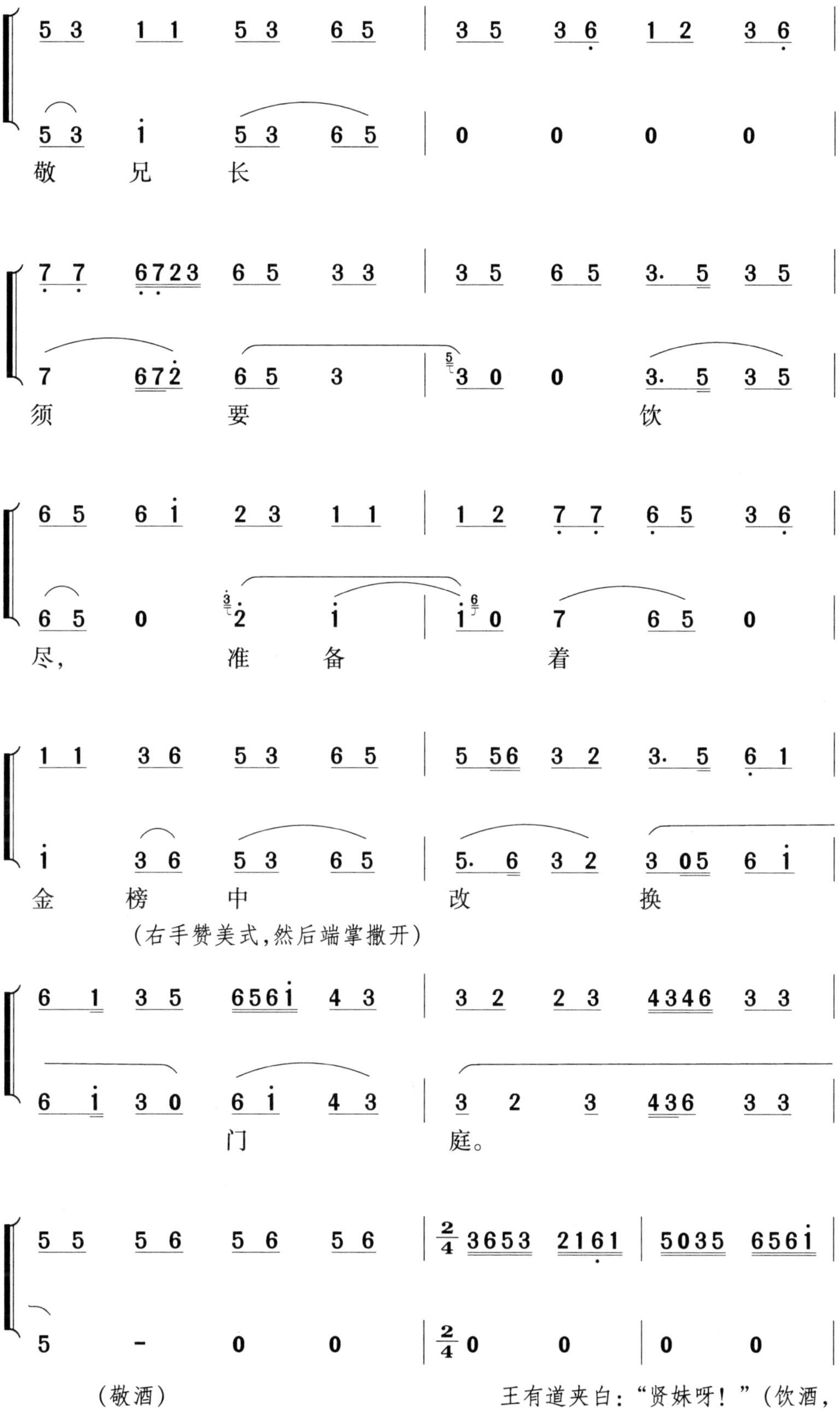
敬 兄 长
须 要 饮
尽， 准 备 着
金 榜 中 改 换
（右手赞美式，然后端掌撒开）
门 庭。
（敬酒）
王有道夹白："贤妹呀！"（饮酒，

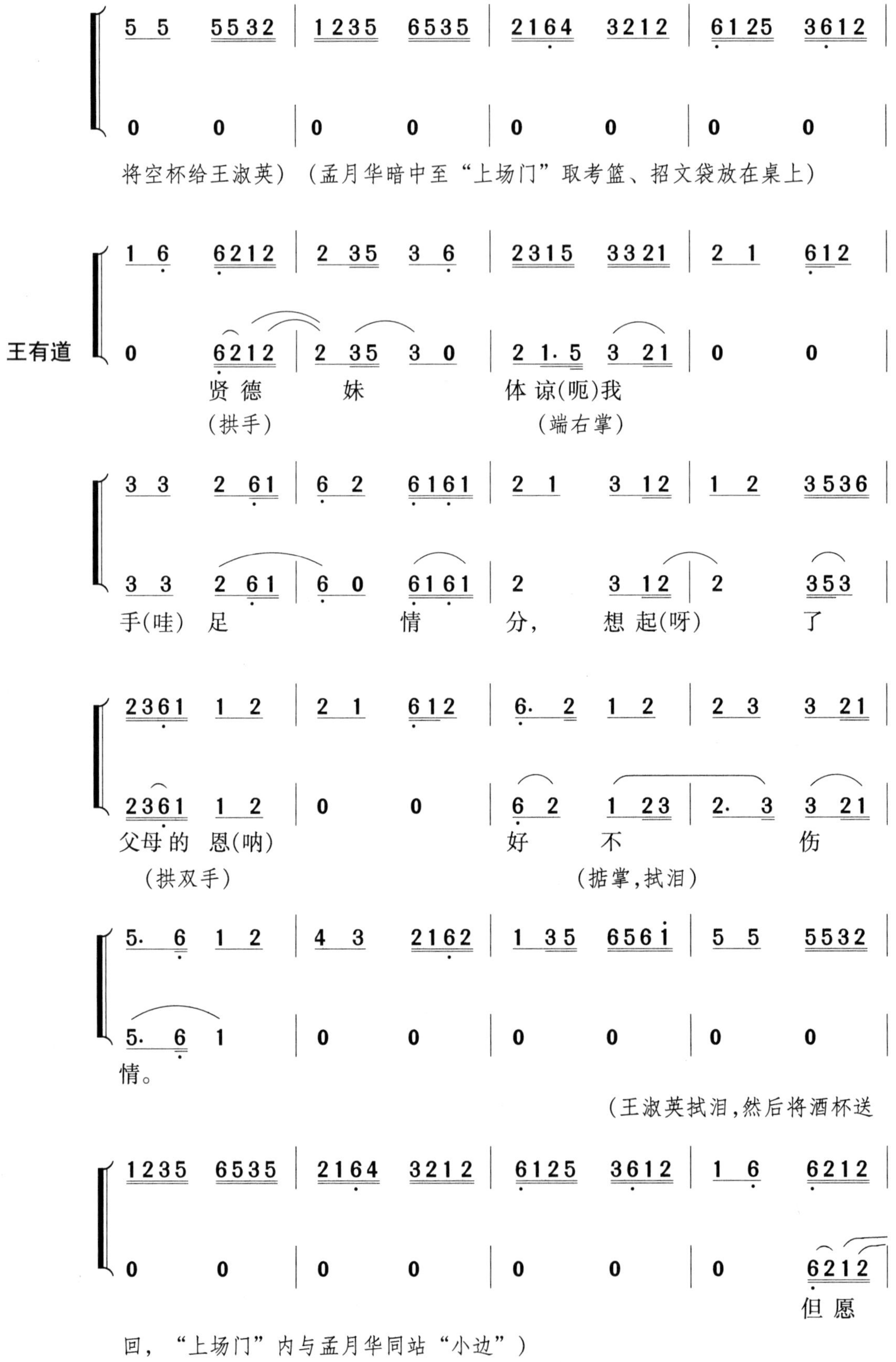
将空杯给王淑英）（孟月华暗中至“上场门”取考篮、招文袋放在桌上）
王有道
贤 德 妹
体 谅(呃)我
（拱手）
（端右掌）
手(哇) 足
情
分，
想 起(呀)
了
父母的 恩(呐)
好
不
伤
（拱双手）
（掂掌，拭泪）
情。
（王淑英拭泪，然后将酒杯送
但 愿
回，“上场门”内与孟月华同站“小边”）

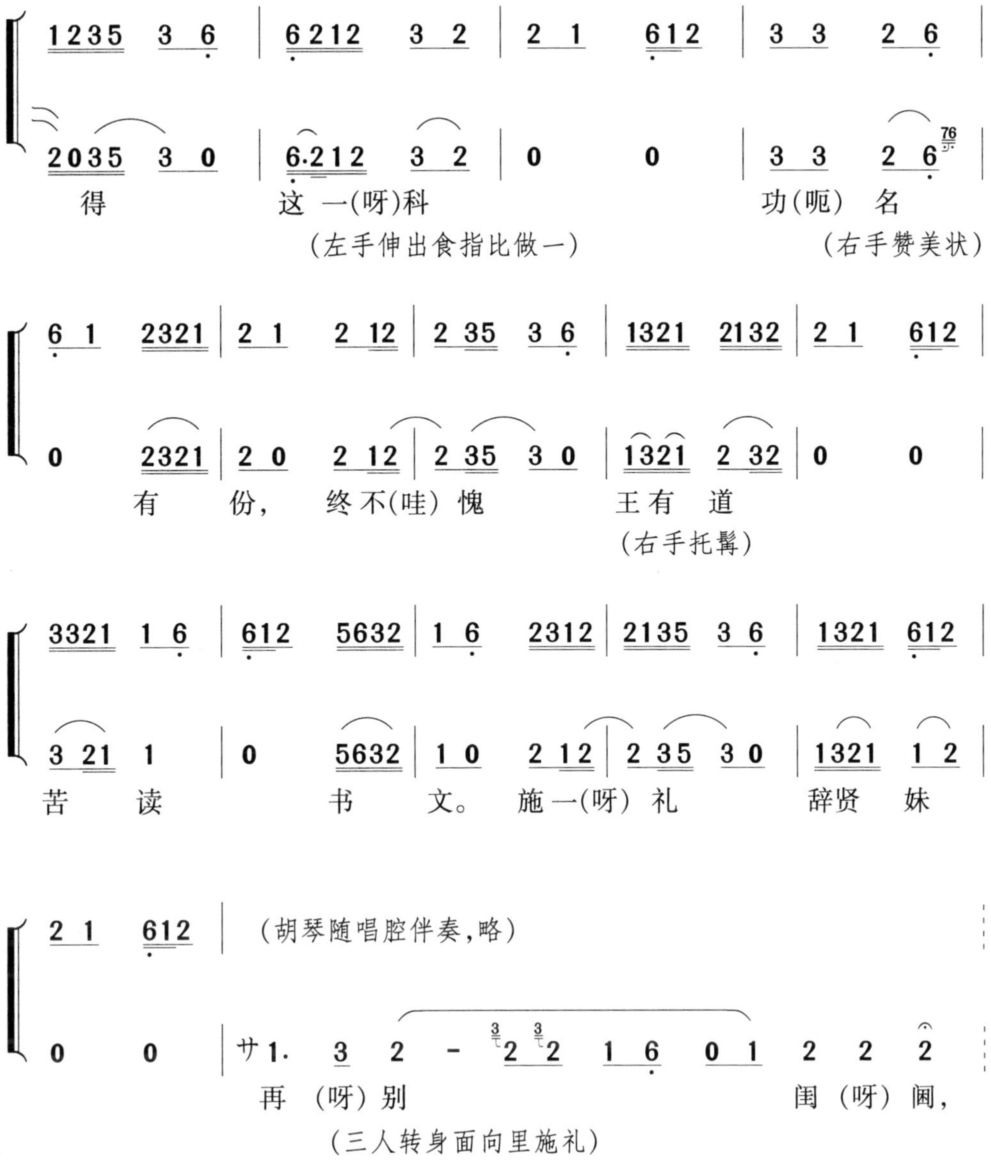

〔【小锣抽头】王淑英给王有道挎招文袋，孟月华递考篮。王有道出门向“下场门”走,孟月华、王淑英出门站“小边”送行。王有道到“大边”后右转身面向前。

〔西皮摇板〕

王有道

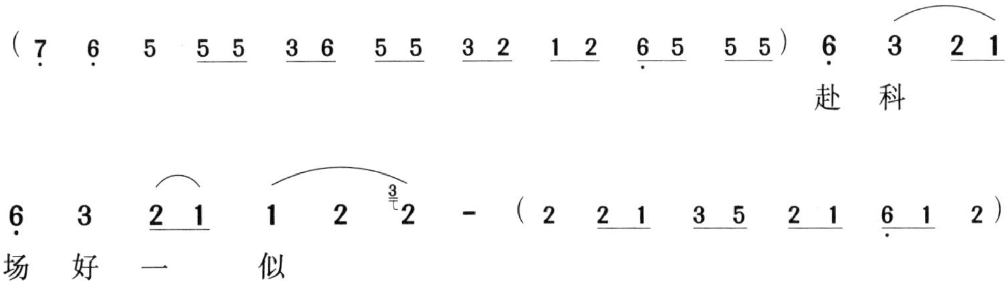

6 2 1. 6 3 2 1 1 6 1 1 - (1 1 -) ‖
平 步 登 云。

小心门户！

王淑英 （拱手）送哥哥！

孟月华 （同时，拱手）送官人！

「【小锣抽头】王有道左转身“下场门”下。

〔亮弦〕

(7 6 2 1 -)

「孟月华至正场折右袖向“下场门”远望，王淑英随其后抚鬓远望。

〔西皮摇板〕

孟月华 【小锣凤点头】(过门同前) 5 i i 5 6 5 6 6 (6 6 5 3 5
我 官 人 可 称 得

(抖右袖，提袖，至“大边”，左转身对王淑英)

6 5 3 2) 5 6 6 3 5 6 - (6 6 5 3 5 6 5
博 古 学 问，
(左手托袖，右手做执笔状)

3 2 1 1 6 5 5 5) 5 i 6 3 3 5 6 - (6 6 5
此 一 去 必 定 要

3 5 6 5) i 5. 3 5 3. 5 6 5 6. i 5 5 5 - ‖
鳌 头 录 登。
（右手按二下，双手兰花指指向“大边”台口）

王淑英 （拱手）啊，嫂嫂！

〔西皮摇板〕

【小锣凤点头】(过门同前) 3 3 6 5 5 7 7 5 6 - (6 6 5 3 5
这 是 你 逢 甘 霖
(左手指孟月华)

6 5）5 6 6 3 5 6 －（6 5 3 5 6）3 3 6 5

命 诰 封 赠， 打 点 起

（右手赞美式）

i 5 6（6 5 3 5 6）3 6 5 6 5 6 6 i 5 － ‖

精 气 神 好 做 夫 人。

（双手做赞美式）

孟月华 （羞态）妹妹呀！

〔西皮摇板〕

【小锣凤点头】（过门同前）i i 36 5 3 3 6 5 5 6 6 3 5 5 － 6 －

贤妹 妹莫取 笑绣房同 进，

〔**【小锣抽头】**王淑英扶孟月华进门。孟月华双抖袖提袖至“大边椅”前转身面前；王淑英关门，至“小边椅”前转身面向孟月华。

〔西皮摇板〕

（过门同前）3 3 6 5 5 6 6 －（6 5 3 5 6）3 6 5 7 6 6 6 5 － ‖

我 和 你到窗前 散 闷谈 心。

〔得禄至“上场门”幕内白：“啊哈！”

〔**【小锣抽头】**孟月华、王淑英互让坐下。得禄“上场门”上至“小边”抖双袖，提袖。

〔西皮摇板〕

得 禄 （过门同前）2 2 2 1 2 3 2 － 2 2 123 2 －

出 离 了 孟 家 庄 忙 往 前 进，

〔得禄至正场往门内一望，转身面向前。

〔西皮摇板〕

【小锣凤点头】（过门同前）6 6 1 3 1 2 － 6 2 1 2

不 觉 得 来 到 了 她 的 家

1 －（3 2 1 6 2 1 2 6 5 5 5）2 1 2 2 1

门。 用 手 儿 推 一

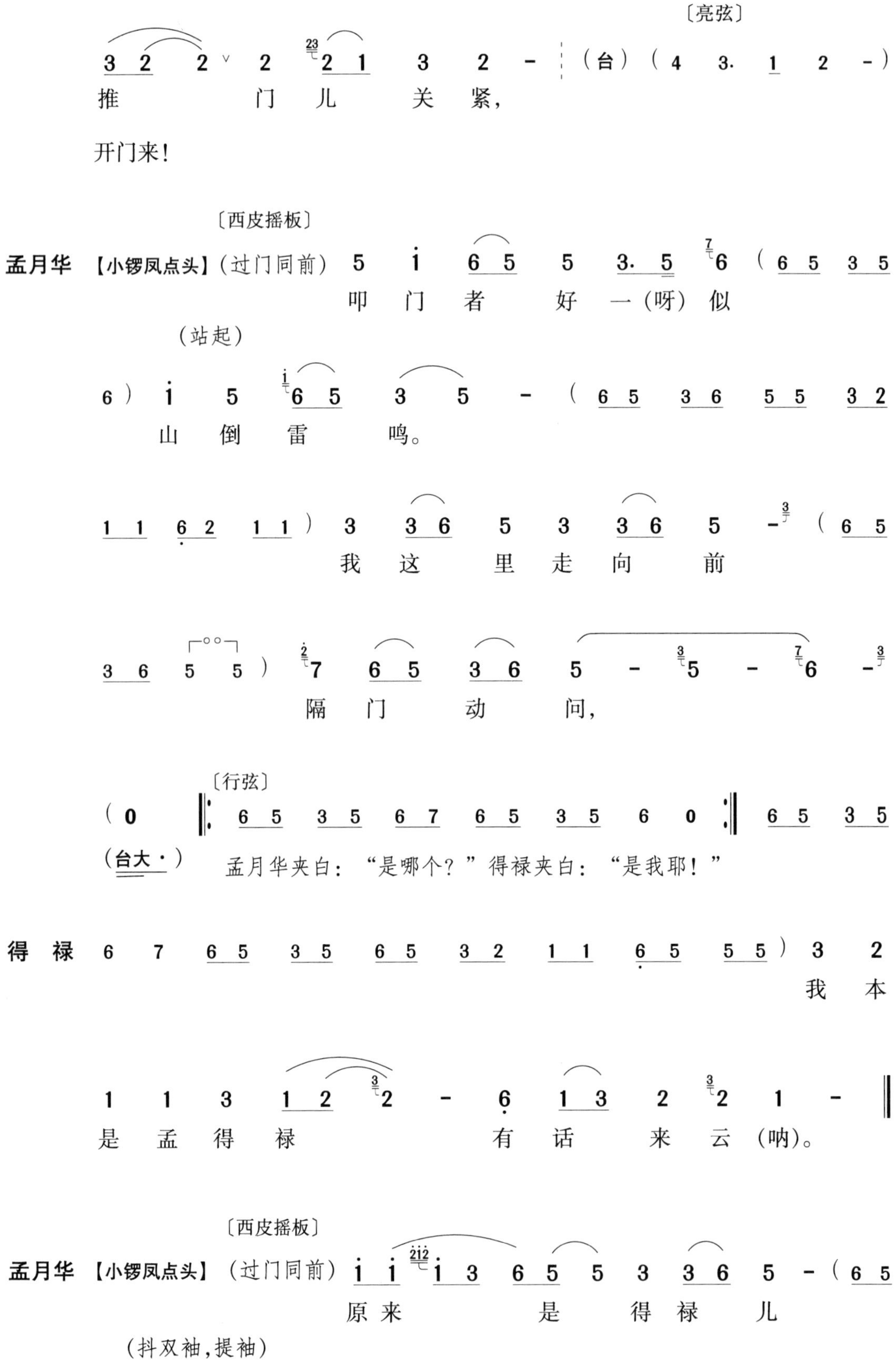
〔亮弦〕
推门儿关紧,
开门来!
〔西皮摇板〕
孟月华 【小锣凤点头】(过门同前)
叩门者好一(呀)似
(站起)
山倒雷鸣。
我这里走向前
隔门动问,
〔行弦〕
(台大·) 孟月华夹白:“是哪个?”得禄夹白:“是我耶!”
得禄
我本
是孟得禄有话来云(呐)。
〔西皮摇板〕
孟月华 【小锣凤点头】(过门同前)
原来是得禄儿
(抖双袖,提袖)

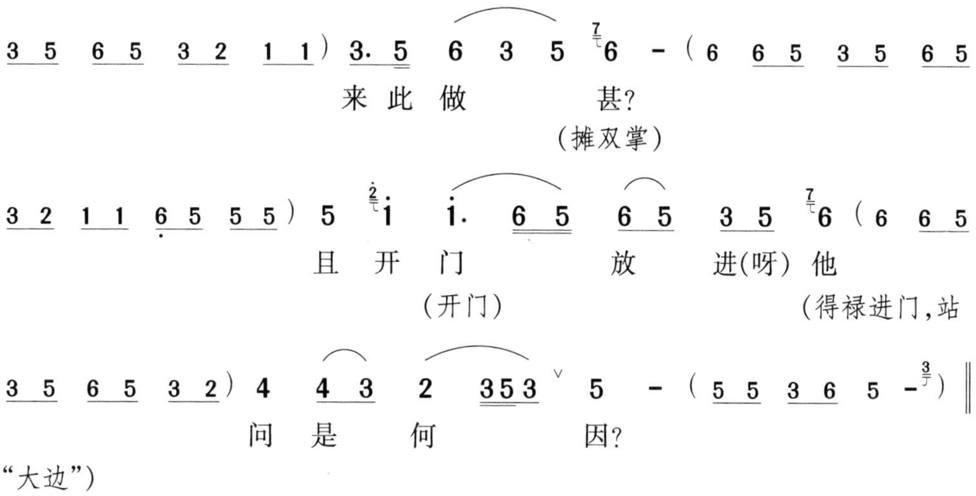

〔得禄掸尘，给王淑英请安。孟月华归“大边椅”坐。

得　禄　请小姑娘安！

王淑英　罢了。

得　禄　（给孟月华请安）请姑奶奶安！（站“大边”）

孟月华　罢了。啊得禄。

得　禄　哎。

孟月华　员外、安人一向可好？

得　禄　员外、安人好。哎，还给您和小姑娘带个好儿来啦！

孟月华　你到此做甚？

得　禄　今当清明佳节，奉了员外、安人之命，接您回家上坟祭祖去。

孟月华　啊，得禄。

得　禄　哎。

孟月华　你姑老爷适才会试入场去了，家中只有小姑娘一人，我是怎好回去呀？

得　禄　噢，您不回去啦？（背供）嘿，这倒好哇！出了门子的姑奶奶连回家上坟都不去了！（对着王淑英）这以后小姑娘要是出了门子，那就把自各儿娘家的坟地早就给忘啦！

〔王淑英不悦。

孟月华　（站起，拂左袖）休得胡言！【小锣一击】

得　禄　呃，我没说什么呀！

王淑英　嫂子，您回家祭祖，不过半天的工夫就回来了，何必叫他在这儿胡说八道的呢！

孟月华　这……

得　禄　我多咱[①]言语来着！

孟月华　为嫂的去去就来。

得　禄　对了，您还是去一趟合适。

〔王淑英站起。

---

① 多咱：北京方言，是“什么时候”的意思。

〔西皮摇板〕

孟月华 【小锣凤点头】（过门同前）3 3 6 5 3 5 6 7 5 6 -
为 祭 祖 不 敢 违

（6 5 3 6 6 5 3 2）7 6 6 3 5 5 - 6 -
双 亲 严 命，

得　禄 要走就快点儿走啊！不早啦，快点走哇！（出门站“大边”）

〔【小锣抽头】孟月华、王淑英转身面向里施礼。转身面向前，孟月华拉着王淑英的手。

孟月华 妹子，为嫂的去去就来。

王淑英 我知道啦。

〔姑嫂二人出门。王淑英站“小边”送行；孟月华走至“大边”双抖袖，右手抱腹，左袖盖右袖，转身面对淑英。

〔西皮摇板〕

孟月华 （过门同前）5 i 6 5 5 3 3 5 6（6 5 3 5 6 5
扫 坟 毕 即 早 归

3 2）i 6 5 5. 3 5 7 0 6 5 6 6 5 5 -
你 且 放 心。

（拱手）

得　禄 （向王淑英招手）小姑娘，我们走了啊！你一个人儿看家得啦！

〔【小锣抽头】孟月华、得禄转身“下场门”下。锣鼓住，王淑英至“大边”遥望孟月华远去。

〔亮弦〕

（4 3. 2 3 6 5 -）

〔西皮摇板〕

王淑英 【小锣凤点头】（过门同前）3 3 6 5 7 7 5
我 这 里 急 忙 忙

（转身面向前）

6 7 6 6 5 - - 5 6 -
关 门 要 紧，

〔【小锣抽头】王淑英进门，关门。

〔西皮摇板〕

（过门同前）5 i 6 5 3 5 6 6（6 5 3 5 6）
绿 窗 下 习 针 凿

3 5 - 3 5 ∨ 6 5 6 - 6 5 - 5 - ‖
爱 惜 光 阴。

〔【小锣抽头】王淑英左转身“下场门”下。闭二幕。

第三场

〔【小锣抽头】开二幕。场上置下场桌、“八字椅”、“小边跨椅”。深色绣边桌围椅披。
〔孟鸣时持折扇与张氏“上场门”同上，至正场。

〔西皮摇板〕

孟鸣时 【小锣凤点头】（过门同前）1 2 2 2 1 2 3 2（3 2 1
叹 人 生 在 世 间

6 1 2）3 2 2 6 3 2 -（3 2 1 6 1 2 6 5
犹 如 梦 （呃） 境，

张 氏 5 5）6 6 2 1 6 3 2 6 2 1 3 2 1 - ‖
一 路 上 俱 都 是 黄 土 新 坟。

〔孟鸣时、张氏进门，孟鸣时坐“大边椅”，张氏坐“小边椅”。孟月华、得禄“上场门”随上，至“小边”。

孟月华 （3 2 1 6 1 2 6 5 5 5）5 i i 3
愿 爹 娘 福

3 6　5　7　6　6　3 5　6　-
寿　长　无　灾　无　病，

（转身进门，坐“小边跨椅”）

得　禄　（6 5　3 5　6 5　3 2　1 2　6 5　5 5）6　3　2　2　2 1
不　多　时　来　到

1　2　6　1 2　3　2　1　-（1 1　6 2　1　-）‖
了　自　己 的　家　门。

（进门，站“大边”）

孟鸣时　（念）每到清明祭祖先，
棠梨树下化纸钱。

张　氏　（念）哭罢归来肝肠断，

孟月华　（念）一盂麦饭又明年。

孟鸣时　唉！想我孟鸣时并无半点之过，因何乏嗣无后，你我二老下世，故土坟前岂不成了荒丘了哇！

张　氏　哎呀呀，员外每逢祭扫回来，总是这样言讲。倘若你我二老下世，有女儿、女婿半子之劳，呃，怎说是荒丘的了哇！

孟月华　是呀，爹娘放心，倘二老百年之后，儿是自当（站起施礼）尽心尽意。

孟鸣时　但愿如此。

张　氏　这是我儿的孝道。（示意孟月华坐）

得　禄　（向孟鸣时、张氏作揖）嗨嗨，听员外、安人的话，您自管放心，等到您百年之后，坟前烧化纸钱还有我得禄呢！可是有一样儿，您这份家当得归我呀！

孟鸣时　哼，怎样讲话！

得　禄　我总说不到点子上！（摊双掌）【小锣一击】

孟月华　（拱手）啊爹娘，上坟已毕，孩儿要回去了！

孟鸣时　唉！刚刚回来，怎么就要回去呀！

张　氏　是呀，还是多住几日呀！

孟月华　爹娘有所不知，你女婿适才入场会试去了，家中只有小姑娘一人，儿必须返回才好。

孟鸣时　这也难怪呀！得禄！

得　禄　哎，哎！员外爷！

孟鸣时　你到外边雇乘车轿，送你家姑娘回去。

得　禄　我说员外爷，您怎么这么糊涂哇，今儿个是清明佳节，不是咱们一家儿上坟去，那抬轿子什么的也上坟去了，车跟轿子全雇不出来，没有，没有！

孟鸣时
张　氏　是呀，无有车轿也是枉然。

孟月华　既然无轿，还是叫得禄送我回去吧。
孟鸣时
张　氏　好。得禄！
得　禄　哎。
孟鸣时
张　氏　你送你家姑娘回去。
得　禄　哎，怎么着？我送她回去？
孟鸣时
张　氏　是。
孟月华　是呀！（站起）如此，我们走哇！
得　禄　走，咱们走，我送您回去啊！
孟月华　（拜别）女儿回去了！
得　禄　（捂着肚子装肚子疼）哎哟，哎哟……【小锣一击】我肚子怎么疼啦……【小锣一击】哎哟，哎哟……我受不了喽……（捂着肚子蹲在地上）
「孟月华左臂遮挡，右手暗指得禄。拂左袖，再向左撣出右袖，表示不满意得禄。

〔西皮摇板〕
孟月华【小锣凤点头】（过门同前）3 36 5 5 6 5 - 6 5
见 小 厮 假 装 病 令
（提袖）（左臂遮挡，右手左指）

6 6 35 6 -（65 35 65 32 12
人 可 恨，
（右手抚胸，摊右掌）

65 55）i 6 36 5 53 35 6（65
不 过 是 留 住 我
得禄夹白：“哎哟，疼死我啦！”

35 65 32）i 5 65 3 5（65 36 55
不 放 回 程。
得禄夹白：

32 11 65 55）i i 36 5 5 7 75
他 哪 知 我 心 中
“这疼劲儿的！”

6 - (6 5 3 5 6 5 3 2 1 1 6 5 5 5) 7 6
十 分

6 3 0 5 - 5 5 4 - 3 - 3 3 5
着 急，
（转身面向“小边”搓双掌，想对策）

2 - (0 3 2 1 2 3 4 3 2 1 6· 1 2 -)
（台）
得禄夹白：“哎哟，可真要命哟！”

〔西皮摇板〕
【小锣凤点头】（过门同前） 3 3 6 5 6 3 5 6 6 (6 5 3 5 6 5
倒 不 如 且 消 停
（抖左袖，提袖，左臂遮挡，右手左指）

3 2) 3 5 7 6 6 3. 5 3 3. 5 - (5 5 3 6 5 -)
暗 地 潜 行。
（左臂遮挡，右手托袖前伸）
（转面向里）啊，爹娘，女儿暂且住下，只好明日回去了！（坐“小边跨椅”）

孟鸣时
张　氏 这便才是。

得　禄 怎么着，您不走啦？（站起）我肚子疼也见好一点儿啦！

孟月华 （装作肚痛）哎哟…… 【小锣一击】哎哟…… 【小锣一击】

张　氏 儿呀，你这是怎么样了哇？【小锣一击】

孟月华 我腹中怎么也疼起来了！（摊双掌）

得　禄 哟，怎么得了跟我一样儿的病来啦！

孟鸣时 想是受了风寒。

张　氏 你后面走动走动去吧。

孟月华 是。（装作腹疼状）哎哟，疼煞我也……

〔得禄“下场门”暗下。

〔西皮摇板〕
孟月华 【小锣凤点头】（过门同前） 5 i 6 5 3 3 6 5 - 7 6 6 3 5 - 5 6 -
为 什 么 我 腹 中 疼 痛 难 忍，
（腹疼状站起，抖左袖，提袖）（面对双亲）（右转身面向前，左臂遮挡，右手按腹）

御碑亭

〔【小锣抽头】孟月华向双亲施礼，出门，至“大边”。锣鼓切住。

〔亮弦〕

（6 5　3. 5　6）

〔孟月华暗笑，抖右袖，提袖。

〔西皮摇板〕

【小锣凤点头】（过门同前）3 3 6　5 i 5　6（6 5　3 5　6）
趁此时无人知
（右臂遮挡，左手抱腹）

3 6　5　7 6　3 5　3 - 5 -（5　5　-）‖
赶回家门。
（双手指“大边”）

〔【小锣原场】孟月华左手抱腹，右手撑袖，左转身“下场门”下。丫鬟拿手绢“下场门”上，见孟月华走，摊双掌，跑着进门，站“小边”禀报。

丫　鬟　启禀员外、安人，小姐她从后花园走啦！

张　氏　（站起）待我赶她回来。

孟鸣时　（站起拦住张氏）慢来，不要赶她，叫她去吧！

张　氏　唉！

〔西皮摇板〕

孟鸣时　【小锣凤点头】（过门同前）3 2 1　1 1　2　2（3
看起来养女儿

2 1）3 2 1　1 6 1　2 -（2 - 2 -）|
总是外（呀）姓，

〔【小锣抽头】孟鸣时转身“下场门”下。丫鬟搀张氏至“大边”面向前。

〔西皮摇板〕

张　氏　【小锣凤点头】（过门同前）1 3 2　1 6 1　1 2　3 2 2
好好的上坟归

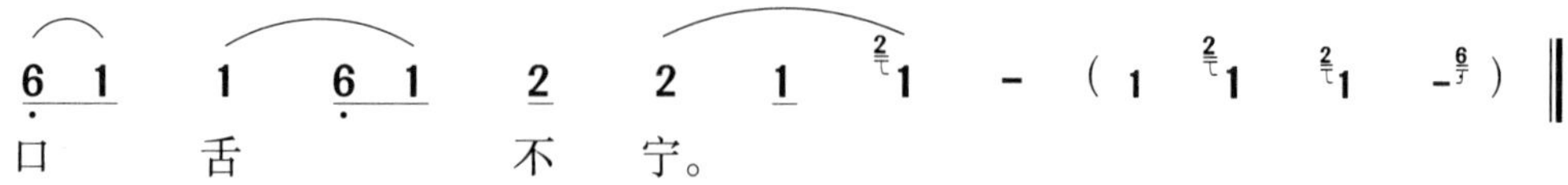

〖【小锣抽头】丫鬟搀张氏转身“下场门”下。闭二幕。

第四场

〖【小锣抽头】柳生春提篮“小边”侧幕上，边唱边走至正场。

〔西皮摇板〕

柳生春 （过门同前）

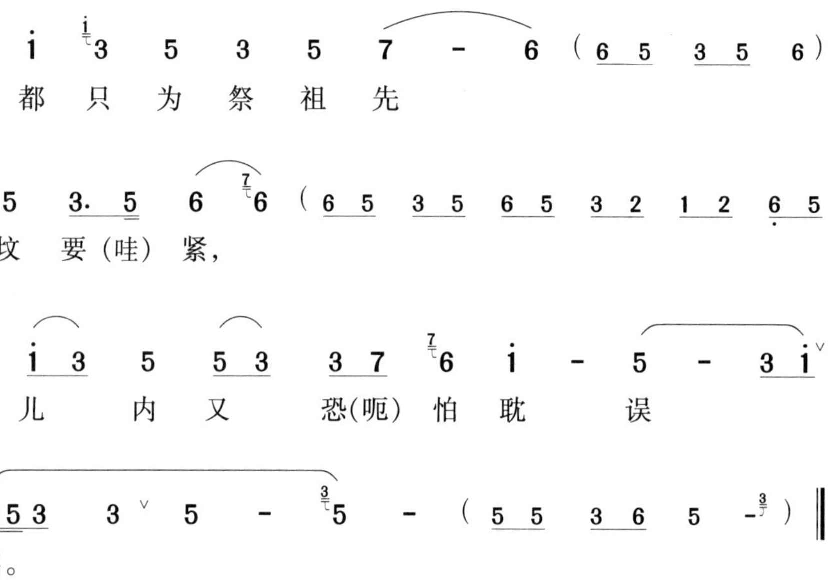

小生，柳生春，乃武陵人氏。幼读诗书，尚未婚配。今当甲辰科会试之期，又逢清明佳节。是我城外祭祖，一心赶回入场。呀，【小锣一击】看日色沉昏，恐要降雨。不免速速前行也！

〔西皮摇板〕

【小锣凤点头】（过门同前）

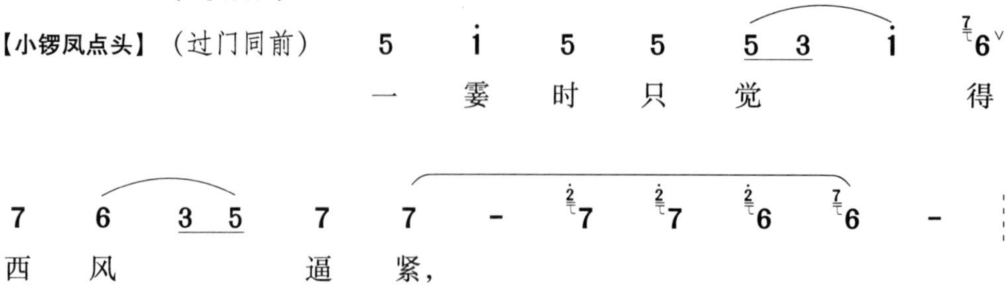

〖【小锣抽头】柳生春走至“大边”，右转身面前，上步，抖右袖，提袖。

〔西皮摇板〕

(过门同前) 3 36 5 5 35 6 6 (65 35 6) 5

又只 见日 沉昏 怕

i i i 65 5 - 35 7. 6 56 353 5 - ‖

雨 降 临。

〔【小锣原场】柳生春左转身，篮交右手，左手撩袍，“大边”侧幕下。

第五场

〔【小锣原场】开二幕，正场设御碑亭。亭内和亭左侧廊下各置一石凳。

〔【风雨声】【小锣一击】孟月华“上场门”幕内白：“走哇！”

〔【小锣抽头】孟月华右臂挎蓝帔，右手撑袖“上场门”上，反圆场至“九龙口”，锣鼓切住，折右袖，擦拭头上雨水。

〔亮弦〕

(4 3. 2 36 5 -)

孟月华 呀！

〔西皮摇板〕

【小锣凤点头】(过门同前) i i 36 5 5 7 75 6 (65 35 65

出离 了孟家庄

(右手撑袖，圆场)

32) 7 65 5 35 6 - (65 35 65 32) i i 36

悄悄 前 进， 心挂

5 5 6 6 - (35 6) i 5 65 6 6. i 5 - ‖

念小姑娘 独守 门 庭。

(折右袖，至正场)

(右拳击左掌) 咳！(台) 我好错也！只因惦记妹子，瞒着爹娘，匆匆进城。行至中途，风雨大作。(张双臂摊掌) 叫我往哪里躲避？这……便怎么处？(**【小锣一**

击】移到“小边”面向御碑亭，右手左指）前面已是御碑亭，到那里躲避躲避便了！（右转身，撑右袖，圆场）

〔西皮摇板〕

【小锣凤点头】（过门同前） 3 3 6 5 5 7 6 （6 5 3 5 6） 5

悔 不 该 在 娘 家 一

6 6 3 5 － 5 － 6 － （6 － 6 －） （台）

时 任 性，

（至御碑亭“小边”一侧，反圆场至御碑亭“大边”一侧，做滑倒状）

孟月华 哎哟…… 摔坏了……（站起，撑右袖，圆场）

〔西皮摇板〕

【小锣凤点头】（过门同前） i i 3 6 5 5 6 6 （6 5 3 5 6）

岂 知 道 半 途 中

3. 6 5 6 5 6 6 5 － （5 － 5 5 －） （台）

大 雨 倾 盆。

（圆场至“小边”，反圆场折右袖，做滑倒状）

〔亮弦〕

（4 3. 2 3 6 5 －）

〔孟月华站起，撑右袖，圆场。

〔西皮摇板〕

孟月华 【小锣凤点头】（过门同前） 5 i i. 3 5 3 6 5 （6 5 3 6 5）

进 碑 亭 暂 躲 避

5 6 5 2 3 5 － 6. 6 5. 6 7 － 6 6 －

且 候 雨 停，

〔孟月华圆场至“小边”，折右袖，向御碑亭一望，**【小锣抽头】**右袖往右一抖，往左一甩，外绕水袖举袖做上台阶进亭状，进亭后用右水袖掸尘，提袖。

〔西皮摇板〕

(过门同前) 3 3 6 5 i i 6 (6 5 3 5 6) 3. 6 5 6 5 3 3 5 - ‖

但 愿 得风 云 散 雨 过 天 晴。

「柳生春"上场门"幕内白："走哇！"

「【小锣抽头】孟月华将帔放在栏杆上，擦脸，拧衣服的水。同时，柳生春左手提篮，左臂挎着褶子，右手撑袖"上场门"上，至"九龙口"，折右袖，走一个小圆场，至"小边"。锣鼓切住。

〔亮弦〕

(4 3. 2 3 6 5 -)

「柳生春做滑倒状。

〔西皮摇板〕

柳生春 【小锣凤点头】(过门同前) 5 i 5 5 5 7 6 (6 5 3 5)

正 行 走 猛 然 间

(站起，提袖，上步)

3 6 5 6 7 6 (6 5 3 5 6 5 3 2 1 1 6 5 5 5) 3 3 6

大 雨 一 阵， 只 觉

5 i i 3 5 6 5 6 i 2 3 5 (5 6 5 3 6 5 5

得 湿 衣 襟 遍 体 寒 侵。

3 2 1 1) 3 3 6 5 5 6 7 6 7 6 3 5 3 5. 6

忙 进 那 御 碑 亭 将 身 藏 (呃)

7 - 7 7 6 - (6 - 6 - 6 6 6 -) (台)

隐，

「柳生春上台阶往亭内一望。

〔亮弦〕

(4 3. 2 5 7 6 -)

〔孟月华与柳生春相对一望，右臂遮面。

〔西皮摇板〕

柳生春 【小锣凤点头】(过门同前) 5 i 6 5 ⁷²7 ⁶⁵6 (3 5 6) 5 - 6 i
见亭内已有个 避雨

4 3 ∨ ⁵3. 5 3 5 3 ⁶5 - ⁶5 ⁶5 ³5 - (5 5 3 6 5 - ³) ‖ (台)
妇 人。

看这样大雨倾盆，无处躲避，来此碑亭么，正好躲雨。不想先有一妇人在内，这男女不便呐！（想）也罢，【小锣一击】待我冒雨前行便了！（左手撩袍欲走，【小锣一击】放袍后退一步）哎呀，不好！方才我看她乃是个荏弱的女子。她一人在此，等我去后，倘若来一个不端之人，哎呀，那还了得？！（想）也罢，【小锣一击】我不免就在这亭外廊下，站立片时，以保此女子的名节。嗯，我就是这个主意。

〔【起更】柳生春撩袍上台阶至亭右侧廊下，将篮子放在地上，掸尘。

柳生春 唉，听谯楼已起初更，雨还是不止，看来定要耽误我的功名也！

〔西皮摇板〕

【小锣凤点头】(过门同前) i 3 6 5 3 57 ⁷6 ∨ i 6 5 3 5 6
听谯 楼 已到 了 初 更 时 分，

(6 5 3 5 6 5 3 2 1 1) 5 i 65 5 3 3 5 6 ∨ i -
这 风 雨 不停 (呃)住 怎

5. 6 i 4. 6 4 3 ∨ 3 ⁵3 ⁶5 - (5 5 3 6 5) ‖
得 回 城。

〔【二更】柳生春在廊下整装。

孟月华 呀！

〔西皮流水〕

【小锣凤点头】 1/4	台 65	3 6	5 i	3 2	1 21	6 5
1/4	0	0	0	0	0	0

(走出亭外，双袖垂下，提袖，右臂遮面，左手右指)

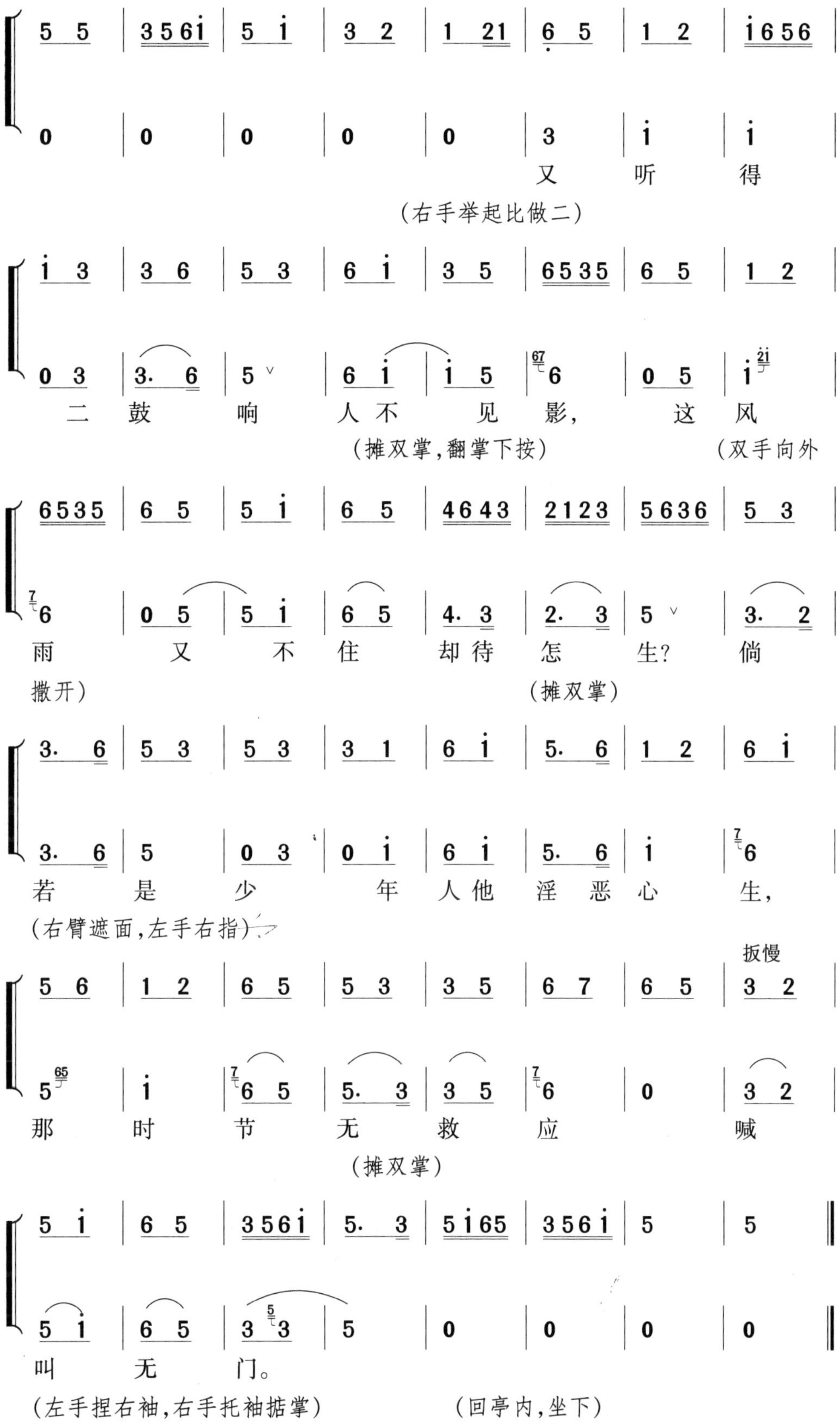
又 听 得
(右手举起比做二)
二 鼓 响 人不 见 影, 这 风
(摊双掌,翻掌下按)
(双手向外
雨 又 不 住 却待 怎 生? 倘
撒开)
(摊双掌)
若 是 少 年 人他 淫 恶 心 生,
(右臂遮面,左手右指)
扳慢
那 时 节 无 救 应 喊
(摊双掌)
叫 无 门。
(左手捏右袖,右手托袖掂掌)
(回亭内,坐下)

〔【三更】柳生春看天色。

柳生春 这是哪里说起！（摊双掌）

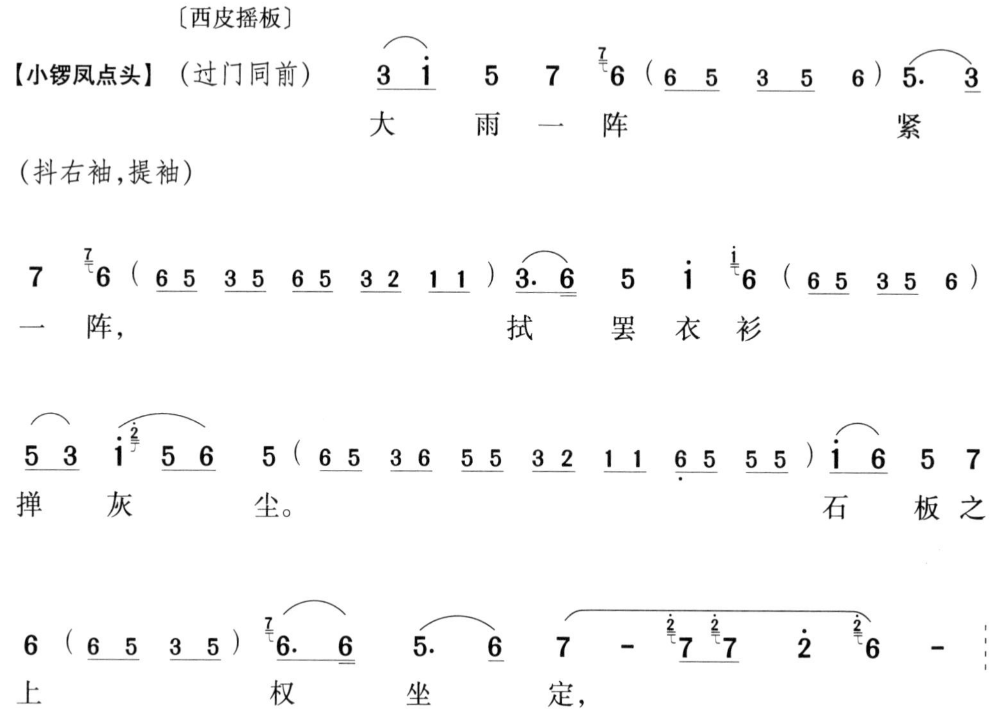

〔柳生春左袖掸石凳，将褶子放在其上。

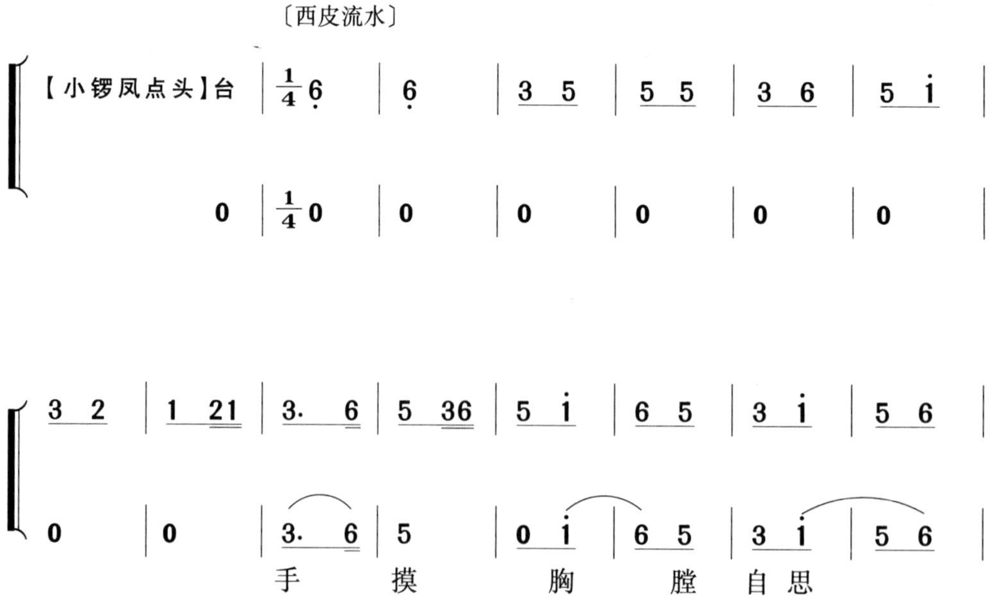

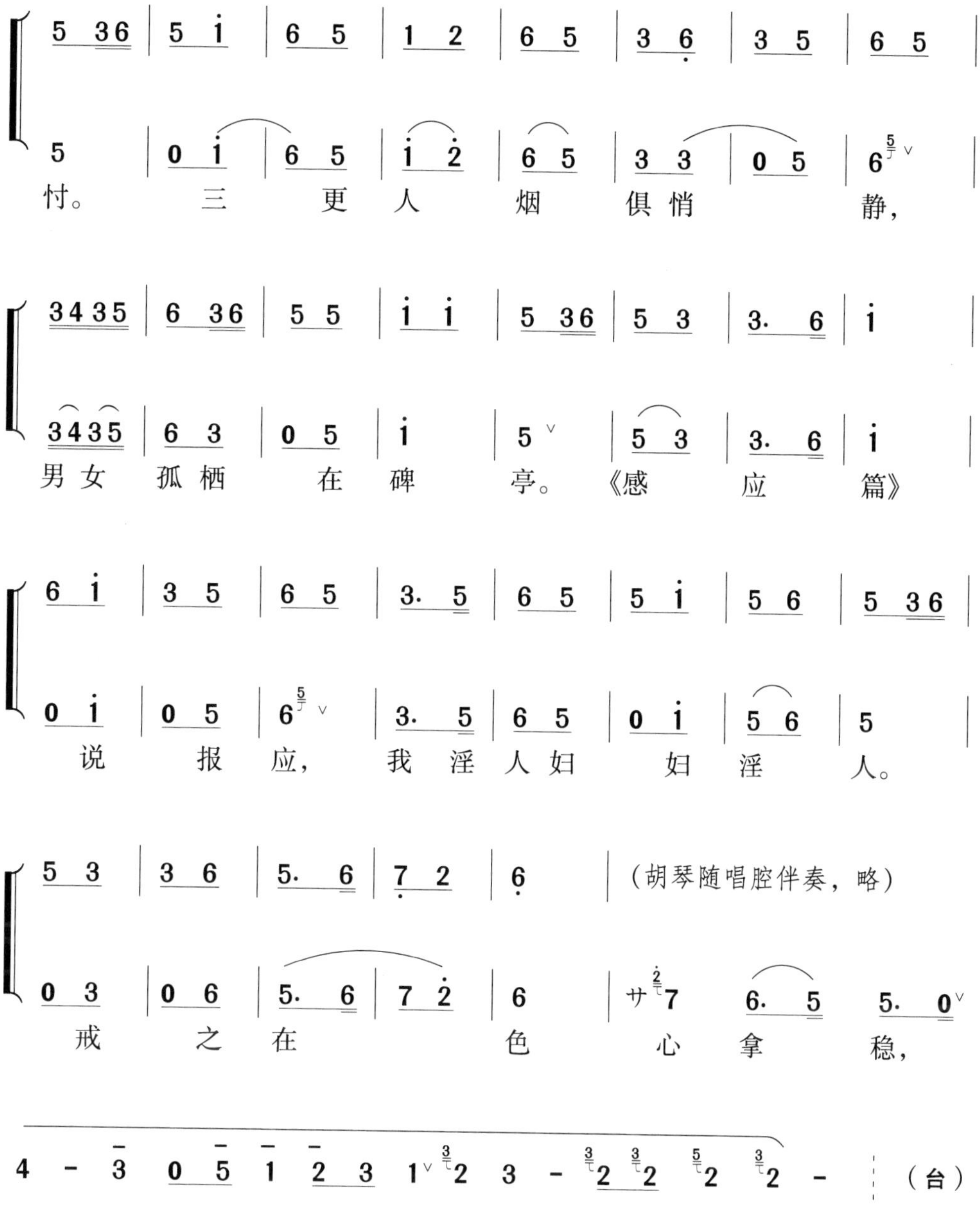

〔亮弦〕

（ 4 3. 1 2 - ）

「柳生春右拳击左掌。

〔西皮摇板〕

【小锣凤点头】（过门同前） 5 3 6 5 5. i 6 3 （ 3 5 6 ）

怕什么男女

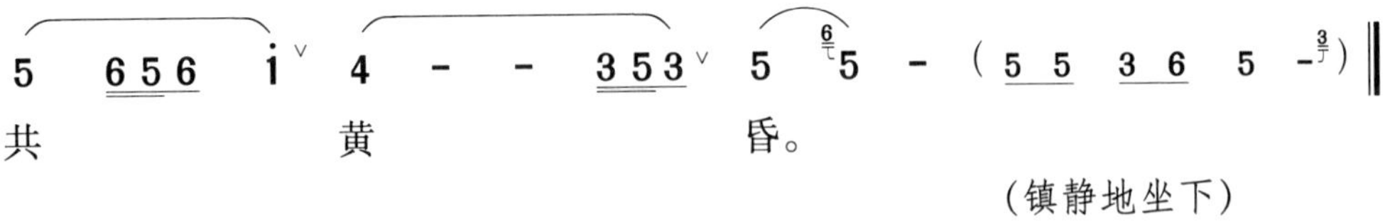

〖【四更】孟月华听更鼓，用手数，右手比做四。站起，出亭。【小锣一击】

孟月华 呀！

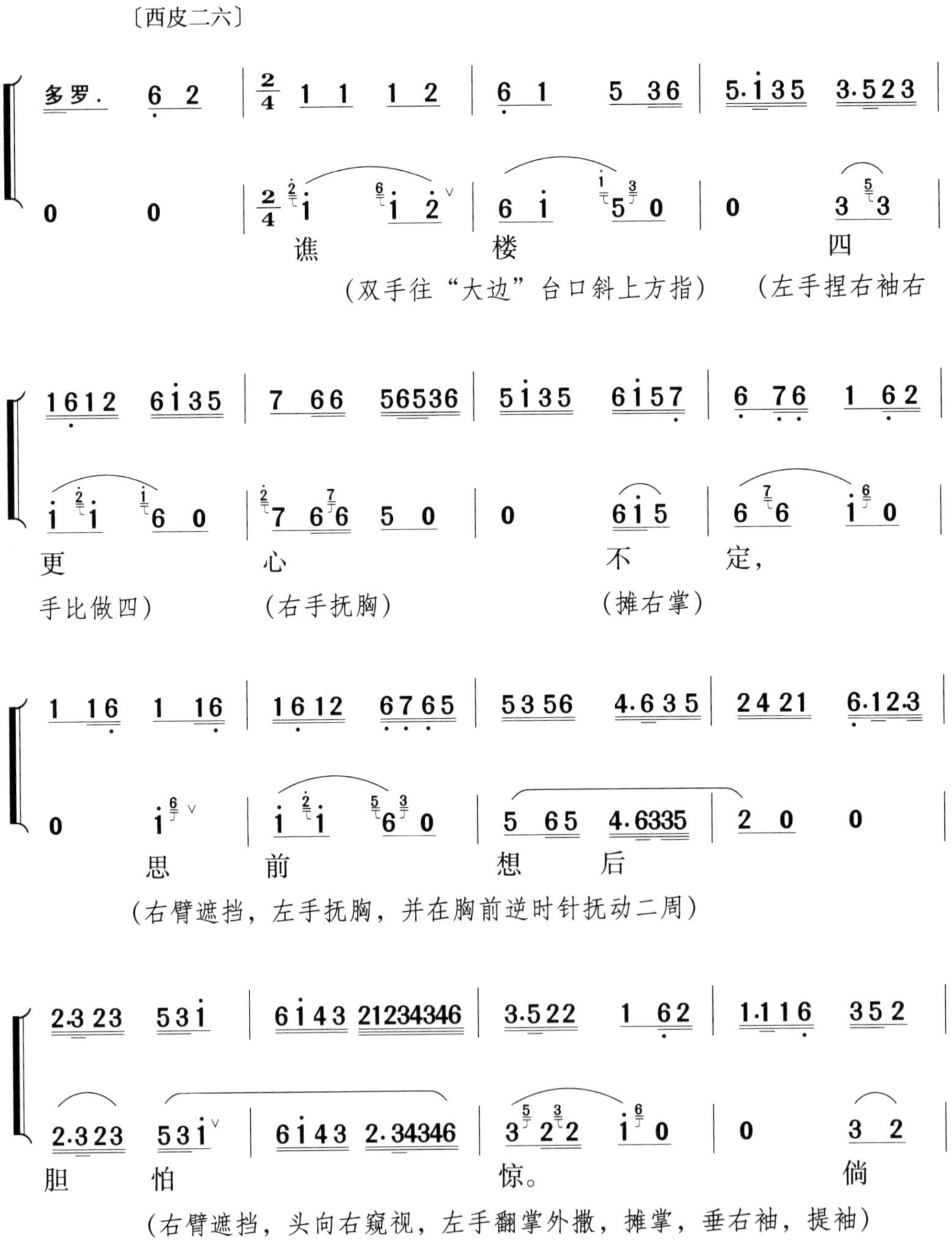

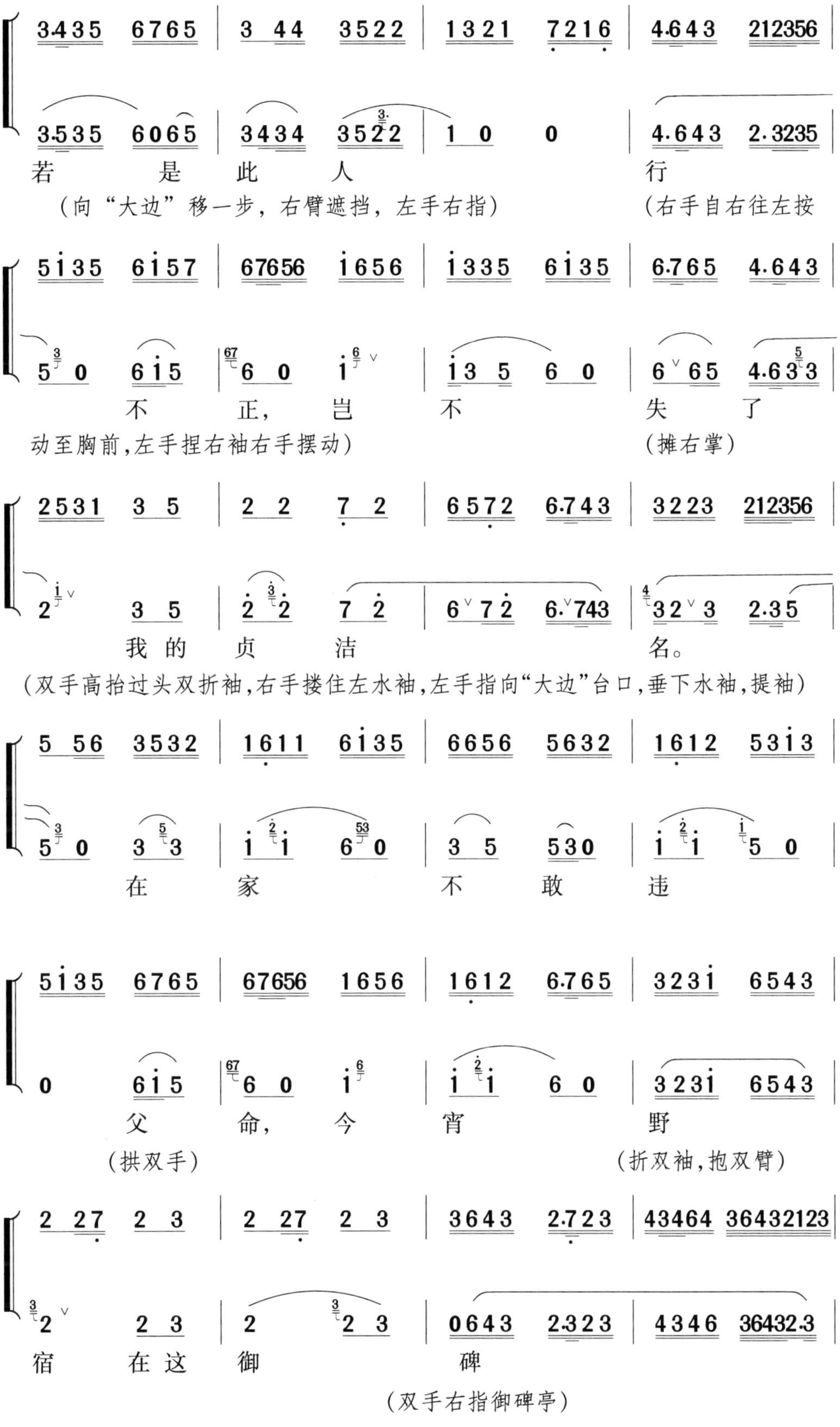
若 是 此 人 行
（向“大边”移一步，右臂遮挡，左手右指）
（右手自右往左按
不 正， 岂 不 失 了
动至胸前，左手捏右袖右手摆动）
（摊右掌）
我 的 贞 洁 名。
（双手高抬过头双折袖，右手搂住左水袖，左手指向“大边”台口，垂下水袖，提袖）
在 家 不 敢 违
父 命， 今 宵 野
（拱双手）
（折双袖，抱双臂）
宿 在 这 御 碑
（双手右指御碑亭）

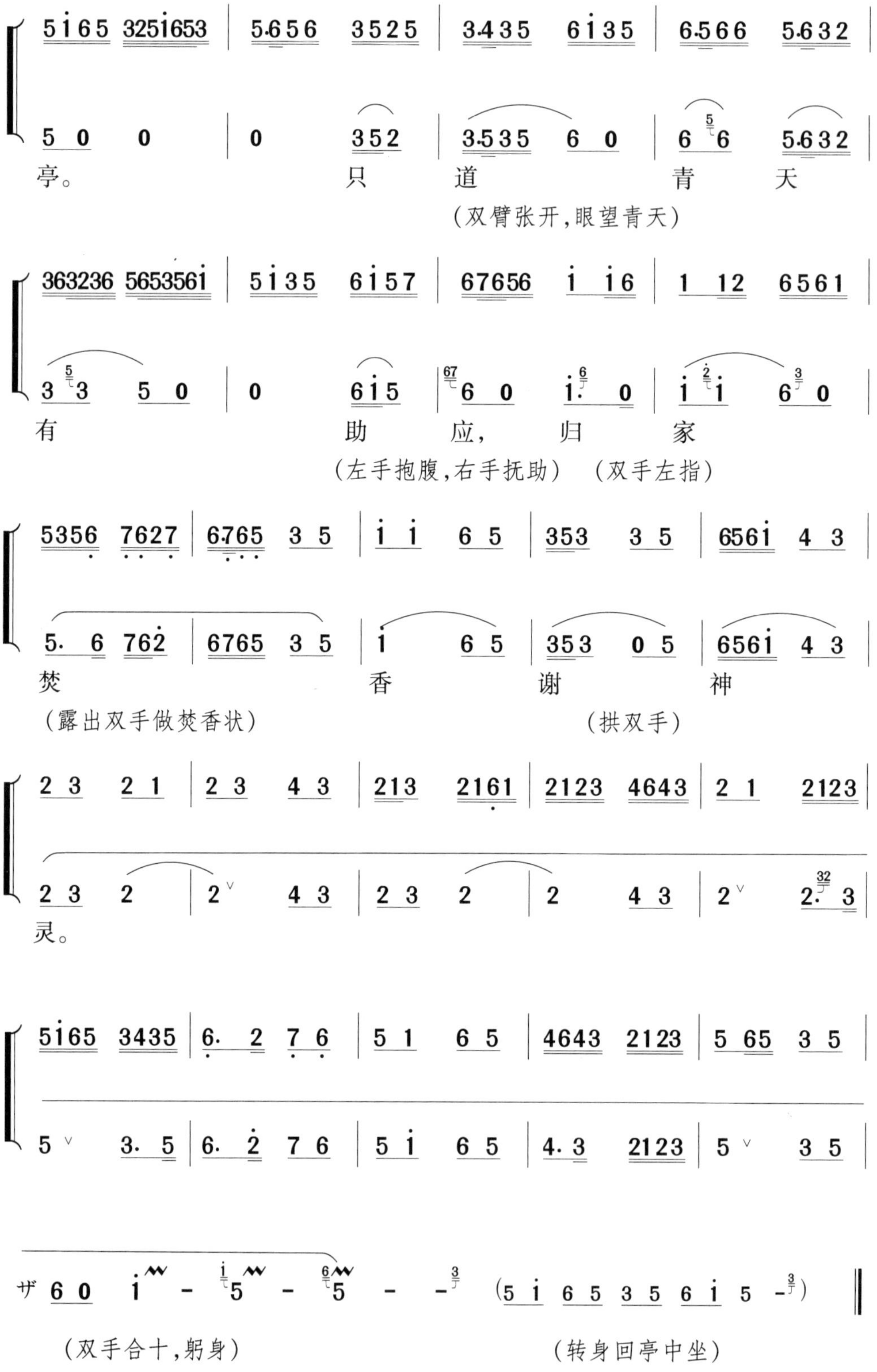

〔【五更】柳生春站起。

柳生春 哎呀，好了！

〔西皮摇板〕

〔【小锣抽头】柳生春左臂挎起褶子，右手提篮，下台阶至“大边”，抖右袖，提袖，右转身面向前。

〔西皮摇板〕

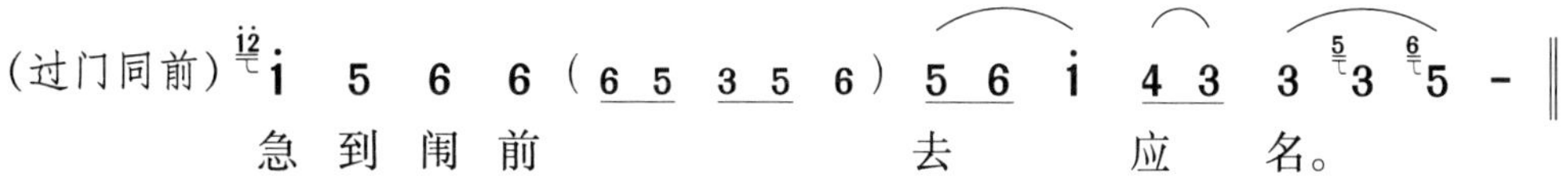

〔【小锣五击】柳生春左转身“下场门”下。

〔西皮摇板〕

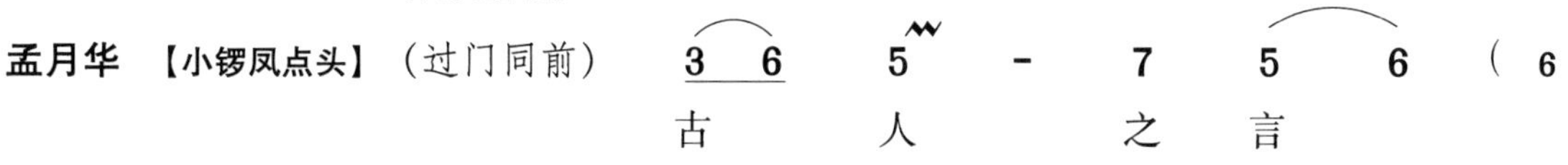

(站起)

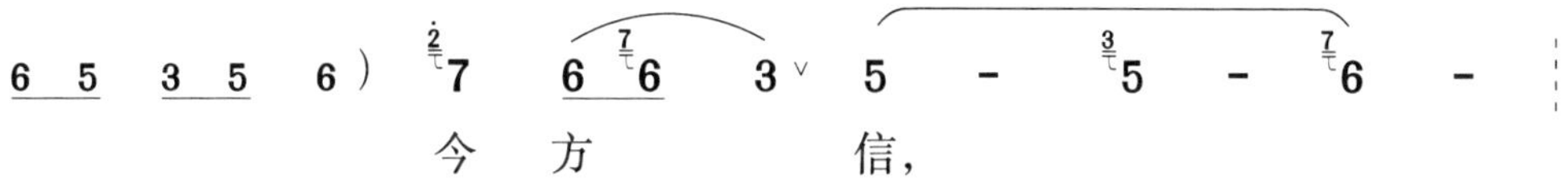

〔【小锣抽头】孟月华左臂挎帔，出亭，下台阶，到“大边”，抖右袖，掸尘，右转身，面向前,提袖。

(右手赞美式)

〔【小锣抽头】孟月华抖右袖，折右袖，左转身“下场门”下。闭二幕。

第六场

〔【小锣抽头】开二幕。场上置正场桌、“八字椅”。
〔王淑英持手绢“下场门”上至“下场门”台口一亮，掂左掌，至正场。

〔西皮摇板〕

王淑英

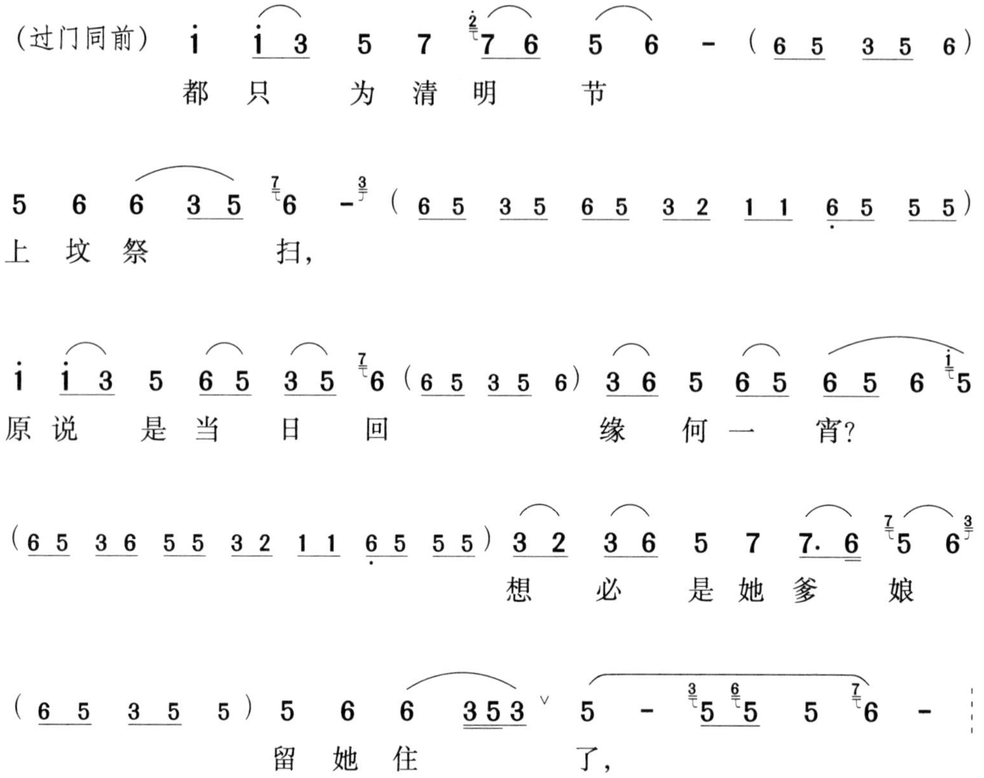

〔【小锣抽头】王淑英左身至“大边椅”前站。

〔西皮摇板〕

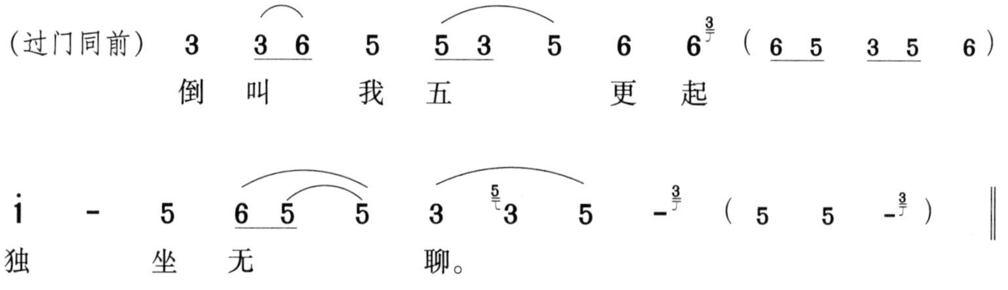

(坐“大边椅”)

〔【小锣抽头】孟月华左臂挎帔,右手撑袖,“上场门”上。“反圆场”至“九龙口”,折右袖,半个“小边圆场”。

〔西皮摇板〕

孟月华

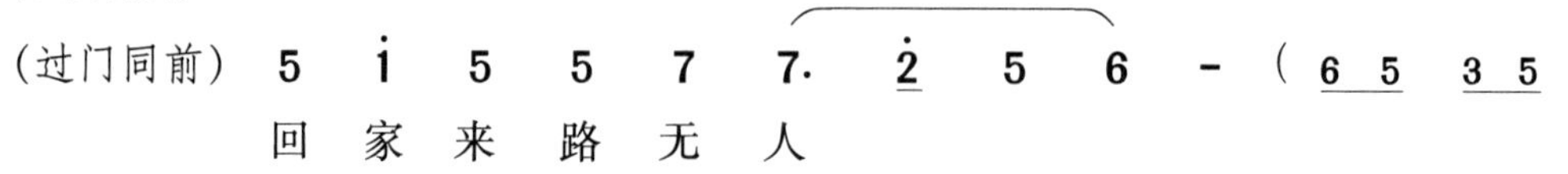

6 5　3 2　1 1）7　6　6　3　5　－　5　6　－ ┊【小锣一击】
　　　　　　　天　还　尚　　　早，

〔亮弦〕
（4　3.　5　6　－）

〔孟月华望家门，抖右袖，提袖。

孟月华　【小锣凤点头】（过门同前）3　3 6　5　5　6　6
　　　　　　　　　　　　　　　　　我　这　　里　上　前　去

（6　－）i　5　6 5　6　6　5　－ ┊
　　　　　轻　把　门　　　敲。

〔孟月华敲门。
孟月华　贤妹，开门来！

〔西皮摇板〕
王淑英　【小锣凤点头】（过门同前）i　i 3　5　5　7　7　5
　　　　　　　　　　　　　　　　　天　方　　明　是　何　人

6　－（6 5　3 5　6）7　6 5　3　5.　3　5　－
　　　　　　　　　　来　得　　甚　早？

〔行弦〕
6　－ ┊（台 大）（6 5　3 5　6　7　6 5　3 5　6）

王淑英　谁呀？
孟月华　为嫂的回来了。
王淑英　噢。（开门）

〔西皮摇板〕
【小锣凤点头】（过门同前）3　3 6　5　5 3　3 5　6　i　5　6 5　3 5　－ ‖
　　　　　　　　　　　　原　来　　是　嫂　　嫂　　回　推　门　细　　瞧。

〔王淑英开门，出门。孟月华进门，至“大边”。王淑英随进门，关门，至“小边”。

〔西皮摇板〕

孟月华 【小锣凤点头】（过门同前） 3 3 6 5 5 7 7 5 5 6

挂 念 你 冷 清 清

（6 5 3 5 6） 7 6 6 3 5 6 （6 6 5 3 5 6 5

一 夜 烦 恼，

3 2 1 1） i 3 6 5 3 - 3 5 6 （6 5 3 5 6 5

为 嫂 的 忙 告 罪

（二人对拜）

3 2） 3 6 5 6 5 3. 5 3 5 - （5 5 3 6 5 -）‖

再 叙 根 苗。

〔孟月华将帔放桌上，坐“大边椅”，王淑英坐“小边椅”。

王淑英 哟，嫂子！天刚亮您就回来啦，莫非连夜赶回的吗？

孟月华 （摆右手）再不想提起。只因惦记妹子，上坟一毕就要回来。爹娘苦苦相留，是我从后门暗地行走，行至中途，风雨大作。

王淑英 哟，遇见雨啦？您没找个地方避避雨吗？

孟月华 去到御碑亭避雨。

王淑英 御碑亭？哎，倒是个好地方。后来呢？

孟月华 啊妹妹。随后又来了一个年少的书生。

王淑英 哟！【小锣一击】怎么着，又来了一个年少的书生吗？

孟月华 正是。

王淑英 哟！这亭子里头就是你们俩个人，没有别人吗？

孟月华 两厢坐了一夜，十分烦恼！

王淑英 哟，我想四野无人，孤男寡女，难道就不曾说话吗？

孟月华 未曾交谈。

王淑英 哟！您说这话谁信呢！

孟月华 贤妹呀！

〔西皮摇板〕

【小锣凤点头】（过门同前） 5 i 6 5 3 3 6 5 （6 5 3 6

那 书 生 知 礼 法

王淑英 嫂嫂哇！

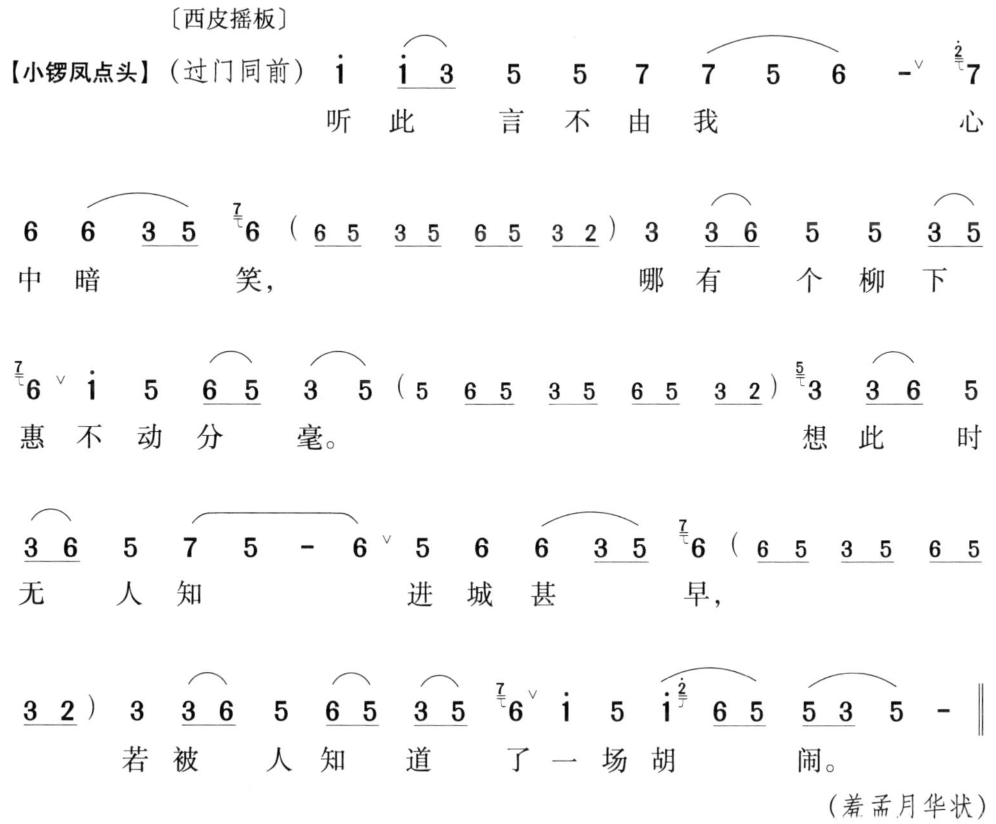

孟月华 嘟！（站起，轻拂右袖，提袖）

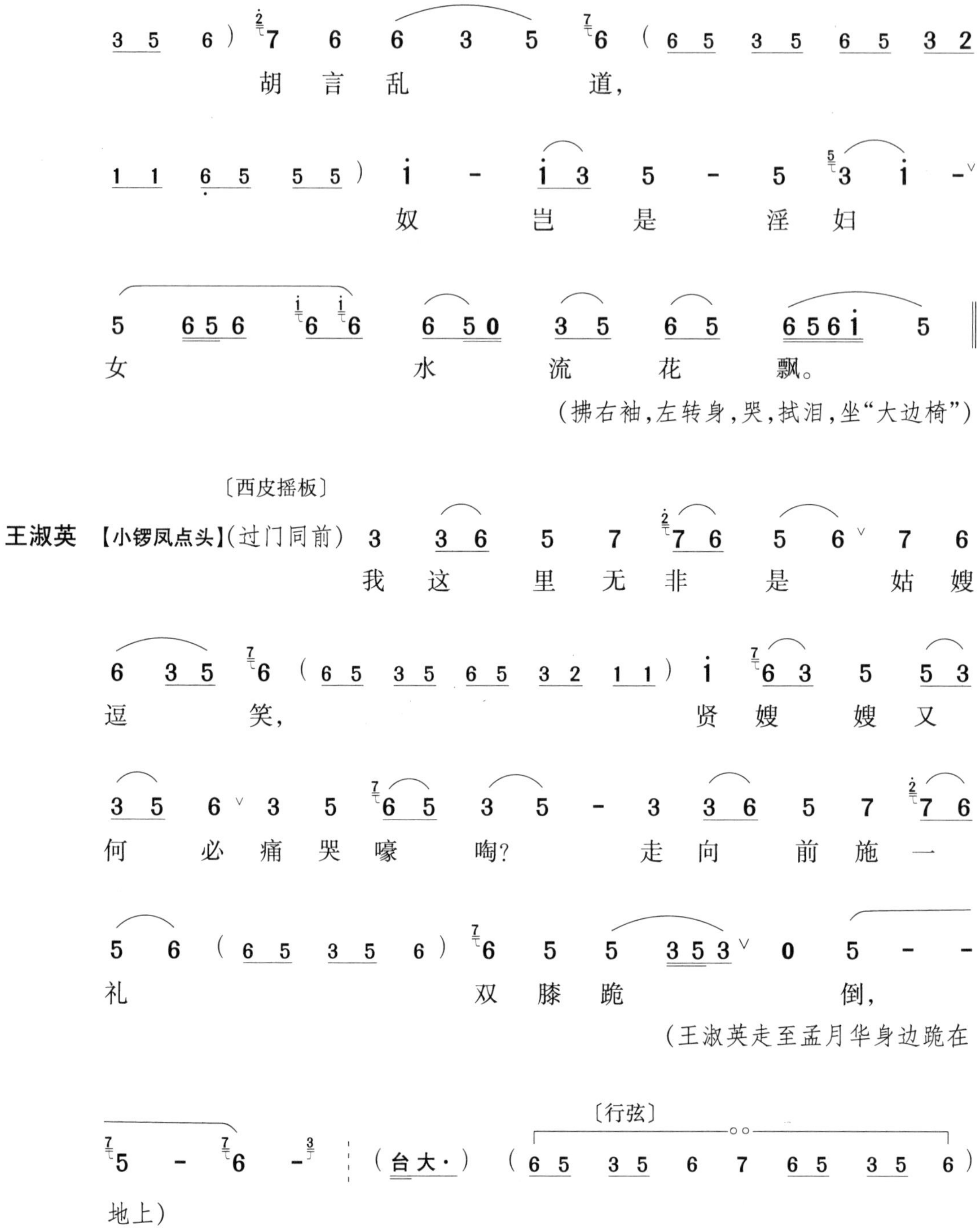

嫂子，嫂子，嫂嫂哇！

「孟月华拂右袖。王淑英哭，拭泪。

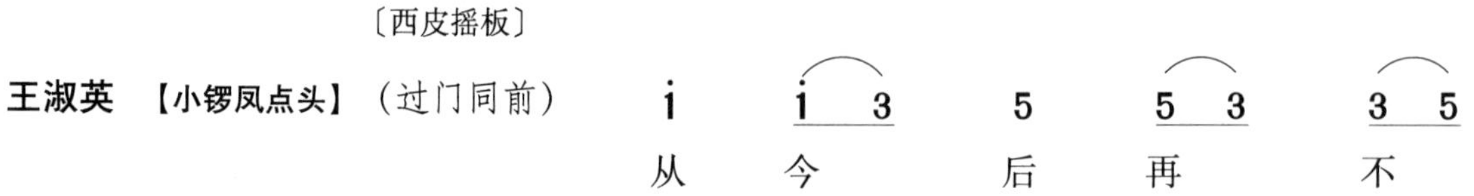

⁷6 ˅ i̇ 5 6 5 3 5 - (5 ⁶5 -³) ‖

敢 胡 言 乱 扰。

王淑英 您饶了我得啦！

孟月华 贤妹！（扶王淑英站起，抖双袖，提袖）

〔西皮摇板〕

【小锣凤点头】（过门同前） 5 i̇ 5 ²̇7 5 7 2̇ 5 6 -（6 5

并 非 是 姑 嫂 们

3 5 6 5 3 2 1 1） ²̇7 6 6 i̇ 3 5 ⁷6（6 5 3 5 6 5

不 许 耍 笑，

3 2 1 1 6̣ 5 5 5） i̇ i̇ 3 5 5 3 3 5 ⁷6（6 5

一 句 话 非 等 闲

3 5 6 5） 3 6 5 ²̇7 6 5 30 ˅ 5 -（5 5 3 6 5 -³） ‖

怎 能 轻 饶！

（摊双掌，抖双袖，右袖盖左袖）

王淑英 嫂子，您饶了我吧！再也不敢胡说八道的啦！

孟月华 （原谅王淑英）贤妹，为嫂困倦，随我到后面歇息去吧！

王淑英 是了，您上后边歇会儿去吧！

孟月华 （叹息）想起昨夜，令人提心吊胆。

王淑英 可不是嘛！我也替您害怕呀！

孟月华 正是：（扎）一宵风雨正掀天，

危坐碑亭不敢眠。

幸遇重生柳下惠，

王淑英 嫂嫂，我给您续上一句吧！

天公配合巧姻缘①！

孟月华 （指王淑英）胡说！（台）

王淑英 我又说错了。

孟月华 为嫂已困倦，随我来呀！

① 此句亦作“天公作美巧逢缘”。

王淑英 您快后边儿歇会去吧!

〔【小锣五击】王淑英扶孟月华“下场门”下。

第七场

〔【小锣抽头】王有道提考篮“上场门”上，一亮，至“九龙口”。锣鼓切住。

王有道 哈哈哈……

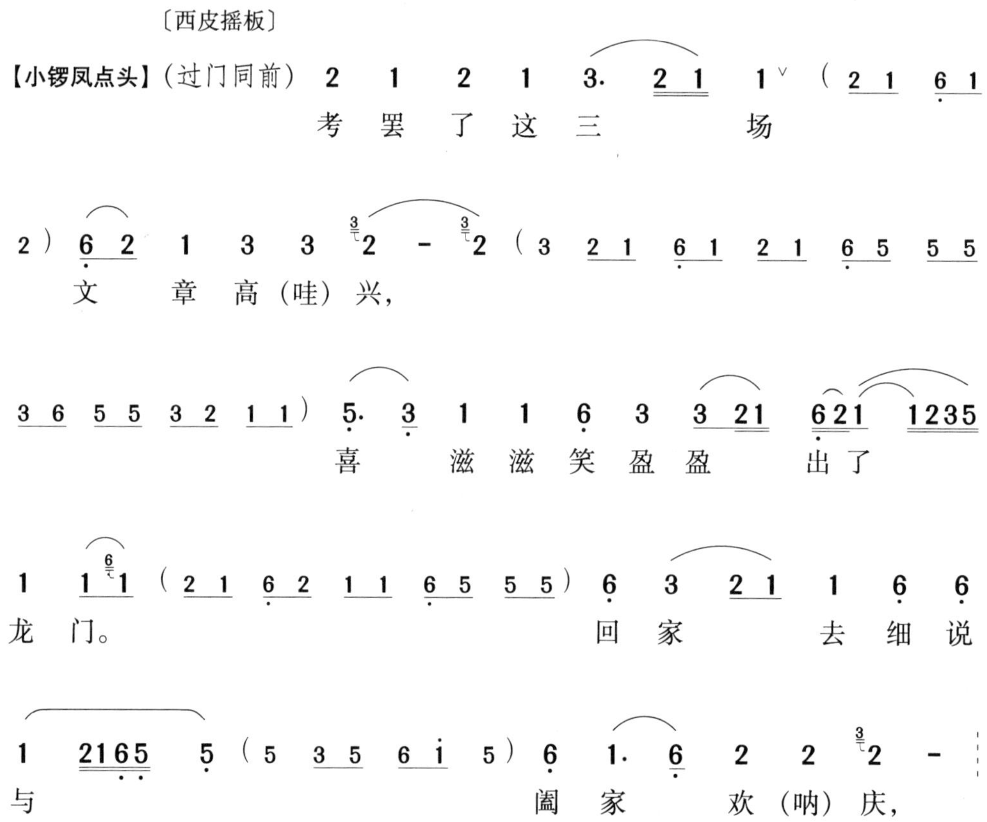

〔【小锣抽头】王有道“小边”小圆场。

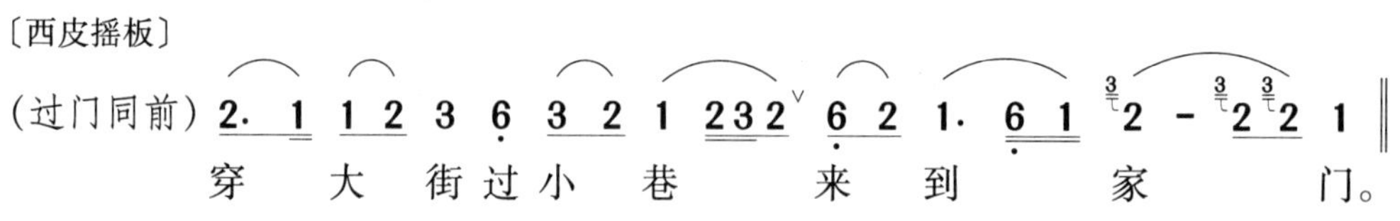

王有道 (叫门)开门来!

〔【小锣抽头】王淑英“下场门”上。

御 碑 亭

〔西皮摇板〕

王淑英 （过门同前）

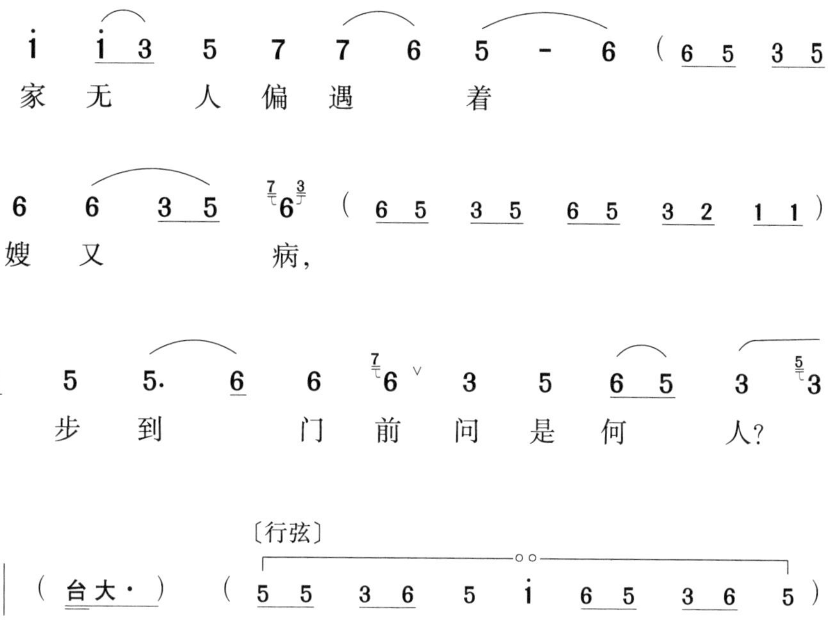

王淑英 谁呀？

王有道 噢，是我回来了！

王淑英 哦，我哥哥回来啦！

〔王淑英整鬓、整装，开门。

〔西皮摇板〕

【小锣凤点头】（过门同前）

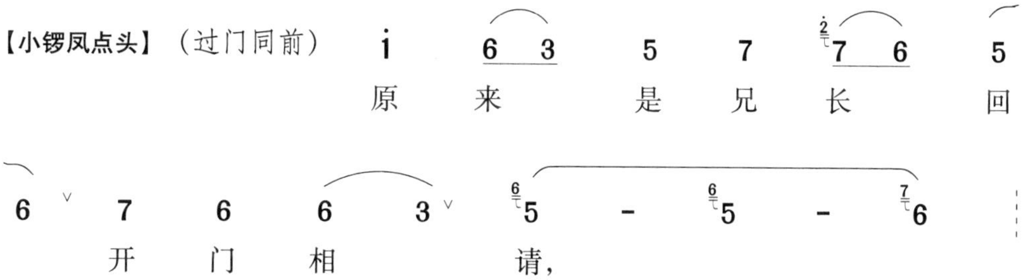

（出门，拱手相迎）

哥哥！

〔**【小锣抽头】**王有道进门，将考篮、招文袋放桌上。王淑英随后进门将考篮、招文袋放回“上场门”内。王有道在“大边”掸尘。王淑英回至“小边”。王有道两望。

〔亮弦〕

王有道 （摊右掌）啊？

〔西皮摇板〕

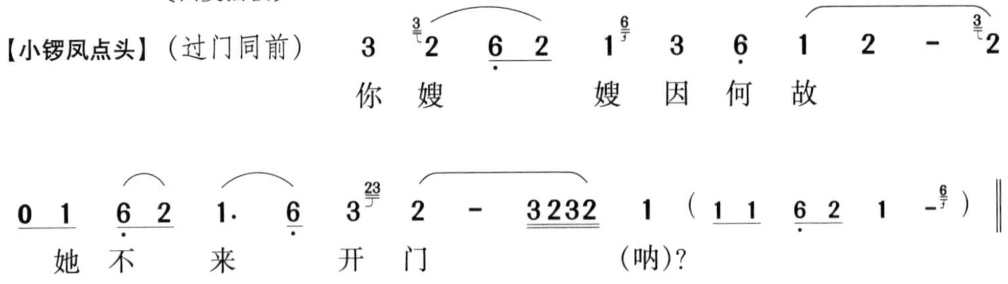

王淑英 我嫂子她病啦。

王有道 啊？我走的时节不曾有病啊！为了何事会染病在床？

王淑英 （拱手）哥哥哇！

王有道 快快讲来！

〔西皮摇板〕

王有道 你嫂嫂回家祭祖去了，行至中途么，这大雨倾盆。

王淑英 对啦。

王有道 你嫂嫂就该找个所在，躲避躲避的才是。何必要冒雨而归，成什么样儿呀？（摊双掌）

王淑英 哟，她倒是找地方避雨来着。

王有道 噢，在何处呀？

王淑英 （想状）在……什么……这、这……噢，御碑亭！

王有道 噢，御碑亭！

王淑英 对啦。

王有道 好，**【小锣一击】**好个避雨的所在。

王淑英 可不是！然后又来了一个少年的书生。

〔**【小锣一击】**王有道震惊状。

王有道 啊？又来了一个少年的书生。

王淑英 对啦。

王有道 你嫂嫂她就该走了出去呀！

王淑英 哟——哥哥，你怎么这么糊涂哇！那雨越下越大，叫她哪儿去呀？

王有道 啊这，（台）说得是呀。啊贤妹，我来问你，这后来呢？

王淑英 （拱手）哥哥哇！

王有道 （左手捏右袖口，右手掂动，失落状）哎呀……

〔西皮摇板〕

王淑英 **【小锣凤点头】**（过门同前）

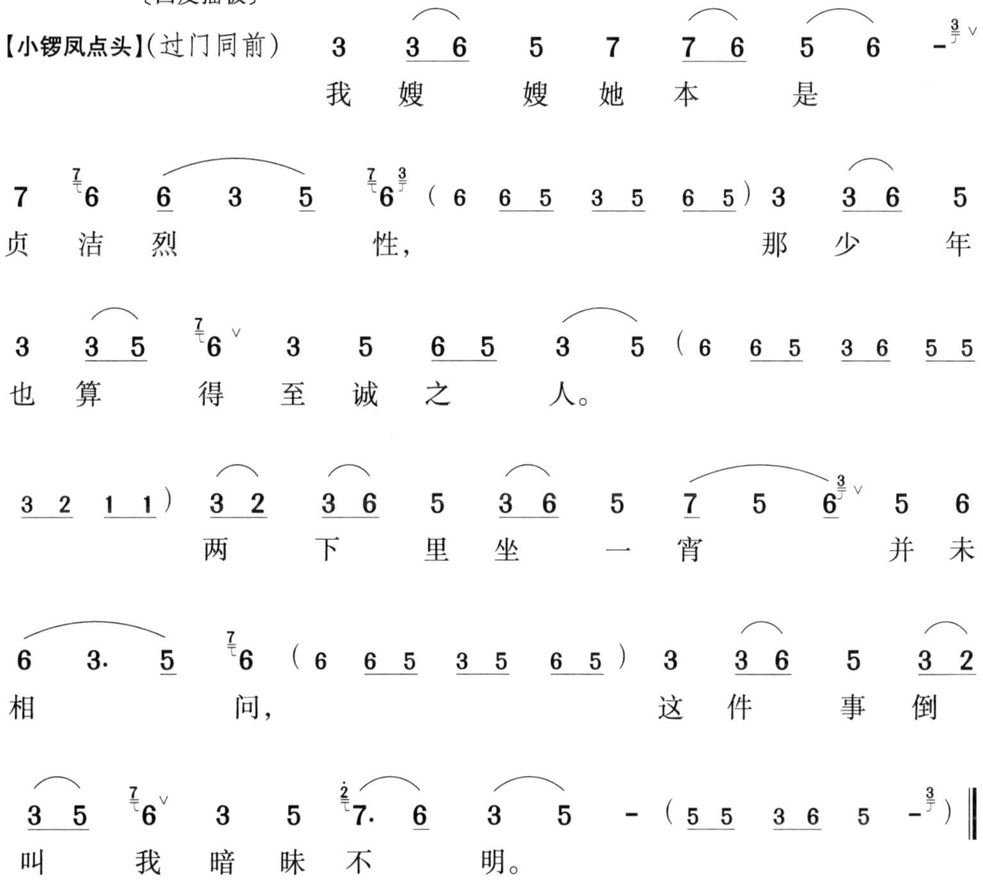

王有道 不要提了，我想此事，暗昧不明，有什么凭据呀？（摊双掌）

王淑英 我嫂子还吟诗一首呢！

王有道 呃，你还记得吗？

王淑英 嗯，我还记得呢！

王有道　念来我听。

王淑英　（念）一宵风雨正掀天，

　　　　危坐碑亭不敢眠。

　　　　幸遇重生柳下惠，

　　哥哥，我还配上一句呢！

王有道　哪一句啊？

王淑英　天公配合巧姻缘。（仓）

　　〔王有道一震。

王淑英　你说好吧？

王有道　呸！（八大仓）

〔西皮散板〕

【凤点头】 サ（7 6 6 5 5 3. 1 2 7 6 2 1 -） 3 3 3 3

听一 言不

（拂右袖，提袖，上步）

3 3 3 0 1 2 3 1. 2 2（6 1 2 3） 2 6 1

由我 火 烧 两（呃）鬓，（仓） 诗 词 说

2 6 2 1 2 3 5 1 2 1（7 6 2 1） 2 1 2 1

赴 阳 台 必 有 隐 情。（仓） 我 本 当 到

2 5 3 2 1 2 - - 3 2 1 3 2 2 4 - 3 - -

后 面 将 她 追 问（呐），

（左手捏右袖右手前指，点动）

〔行弦〕

- 3 3 2 - （仓大.）（2 1 6 1 2 3 2 1 6 1 2）

　　〔王有道挽右袖欲奔后房，王淑英拦住。

王淑英　哥哥，脸面要紧呐！

　　〔王淑英暗将“大边椅”移成“大座”。

〔西皮散板〕

王有道　【纽丝】（过门同前） 1 3 2 1 1 1 1. 2 1 3 2 2 - 3 2 1

这 桩 事 要 闹 起 来（呀）

（7 6· 1 2 2 -） 2· 1 6 1 - 3 216 6 1 ‖

我 的 脸 面 何 存？

【叫头】（折右袖，拭泪，抖袖）哎呀！（提袖）我想此事若是吵闹起来，被邻居们知晓，我的脸面何在呀？（大台）哎呀……这这这……【撕边】（搓手，思考）【大锣一击】唔，有了。我不免写下休书一封，将这贱人唤了出来，就说她爹娘偶得急病，立即回去，将她休回娘家，也免得我王有道出丑哇！（大仓）我就是这个主意。（朝“下场门”唤）苍头快来！

［苍头“下场门”幕内白：“来了！”

［【小锣五击】苍头“下场门”上，进门，施礼。

王有道 （对苍头）去到大街之上雇一车辆，送师母回孟家庄。快去，快去！

苍 头 遵命！

［【小锣五击】苍头出门，“下场门”下。

王淑英 哥哥，您雇车干吗呀？

王有道 贤妹呀，我想此事皆因你起，这才惹起这场是非来了。想你做女儿家的，当讲则讲，不当讲不要胡言乱语。从今以后，你要闲事少管，才是我的好妹子哇！

王淑英 哟，我要是知道您这个脾气，我也不敢告诉您呐。

王有道 好，事已至此，不要说了。快快将笔砚端整好。唉，羞愧人也！

［【大锣原场】王淑英至“上场门”内取文房四宝，放在正场桌上，站在“小边椅”旁磨墨。王有道站正场桌右侧。

〔西皮导板〕

王有道 【大锣导板头】 サ（7 6 6 5 5 5 5 i i i 3 2 7 6

2 1 -） 3 3 6 5 3 3 5 - - 4· 5 3 0

王 有 道 提 笔（呀）

（双手托髯）

（3 3 3 3） 3 3 - 5 - 6565 5 - 5

泪 难 忍，

（左手捏右袖，右手掂掌）

［王有道拭泪，王淑英坐“小边椅”。

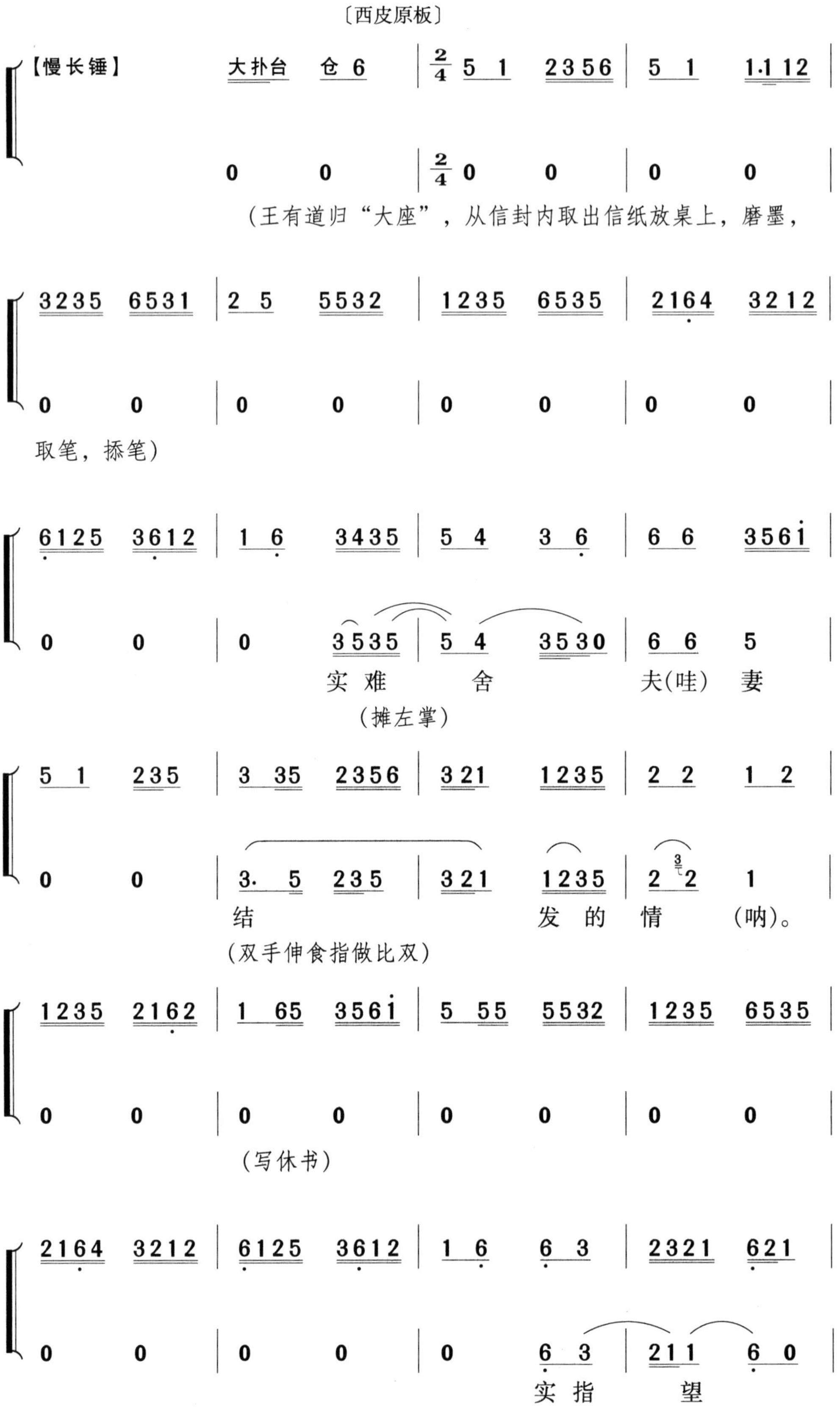
〔西皮原板〕
【慢长锤】
大扑台 仓
（王有道归“大座”，从信封内取出信纸放桌上，磨墨，
取笔，掭笔）
实 难 舍 夫(哇) 妻
（摊左掌）
结 发 的 情 (呐)。
（双手伸食指做比双）
（写休书）
实 指 望

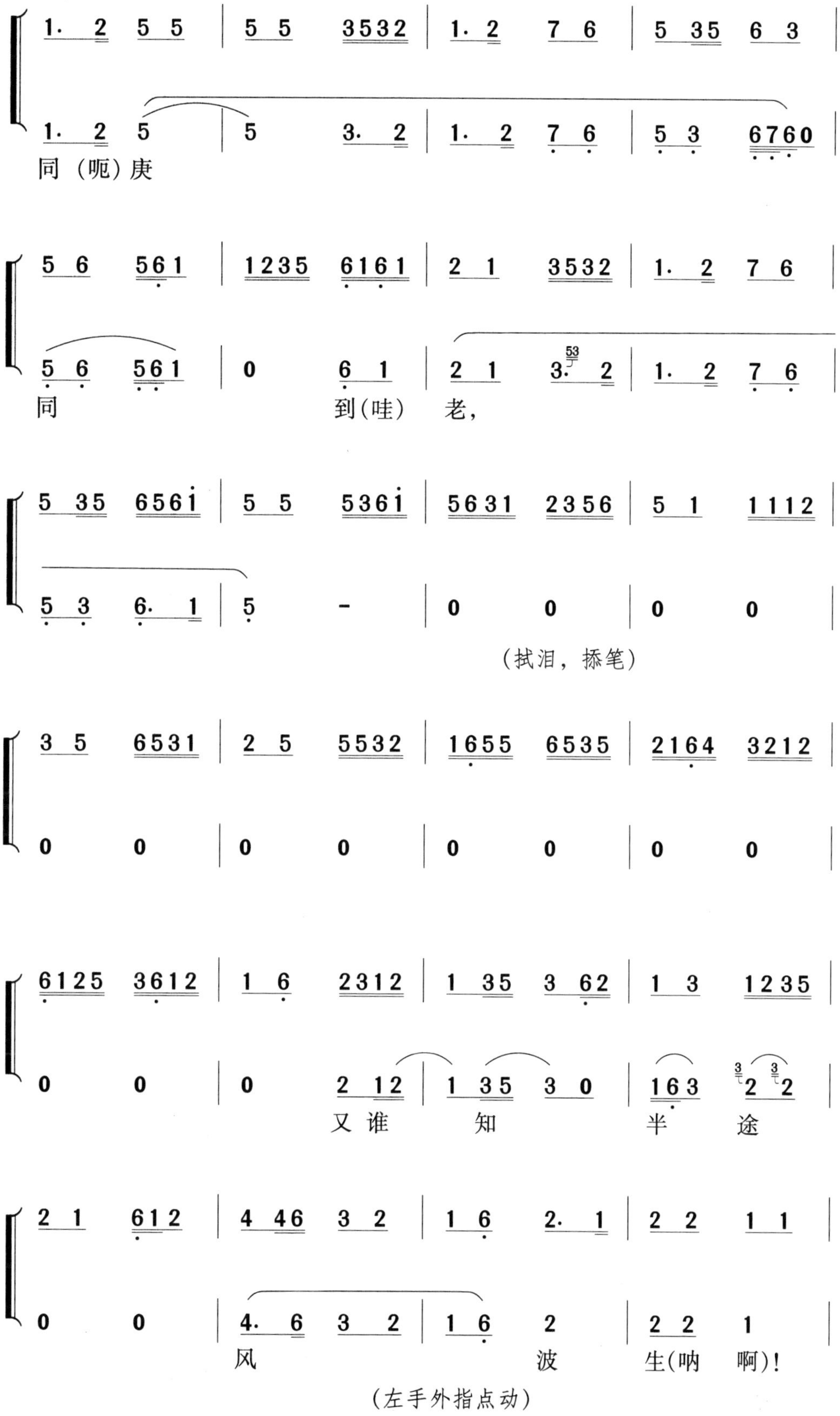
同（呃）庚
同
到(哇)
老，
（拭泪，舔笔）
又
谁
知
半
途
风
波
生(呐
啊)！
（左手外指点动）

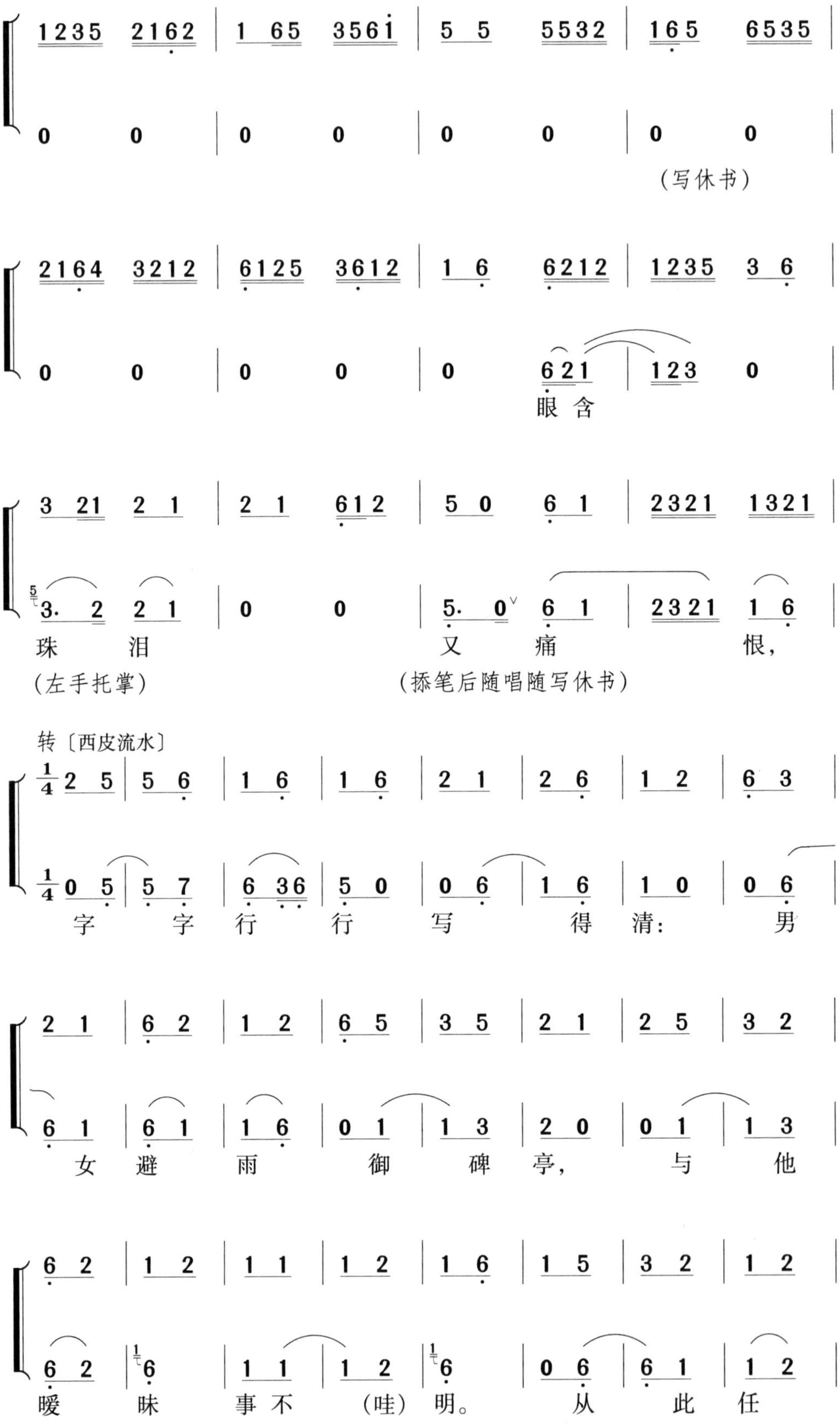
（写休书）
眼含
珠泪又痛恨，
（左手托掌）
（掭笔后随唱随写休书）
转〔西皮流水〕
字字行行写得清：男
女避雨御碑亭，与他
暧昧事不（哇）明。从此任

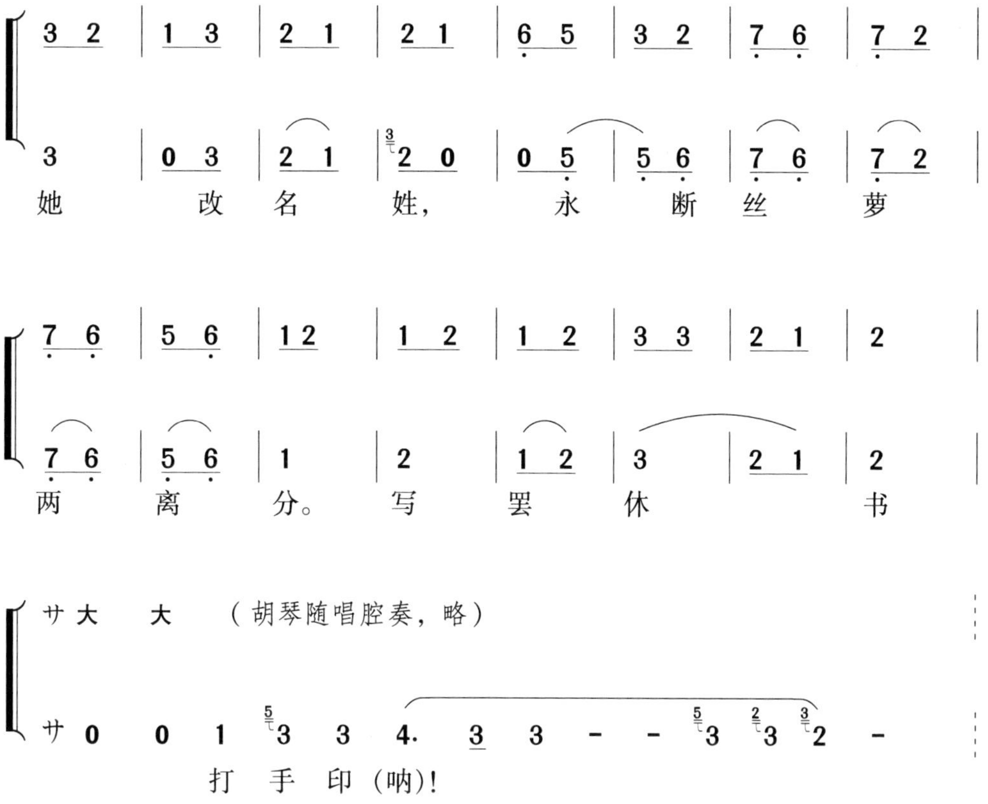

〔苍头“下场门”上，进门站“大边”禀告。

苍　头　车辆到！

王有道　知道了，快去！

〔苍头“下场门”下。王有道将休书放信封内。

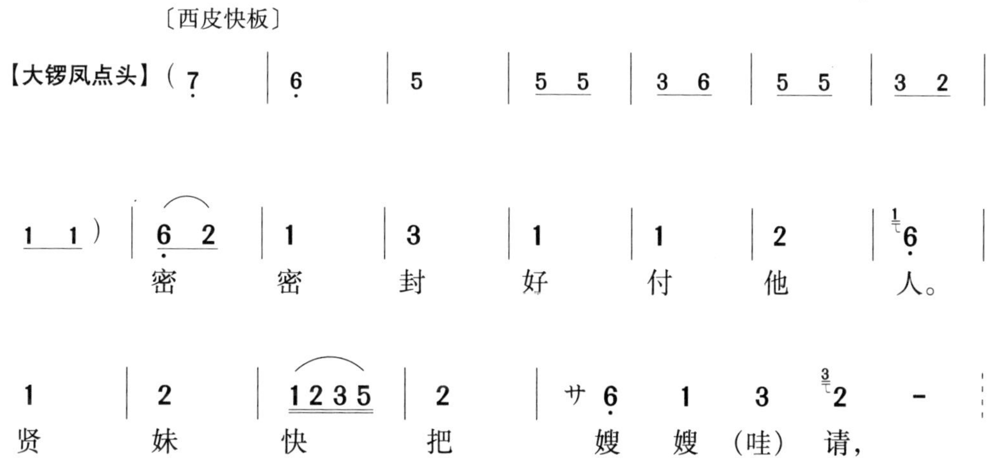

〔王有道写信封，封好后拿着出座。

〔西皮摇板〕

【大锣凤点头】(过门同前) 1· 3 2 3 2 1 2 2 3 6 5 5· 6 1 - ‖
孟家庄差人到来临。

〔西皮摇板〕

王淑英 【小锣凤点头】(过门同前) i 5 5 6 5 6 3 5 6 (6 5
回头便把嫂嫂请,
(出门，至“小边”)

3 5 6 5 3 2 1 1) i 5 5 6 5 6 5 3 5 - ‖
兄长请你出房门。
(左转身向“上场门”，拜请状)

〔孟月华“上场门”幕内白：“来了！”
〔孟月华“上场门”上至“九龙口”，站立不稳，王淑英赶上去搀扶。

〔西皮摇板〕

孟月华 【小锣抽头】(过门同前) i 6 5 6 (6 5 3 6 5 5) 7 6
正在困倦心烦

〔行弦〕

3 5 3 5 6 - (台 大.) (6 5 3 5 6 7 6 5 3 5 6)
闷,

王淑英 我哥哥回来啦!
孟月华 官人回来了！(高兴状)
王淑英 嗯。
孟月华 官人在哪里，(转身进门，站“小边”里首；王淑英随后进门，站“小边”外首)官人哪!

〔西皮摇板〕

【小锣凤点头】(过门同前) i 5 6 6 5 3 6 5 5 3 5 - (5 5 3 6 5 -) ‖
文章得意贺官人。

王有道 文章么，倒也得意。方才出场回来，遇见你家小厮得禄慌慌张张言道：员外、安人为你不辞而归，他二老吵闹一场，身染重病，你快快地回去劝解他们才是呀！

孟月华 哦，得禄现在何处？

王有道 得禄……啊，我叫他回去劝解去了。又命苍头雇来车辆，送你回孟家庄。你快快回去安慰他二老才是啊！

孟月华 （哭）喂呀，爹娘啊……

王有道 唉，这是哪里说起！

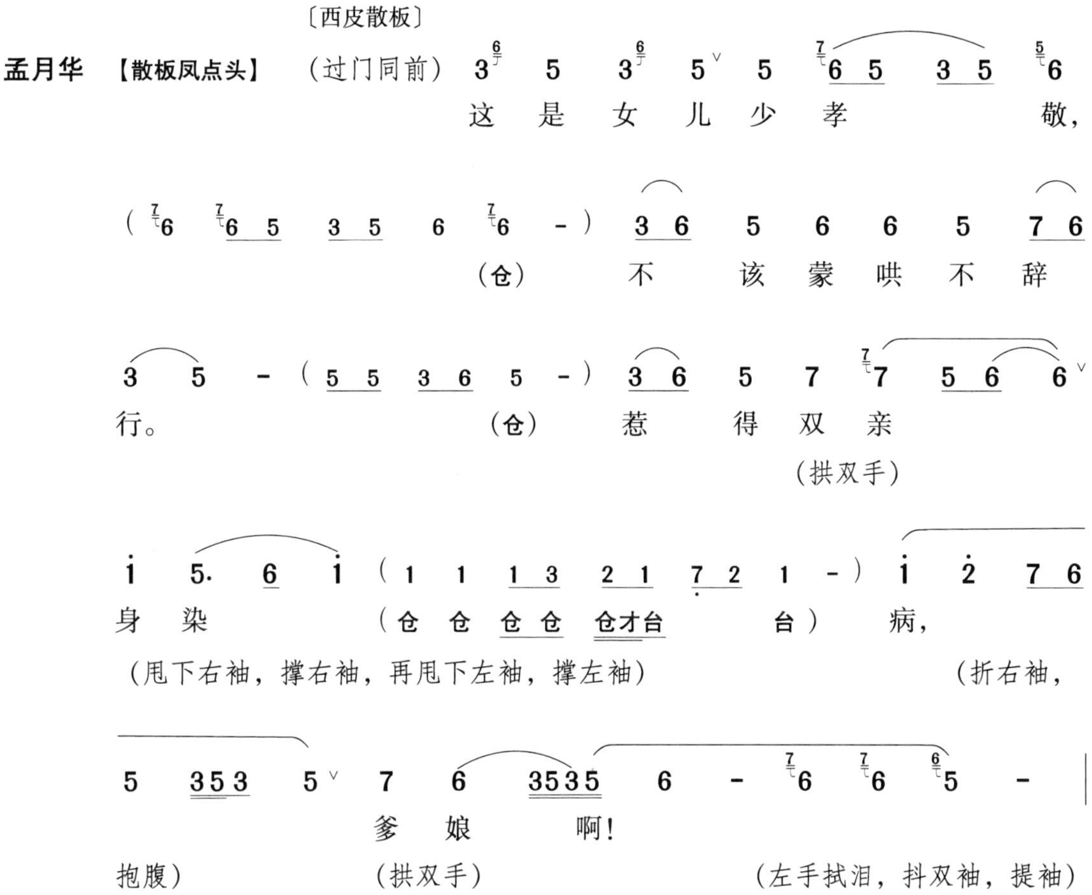

王有道 娘子啊！

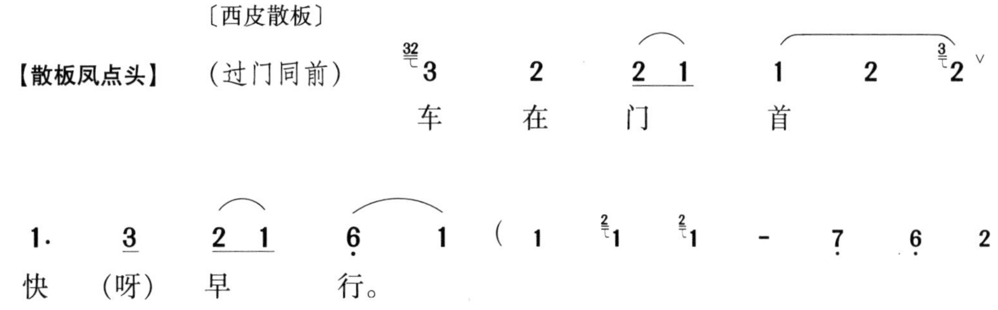

1 ） 6 2 1 3 2 1 3 2 （ 6. 1 2 － ）
（仓） 旁 人 托 带 这 书 信， （仓）

孟月华 是。（欲出门）
王有道 且慢！（左手持书信。王淑英在“小边”摆手欲阻止孟月华接）

6 2 1 3 21 1 2 － 5 1. 1 1 － ‖
回 去 交 与 二 双 （呃） 亲。

孟月华 官人！（接过书信，王淑英右转身暗泣）

〔西皮散板〕
【散板凤点头】 （过门同前） i 5 7 6 5 6 3 5 ⁷6 （3
心 忙 意 乱 站 不 稳，

5 6 －） i 5 6 ⁷6 5 ⁷6 5 6 6 i 5 － （1 6
（仓） 尊 声 官 人 且 安 心。
（拱双手）

2 1 －） i ⁱ6 5 3 6 5 5 7 6 3 5 ³5 6 －³
（仓） 贤 妹 好 生 待 闺 阃，

〔【撞金钟】孟月华、王有道、王淑英转身面向里拜别。车夫“下场门”暗上，站“大边”。孟月华出门，王淑英欲向前说明真相，被王有道拦住。孟月华回身看，王有道往外让。

〔西皮散板〕
孟月华 （过门同前） i 5 6 6³ 5 ⁱ6 5 3 5 3 5 － ‖
急 急 忙 忙 上 车 行。

〔【撞金钟】孟月华坐车“下场门”下。王有道、王淑英目送，远望。锣鼓切住。

〔亮弦〕
（4 3 2 3 6 5 －）

〔王有道摇头，站“大边”；王淑英悲泣，站“小边”，拭泪。

御　碑　亭

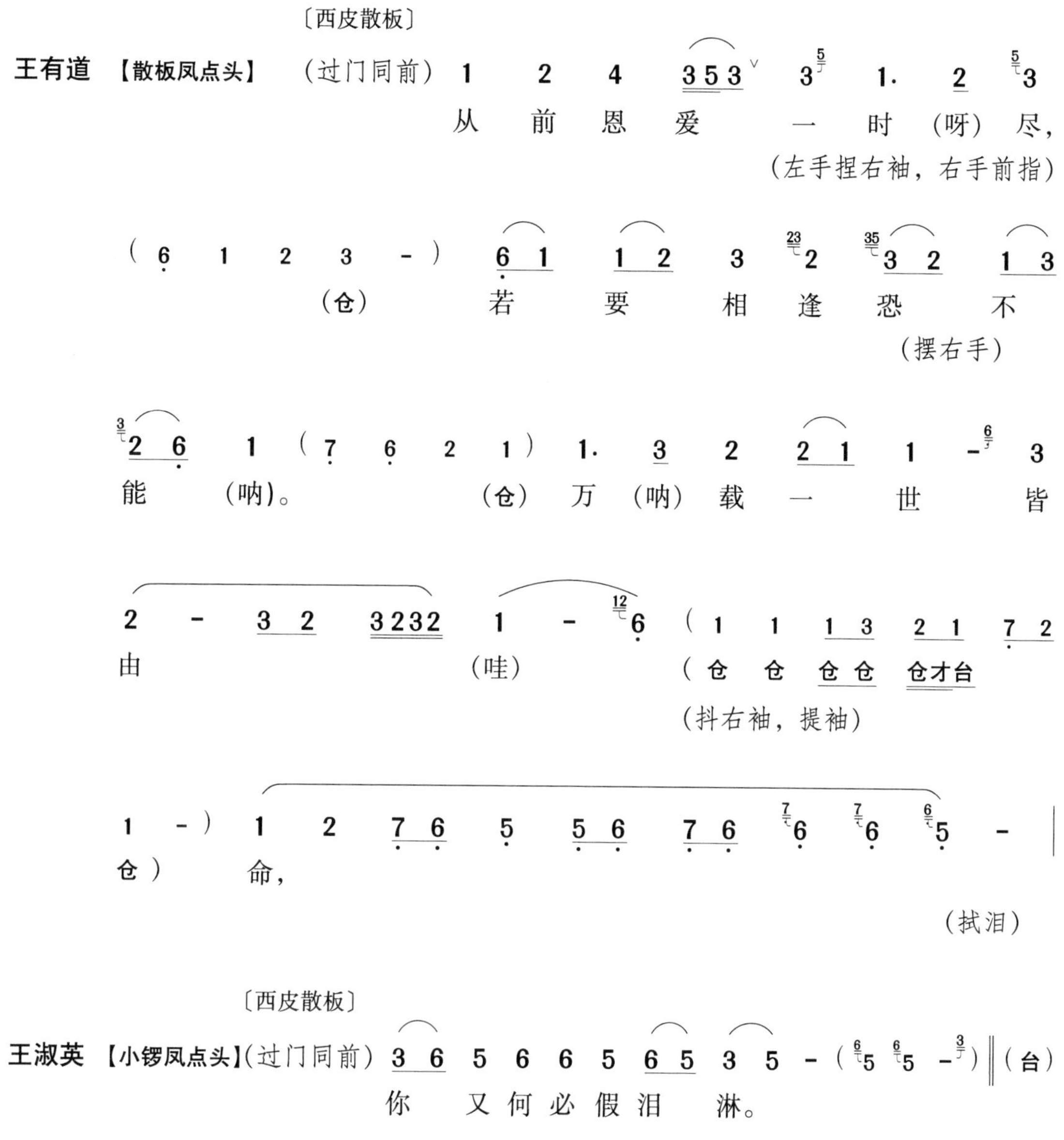

〔王有道挥右手不耐烦地让王淑英进门。王淑英“上场门”下。王有道随进门，关门。

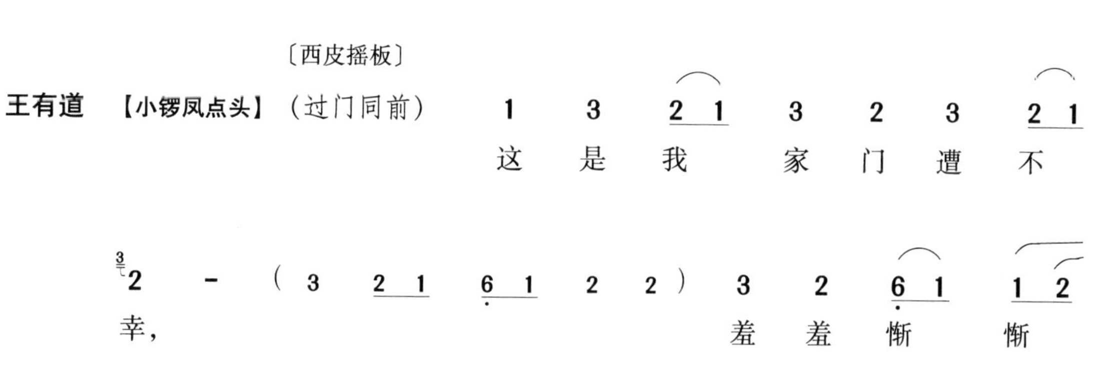

2 32 6 2 7 6 5· 6 1 －（1 1 1 －）‖
愁 煞 人。

（归“小边椅”坐）

〔二报录人“上场门”幕内白：“啊哈！”

〔【小锣五击】二报录人拿报单“上场门”上至“小边”。

二报录人〔数板〕（多罗·）报报 报，喜来 到，

读书 之人 身荣 耀。

金榜 题名 姓·字 标，

富贵 门前 讨钱 钞讨 0钱 钞。

报录人甲 哎，就是这儿！

报录人乙 就是这儿。

报录人甲（喊）报录的来喽——！

报录人乙（喊）报喜的来喽——！

〔王有道听见，站起，开门。

报录人甲 老爷得中喽——！

报录人乙 报录的来喽——！

报录人甲 报喜的来喽——！

〔王有道出门。

王有道 呃，呃，你们是做什么的？

报录人甲 我们是报录的。

王有道 噢，但不知报的何人哪？

报录人甲 王有道，王大老爷

王有道（进一步问）什么？

报录人甲 王有道，王大老爷！

王有道 哦，怎么？王有道他中了么？

二报录人 啊，中啦！

王有道（双手托髯）呵呵，就是你老爷。

二报录人（打千）呵，老爷，老爷！

王有道（招手）哦，进来，进来，进来！

报录人甲 留点儿神！

报录人乙 留点儿神！

〔王有道进门，站正场面桌前；二报录人随进，（台）给王有道跪拜。

二报录人 报录人给老爷叩头。

王有道（让起）起来，起来！有报单吗？

二报录人 有报单！

报录人甲 （呈上报单）老爷请看！

王有道 （接过报单，打开读）（台）捷报：贵府王大老爷王有道，奉旨会试甲辰科，取中第二名进士，喜报连（呐）元。【**撕边**】哈哈哈哈…… （得意地张开双臂，碰到二报录人的头）（台）哎呀，我中了，我中了！

报录人甲 呃，老爷，您乐什么呀？

王有道 我中了呀！

报录人甲（摸着下巴）您中啦，我这儿差点儿肿啦！（接过报单）

报录人乙 谁说不是呢？

「王有道归“小边椅”坐。报录人甲做将报单贴在门口状。(台)报录人甲回到门口。

报录人甲 伙计。

报录人乙 哎。

报录人甲 讨俩喜钱吧？

报录人乙 讨俩喜钱去！

二报录人 （进门，跪在王有道面前）报录的讨俩喜钱！

「王有道在身上摸找钱，又桌上找钱，但没有找到。

王有道 呃，哎呀呀，今日喜资不便，改日多赏就是。

二报录人 是，是。

「二报录人起来，转身出门。

报录人甲 嘿，伙计，你瞧见了没有，王老爷薪水还没有下来呢！

报录人乙 是呀！

报录人甲 咱先走吧。

报录人乙 先走吧。

报录人甲 正是：（扎）

暂离三寸地，

报录人乙 改日讨钱文。

二报录人 走吧！

「【**小锣五击**】二报录人“下场门”下。

王有道 告知贤妹知道，打点谒师便了。

〔西皮摇板〕

【**小锣凤点头**】（过门同前） 1 2 3 2 1 3 2 － （3 21

早 知 十 载 寒 窗 苦，

（站起，抖右袖，提袖，上步）

6̣1 2） 1 3 21 1 232 1 32 1 ⁶1 1 － ‖

苍 天 不 负 读 书 人。

「【**小锣原场**】王有道拍着手高兴地“下场门”下。闭二幕。

第八场

〔【小锣抽头】开二幕。场上置正场桌，八字椅。深色绣边桌围椅披。
〔孟鸣时持折扇与张氏“上场门”上至正场。

〔西皮摇板〕

孟鸣时 （过门同前） 1 3 2 3 2 3 2 3 （2 1 6 1 2）|
老 来 无 子 双 眉 锁，

张　氏 1 3 2 2 1 1 2 1 2 1 6 1 – （1 1 1 –）‖
有 女 无 儿 泪 更 多。

〔孟鸣时坐“大边椅”，张氏坐“小边椅”。得禄“下场门”暗上，在“大边”侍立。
〔【小锣抽头】孟月华乘车“上场门”上至“小边”。

〔西皮摇板〕

孟月华 （过门同前）i 5 7 7 5 6 7 6 3 5 6（6 5 3 5 6 5 3 2
闻 得 爹 娘 身 染 病，
（下车；车夫“上场门”下）

1 1）i 5 6 6 5 6 5 3 5 3 5 – （5 5 3 6 5 –）‖
急 忙 回 来 问 安 宁。

〔孟月华进门。

得　禄 （禀报）姑奶奶回来啦。

孟月华 （施礼）爹娘万福。（站“小边”）

孟鸣时
张　氏 罢了。儿呀，你怎么回来了哇？

孟月华 闻得爹娘身染重病，女儿放心不下，特地前来问安。

孟鸣时
张　氏 （不解）啊？（台）哪一个病了哇？

孟月华 定是爹娘病体痊愈，待儿谢天谢地。（谢天地）

孟鸣时 哎呀，说的是什么鬼话呀？

孟月华 啊爹娘，你女婿出场时节，中途遇见得禄，才知此事啊。

孟鸣时 啊？得禄，可有此事么？

得　禄 没有这么回事儿呀！

张　氏 是呀！（得禄“下场门”暗下）

孟月华 还有旁人与爹爹一封书信，爹爹请看。（将书信递与孟鸣时）

孟鸣时 哦，还有书信。（接信念）“孟鸣时开拆”，哎呀，奇怪！（取出休书读）

瓜田李下各生嫌，
并作亭台一夜眠，
七出之条难逃脱，
任凭改嫁别无言。

王有道休妻孟月华，永断丝萝！

哎呀儿呀，（**大仓**）这是一封休书啊！

孟月华 待儿看来。（接过休书）（**崩登仓**）

〔**【撕边】**孟月华看完休书晕倒，坐“小边椅”。**【冲头】**张氏、孟鸣时抬臂遮挡。

张　氏 我儿醒来！

〔西皮导板〕

孟月华

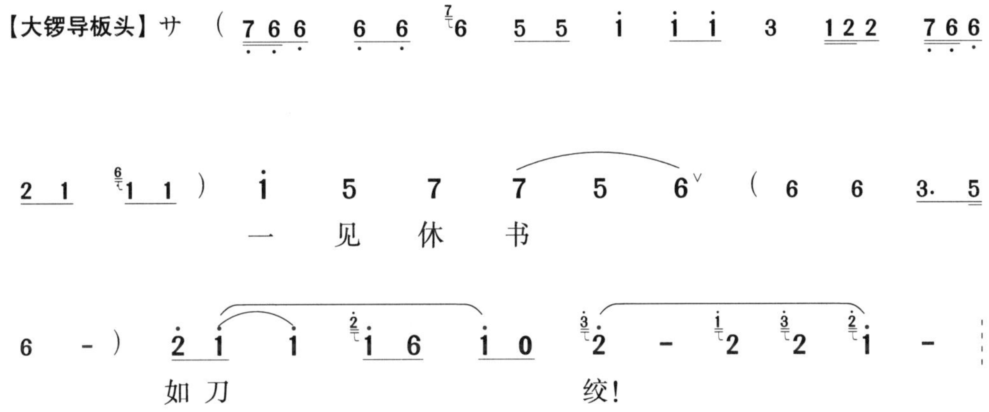

孟鸣时
张　氏 (同)女儿醒来！

〔**【撕边】**孟月华站起，折右袖。**【大锣一击】**

孟月华 喂……呀……！（拭泪，垂下水袖，提袖）

〔西皮散板〕

孟鸣时夹白：“为了什么事呀？”（右手指“小边”台口，伸出食指比做一，翻掌托右掌）

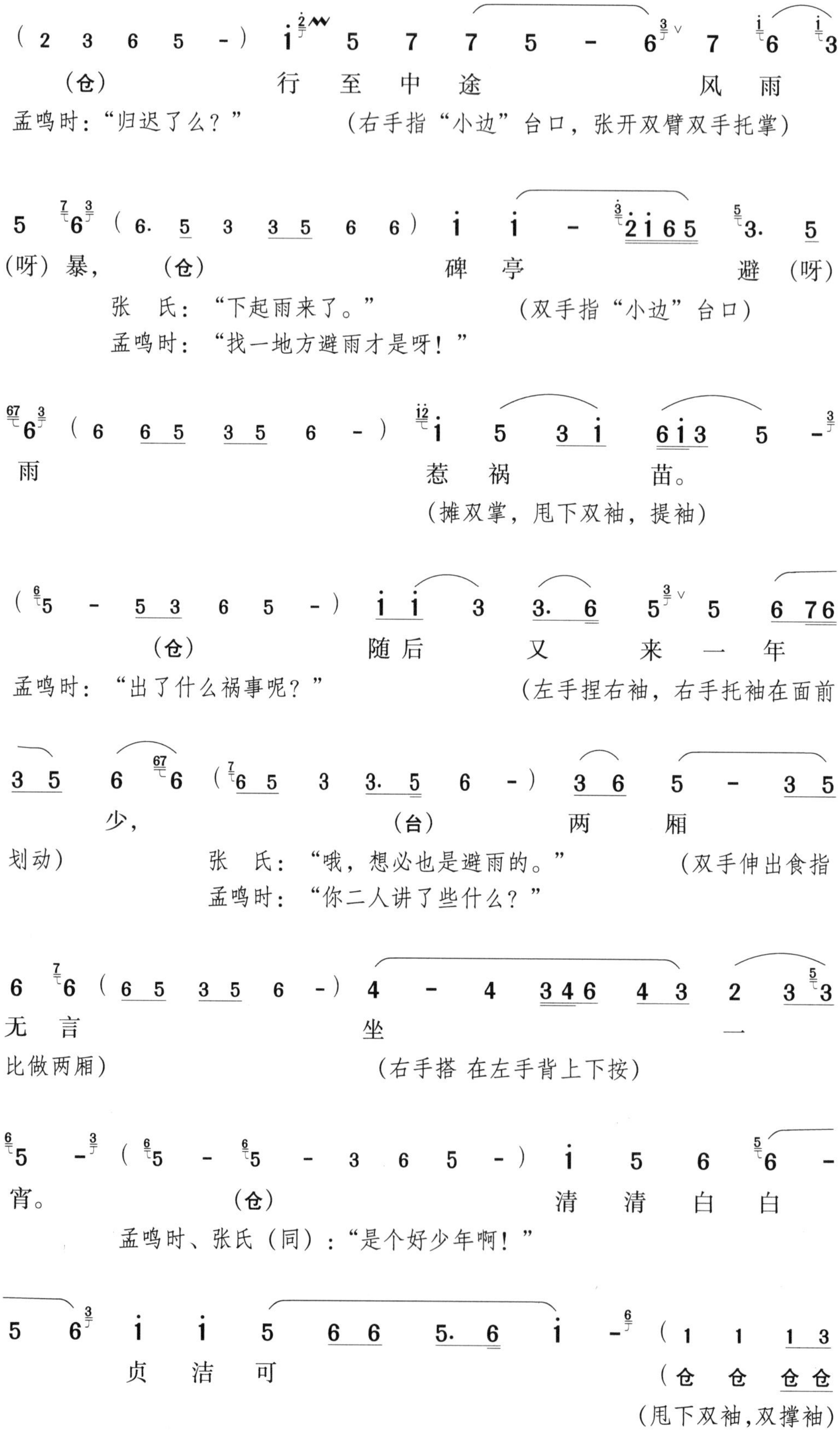
（仓）　行至中途　风雨
孟鸣时：“归迟了么？”
（右手指“小边”台口，张开双臂双手托掌）
（呀）暴，（仓）　碑亭　避（呀）
张　氏：“下起雨来了。”
孟鸣时：“找一地方避雨才是呀！”
（双手指“小边”台口）
雨　惹祸　苗。
（摊双掌，甩下双袖，提袖）
（仓）　随后　又　来　一　年
孟鸣时：“出了什么祸事呢？”
（左手捏右袖，右手托袖在面前
少，（台）　两　厢
划动）
张　氏：“哦，想必也是避雨的。”
孟鸣时：“你二人讲了些什么？”
（双手伸出食指
无　言　坐　一
比做两厢）
（右手搭 在左手背上下按）
宵。（仓）　清　清　白　白
孟鸣时、张氏（同）：“是个好少年啊！”
贞　洁　可　（仓　仓　仓仓
（甩下双袖，双撑袖）

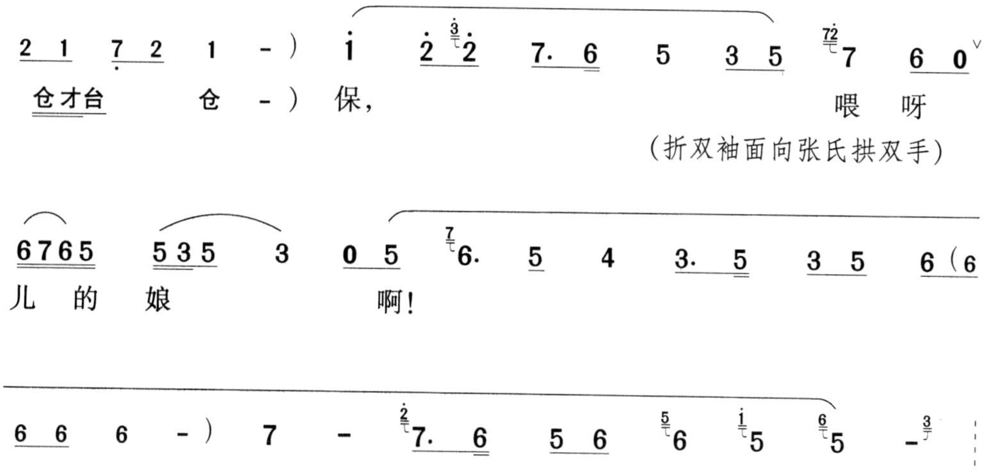

〔【纽丝凤点头】孟月华搂住张氏痛哭。

孟月华

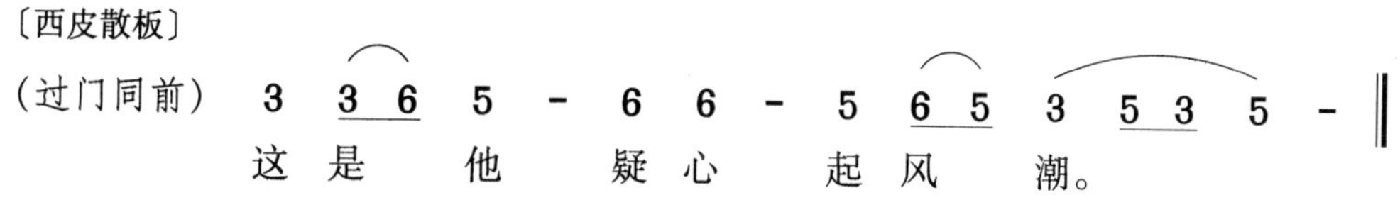

张 氏

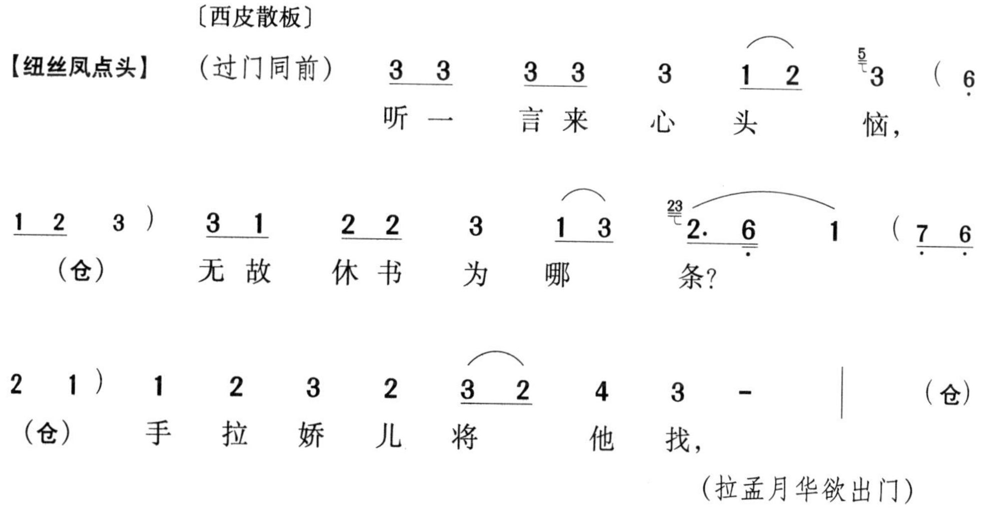

〔孟鸣时拦住。

孟鸣时 啊，且慢！

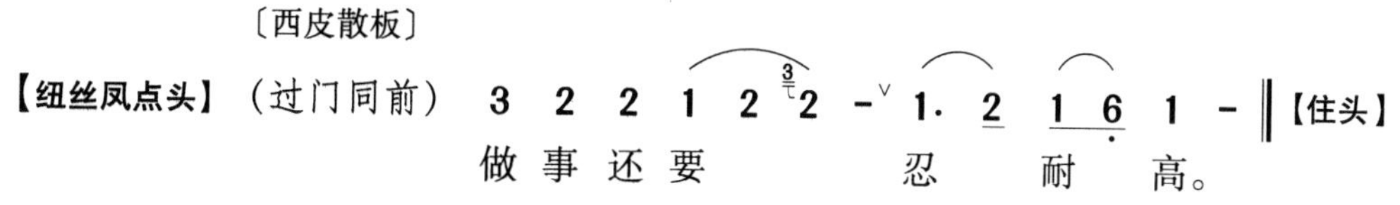

张　氏　你为何拦阻哇？

孟鸣时　夫人，你若找上门去，你我那姑老爷正在火性之中，倘若一口咬定，我们脸面何存哪？

张　氏　唉，难道说就罢了不成么？

孟鸣时　唉，有道是：清者则清，浊者则浊，日后是久而自明。

张　氏　哼哼，王有道哇，王有道，有朝一日碰着老娘，哼，我岂肯与你甘休。嗯哼哼……

孟鸣时　夫人，儿呀，就在家中住宿儿日，倘若我那姑老爷有了回心转意，是也未可知。安人，带领女儿后面歇息去吧！

张　氏　（领上孟月华）女儿，随我后面歇息去吧！唉，这是哪里说起！

孟月华　（哭）喂呀……

〔**【一锤锣】**张氏领孟月华“下场门”下。

孟鸣时　（摊双掌）这是哪里说起哟！（转身“下场门”下）

〔闭二幕。

第九场

〔**【撤锣】**开二幕。

〔**【小锣原场】**申嵩端带“上场门”上至“九龙口”一亮。进至正场，捋髯，上步。**【归位】**

申　嵩　（引）皇恩浩荡，（**多多**）知贡举，（**多罗**）

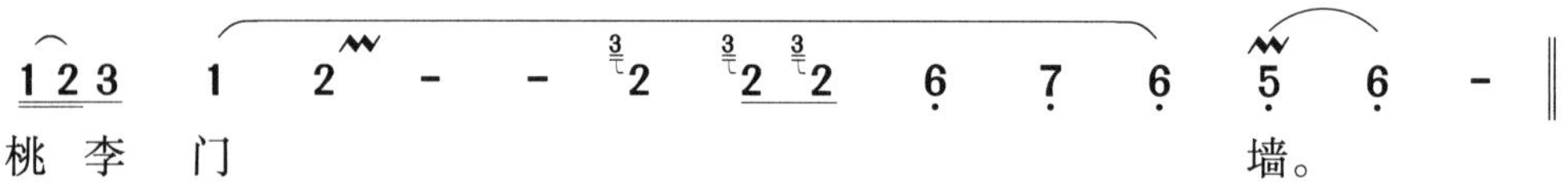

〔**【小锣归位】**申嵩归“小座”。二旗牌“上场门”上，进门，禀报。

二旗牌　启大人：众位门生到。

申　嵩　（拱双手）有请。（坐下）

二旗牌　有请！（两边分下）

〔**【小锣原场】**王有道、进士甲、进士乙、柳生春“上场门”上至正场成横一字面向前。**【小锣归位】**

王有道
进士甲　（同念）昨日寒儒谁问姓，
进士乙　　　　今朝显贵便知名。
柳生春

〔王有道、进士甲、进士乙、柳春生转身面向里向申嵩施礼。

王有道
进士甲
进士乙　（同白）啊老师在上，门生等大礼参拜。
柳生春

申　嵩　只行常礼。

王有道、进士甲、进士乙、柳生春　（同念）桃李门墙姓氏香，
荐拔之恩日月长。（面向里，分站两侧）

申　嵩　（念）幸喜你等入皇榜，
定辅皇家做栋梁。
列位贤契请坐。

王有道、进士甲、进士乙、柳生春　（同白）老师在上，门生等一旁侍立。

申　嵩　有话叙谈，哪有不坐之理。请坐，请坐！

王有道、进士甲、进士乙、柳生春　（同白）（拱手）门生等告坐。

〔王有道、进士甲、进士乙、柳生春互让，分坐两边。

申　嵩　我观列位贤契英标卓越，抱负不凡，将来俱是台阁之器。

王有道、进士甲、进士乙、柳生春　（同白）皆赖老师提拔之恩。

申　嵩　呃，哪位是柳贤契？

柳生春　（站起，躬身拱手）门生柳生春。

申　嵩　（让柳生春坐）贤契，你平生有何阴骘①，对我言之。

柳生春　启老师：门生家业寒素，德薄才庸，蒙老师山斗之恩。问及隐衷，门生自思么，并无阴骘。

申　嵩　实不相瞒，贤契之卷不佳，弃落卷之中已有三次，仍存于案，贤契若无阴骘，焉能感动神鬼暗护。你我既为师生，何妨直言无隐，呃，以释我这疑呀！

王有道、进士甲、进士乙　（同白）是呀，何妨直言呀！

柳生春　（摊双掌，疑思，突然想起）启禀老师：门生自幼尊奉《太上感应篇》。“万恶淫为首，百善孝当先。”入场之前，曾去祭祖。门生行至中途，忽然大雨倾盆，无处躲避，只得在御碑亭避雨。**【小锣一击】**（王有道一惊）不想先有一妇人在内，意

---

① 阴骘：骘（读 zhì，音质）阴骘即阴功，指暗中做积德之事。

欲出亭，怎奈雨水越大，万般无奈，只得在亭外廊下站立。候至雨过天明方走。二人虽共一宵，其实未交一言。不知此事可为阴骘否？

申　嵩　哈哈哈……【小锣一击】暗室不欺，阴骘莫大。贤契真乃君子也！

柳生春　（站起，躬身拱手）老师夸奖了。

王有道　（抬右臂遮挡，左手暗中招呼柳生春）喂，年兄！请问年兄，你也在御碑亭避过雨么？

柳生春　（抬左臂遮挡）哎，弟在御碑亭避过雨呀！

王有道　哦，避过雨来。请问年兄，那亭内可先有一妇人在内呀？

柳生春　不错，先有一妇人在内。

王有道　有个妇人在内。

柳生春　不错，不错。

王有道　年兄，你可曾晓得她的名姓哪？

柳生春　哎，方才对老师言过，一夜未交言，我焉能晓得她的姓氏呀？

王有道　哦，如此说来，年兄与那妇人未曾交言。

柳生春　未曾交言。

王有道　实未交言哪？

柳生春　实未交言哪！

王有道　（愣住，突然拱手对柳生春）哎呀年兄呀！（台）（站起拱手对申嵩）哎呀老师呀！（台）那妇人不是外人呐！（坐下）

申　嵩　她是哪个呀？

王有道　她是门生的……

申　嵩　什么？

王有道　拙荆[1]。

申　嵩　原来是令正[2]哪！

柳生春　（站起，拱手）原来就是年嫂！

王有道　（拱手）岂敢哪，岂敢！

柳生春　（拱手）失敬啊，失敬！

「王有道、柳生春归座。静场片时。

王有道　（突然站起，拱手对柳生春）哎呀年兄呀！（拱手对申嵩）哎呀老师呀！后来回得家去（坐下）听小妹一见之词，我以“莫须有”三字，门生竟将她……

申　嵩　怎么样啊？

王有道　休弃了。

众　（拂袖）哎呀，（参差着说）怎么休起妻来了！你真正地岂有此理呀！

「王有道站起面向里作揖躬身。

王有道　哎呀老师呀！（转身面向前）

---

① 拙荆：旧时对自己妻子的谦称。

② 令正：旧时多妻制有正庶之分，嫡妻为正，故尊称人妻为“令正”。

〔西皮摇板〕

【小锣凤点头】（过门同前） 1 3 2 1 1 2 1 ^{3}2 -

暗 昧 之 事 未 定 否，

（3 2 1 6̣ 1 2 1 6̣ 5 5 5） 1 3 1 2

不 该 起 疑

^{3}2 1 2 ^{3}2 1 -（3 2 1 6̣ 2 1 -^{6}）‖

弃 婚 （呐） 姻。

申　嵩　贤契差矣！适才听柳贤契之言，令正可谓节烈。今被休弃，令人为之酸鼻。就该将令正接回，才是正理！

王有道　（作揖）晚生遵命。

柳生春
进士甲
进士乙　（站起，同白）是呀，得意之秋，岂可辜负糟糠。待弟等前去迎接年嫂回府。

柳生春　（上一步）啊年兄，你呀，还要负荆请罪呀！

〔王有道做羞惭状。

申　嵩　赴罢琼林宴，一同前去。

王有道
进士甲
进士乙
柳生春　（面向里，躬身拱手，同白）门生等告辞了！

申　嵩　（站起）恕不远送。

王有道
进士甲
进士乙
柳生春　（同念）正是：（扎）

申　嵩　（念）但愿文章依宇下，（边念边出门，站“大边一条鞭”）

同做金鳌背上人。（众出门，站“小边”）

王有道
进士甲
进士乙
柳生春　（躬身拱手，同白）门生等告退！

〔【小锣五击】王有道、进士甲、进士乙、柳生春互致意，转身“上场门”下。申嵩进门站正场。

申　嵩　原来柳生春有此一段阴骘。我不免说与诸贡主知道。正是：（扎）

万恶淫为首，

百善孝当先。
说与读书者，
何愁不三元。
哈哈哈！……

〔【小锣原场】申嵩"下场门"下。闭二幕。

第 十 场

〔【小锣原场】开二幕。场上置正场桌，"小座"。红色绣金团花桌围椅披。

〔得禄"上场门"幕内白："啊哈！"

〔【小锣五击】得禄"上场门"上至正场。

得 禄 〔数板〕（多罗·）王有 道，太不 良，
无辜 休妻 丧心 肠。
今日 题名 金榜 上，
看是 谁 良 谁不 良。

听说王有道得了中啦，我们员外、安人把小姐也送回来啦。嗨，有嘞！我不免在这儿等着他，待会儿他来了的时候，我拿话得损损他。嗯，给我们姑娘出这口气。对，我就是这个主意。（开道锣响）有得！说着说着，他来啦！我那边儿等着他去。

〔得禄"下场门"下。

〔【小锣抽头】四青袍执红旗"上场门"上，"站门"。王有道执马鞭"上场门"上至正场，垂鞭。

〔西皮摇板〕

王有道 （过门同前）2 1 2 ^{5}3 2 1 1 6̣ 2 1 ^{5}3. 1 2 -
赴 罢 了 琼 林 宴 忙 去 请（呐）罪，

〔【小锣抽头】王有道挥鞭示意四青袍前行。四青袍圆场成"小边一条鞭"。王有道圆场至"小边"，斜鞭一望，转身下马。四青袍接鞭"上场门"下。

王有道 〔西皮摇板〕
（过门同前）1 3 2 1 3 3 - 3 2 3 2 1 6̣ 1 -（1 1 6̣ 2 1 -$^{6/7}$）‖
到 此 时 方 知 （呀呃）今 是 昨 非。

〔【小锣二击】王有道归"小座"坐。

王有道 （念）读书侥幸已成名，

到底糊涂心不清。
琴瑟失调乖礼义，
汉朝宋弘①是高人。【小锣一击】

〔得禄“下场门”上，进门。

得　禄　（打千）请姑老爷安。（站“大边”）

王有道　得禄来了！

得　禄　哎，来啦！

王有道　我来问你：员外、安人呢？

得　禄　员外、安人呐，也来啦！

王有道　你家小姐呢？

得　禄　我们小姐呀，她更得要来啦！

王有道　呃，来了的好哇，哈哈哈哈……

得　禄　嘿，我说姑老爷，我们小姐回来可是回来啦，这回您可别再把她给休回去了，啊？

王有道　哼，胡说！

得　禄　你道我说错了吗？

王有道　（岔开）快快有请。

得　禄　有请！

〔唢呐吹奏曲牌<小傍妆台>。得禄、王有道出门站“大边”。孟鸣时持扇“上场门”上至正场，王有道躬迎，孟鸣时端起架子摇着扇子进门；张氏“上场门”上至正场，见到王有道后举拳欲打，孟鸣时赶紧转过身来拦住。孟鸣时、张氏带着怨气“下场门”下。孟月华“上场门”上至正场。

王有道　（拱手迎上）啊，娘子！

〔孟月华怨恨地指点王有道，（台）王有道、孟月华“推磨”换位，得禄至正场里首旁观。孟月华右转身又指点王有道，（台）拂右袖，左转身“下场门”下。得禄至前场，狠狠地对王有道拂袖，左转身“下场门”下。王有道随下。

第 十 一 场

〔【撤锣】接上场，唢呐继续吹奏曲牌<小傍妆台>。孟鸣时、张氏“上场门”上至正场；同时，王淑英“下场门”高兴地上，出门，迎接。孟鸣时持折扇嗔怨地点王淑英一下，张氏羞王淑英，二人“下场门”下。王淑英做惭愧状。孟月华“上场门”上至正场，王淑英迎上。

王淑英　嫂子！

〔孟月华略带嗔怪抬眼一望王淑英，轻拂右袖，进门至“小边”站。王淑英面带愧状进门，转身“下场门”下。王有道、得禄“上场门”上，进门，王有道站正场，

① 宋弘：宋弘，字仲子，东汉京兆长安人。光武帝欲将其姊湖阳公主许给宋弘，宋弘以“贫贱之交不可忘，糟糠之妻不下堂”而拒之。其详见《后汉书·宋弘传》。

得禄将“小座椅”搬放在“小边”台口，让孟月华坐，得禄抱臂站“大边”侍立。曲牌止。王有道嗽，欲上前搭讪，见得禄还在房内，又到其身边。

得　禄　怎么着你？

王有道　在此做甚？

得　禄　我呀？在这儿伺候我们姑娘呢！

王有道　哦，你在此么，伺候你家小姐？

得　禄　对啦！

王有道　不用你呀！

得　禄　啊，不用我？我在这儿待一会儿怕什么的？

〔王有道无奈状。想法打发得禄走，故意走到房门前，做侧耳听状，回身向得禄招手。

王有道　啊，得禄，外面有人唤你。

得　禄　谁叫我哪？

王有道　（将得禄骗至门前）你听呐！

得　禄　在哪儿呢？没人儿叫哇！

王有道　（狠推得禄出门）滚了出去！

得　禄　嘿，有咗！把我推出来啦？推出来我也不走，我得在这儿听会儿是怎回事儿！

〔得禄假意往“下场门”走。王有道在门口两望，见得禄已走，入内。得禄转回，捅破窗户，窥视。王有道在房内正场桌右侧整冠，捋髯，端带，故作姿态。

┆ 6　-　3　- ┆

王有道　呃，（吟唱）啊——

哈哈哈……（走到孟月华身旁，躬身施礼）娘子啊，千不是，万不是，俱是卑人的不是。喏喏喏，这厢赔礼了。（台）

〔孟月华拂左袖，转身背对王有道。王有道绕到孟月华左侧，得禄趁机进屋，藏在正场桌后。

王有道　（作揖）啊，娘子啊！先前俱是我王有道的不是，喏喏喏，这厢赔礼了！

〔王有道躬身作揖，（台）孟月华拂右袖，不理睬。王有道摊双掌，掂动，做无奈状。绕至正场桌前，做想用跪下赔罪的身段，点点头认为可行。上步。得禄拿座垫蹑足随其后。

王有道　（作揖）啊，娘子啊！喏喏喏，我这厢……跪下了！（双手撩袍欲跪）

得　禄　（将垫子扔到王有道跟前）姑老爷，给您一块垫子啊！（台）

〔王有道拂左袖，抬左臂遮羞。

王有道　滚了出去！

〔得禄跑出门，“下场门”下。

王有道　哎呀呀，岂有此理！（对孟月华）娘子呀，我这厢跪下了！（跪）

孟月华　孟月华好命苦哇！（哭，拭泪）

王有道　唉，俱是我王有道一人不好哇！（摊双掌）

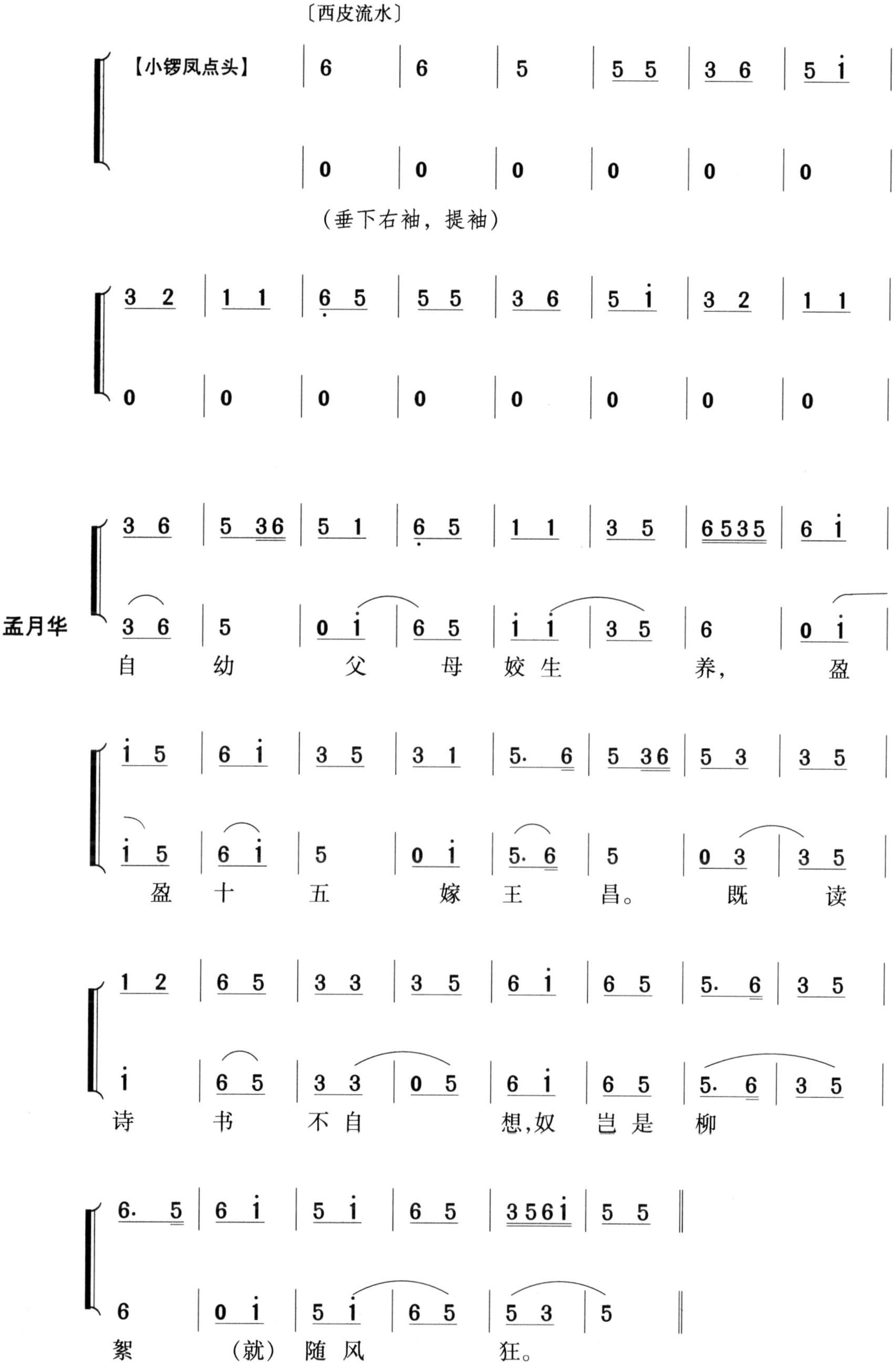
〔西皮流水〕
【小锣凤点头】
（垂下右袖，提袖）
孟月华
自幼父母姣生养，盈
盈十五嫁王昌。既读
诗书不自想，奴岂是柳
絮（就）随风狂。

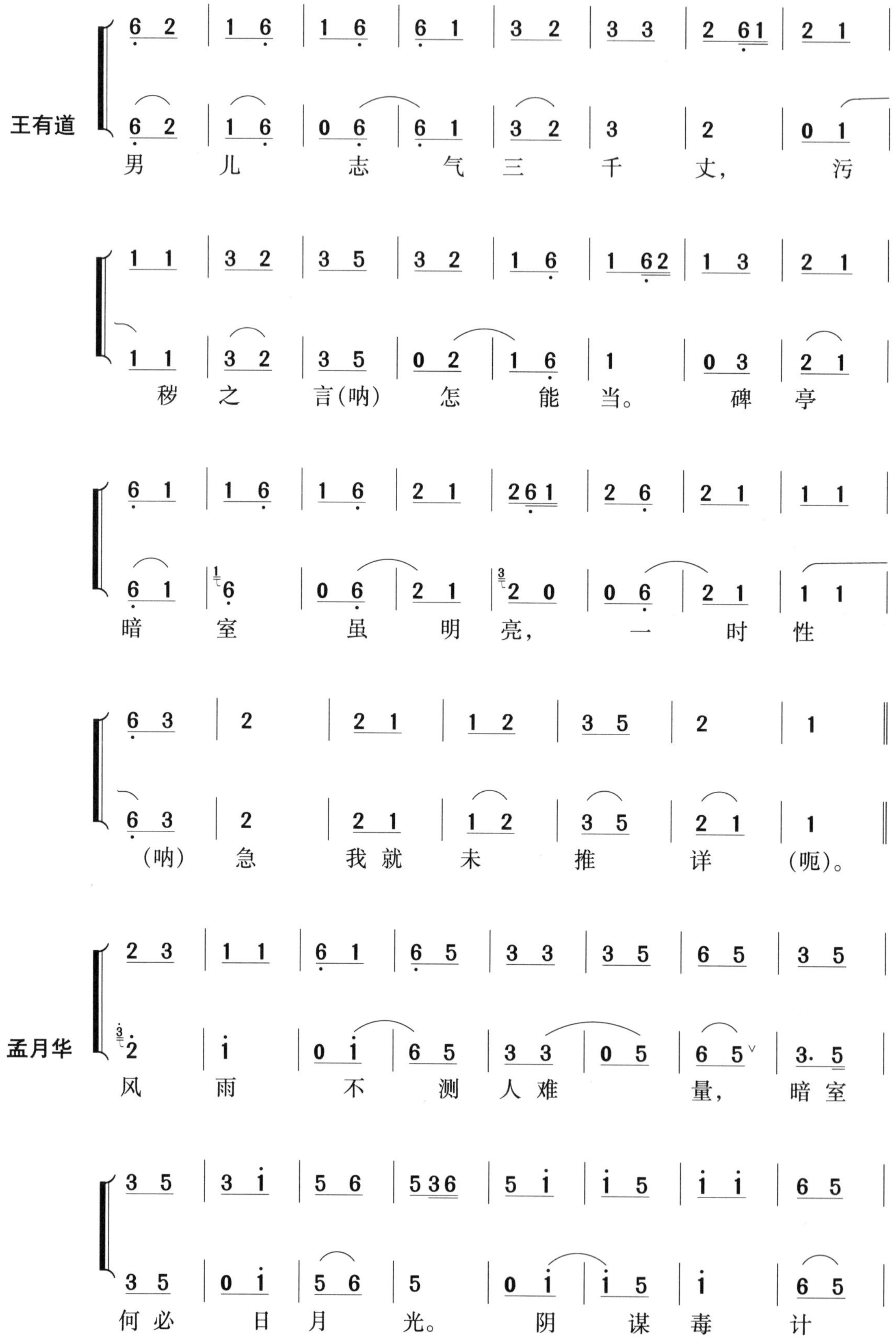
王有道
男 儿 志 气 三 千 丈, 污
秽 之 言(呐) 怎 能 当。 碑 亭
暗 室 虽 明 亮, 一 时 性
(呐) 急 我 就 未 推 详 (呃)。
孟月华
风 雨 不 测 人 难 量, 暗 室
何 必 日 月 光。 阴 谋 毒 计

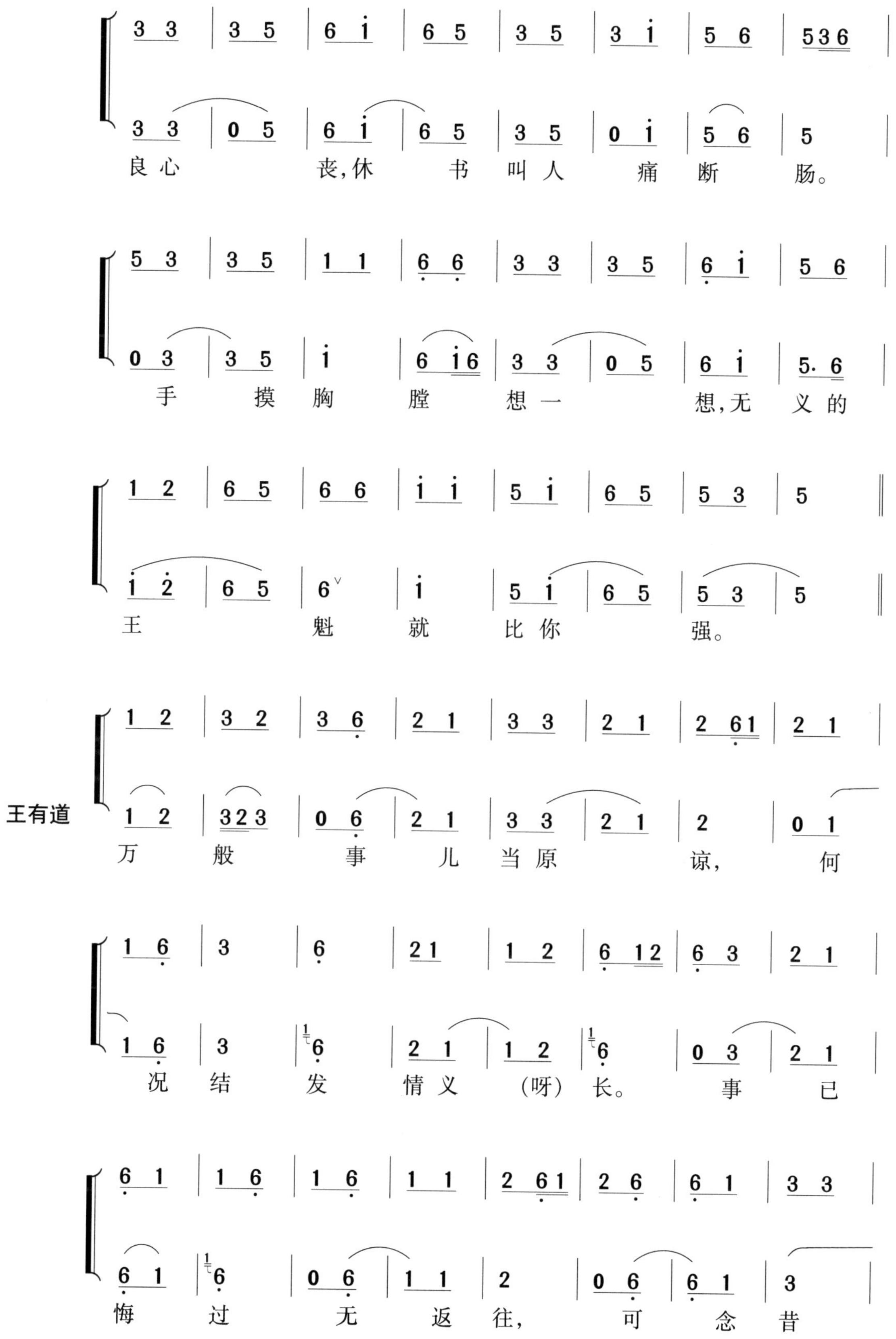
良心丧，休书叫人痛断肠。
手摸胸膛想一想，无义的
王魁就比你强。
王有道
万般事儿当原谅，何
况结发情义（呀）长。事已
悔过无返往，可念昔

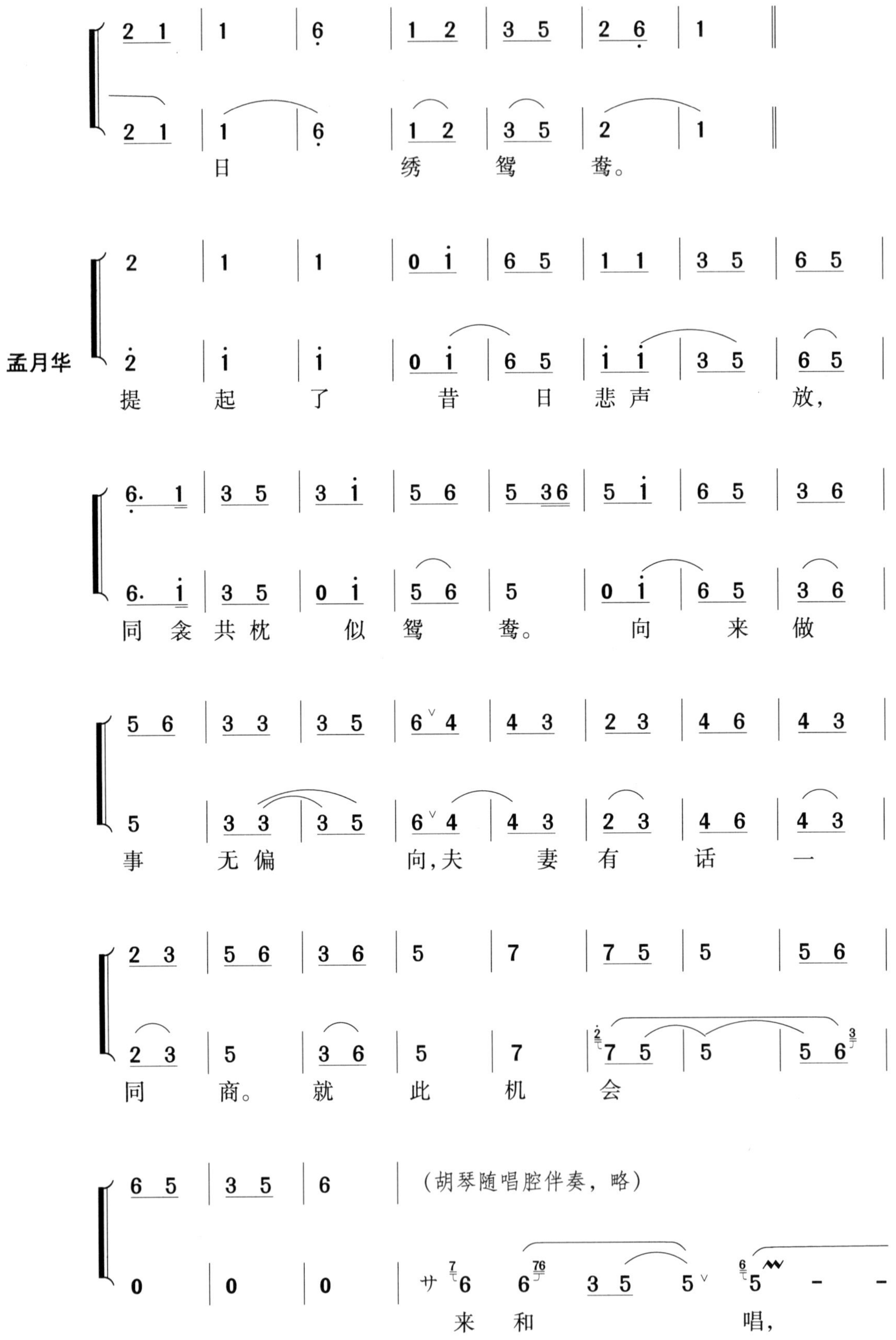
日绣鸳鸯。
孟月华
提起了昔日悲声放，
同衾共枕似鸳鸯。向来做
事无偏向，夫妻有话一
同商。就此机会
（胡琴随唱腔伴奏，略）
来和唱，

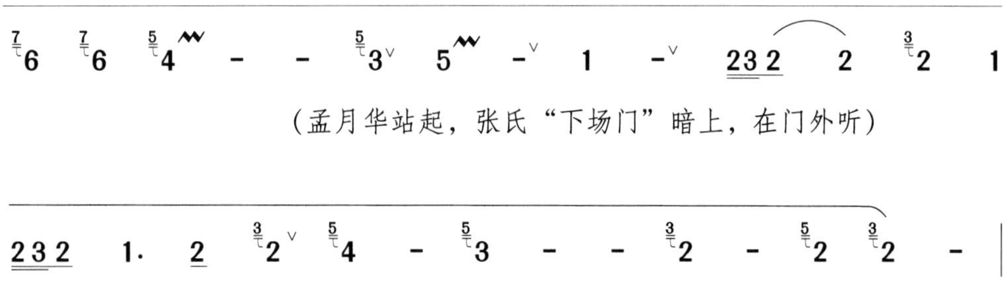

王有道　娘子啊！

〔【小锣凤点头】孟月华在王有道身旁跪。

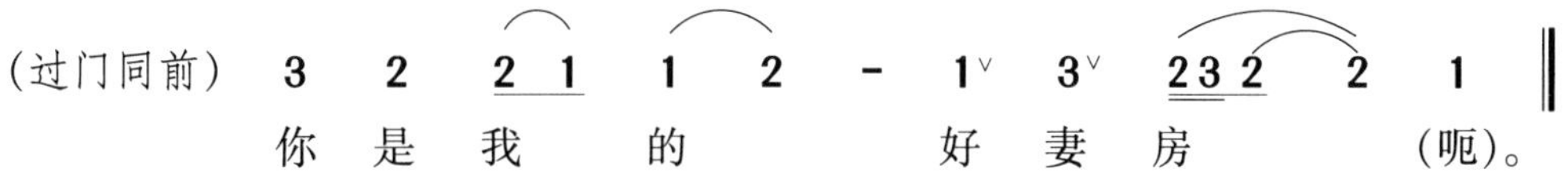

〔张氏忙进房内将二人扶起。【小锣打下】张氏扶孟月华“上场门”下。王有道将座椅摆成“小座”。

〔苍头“上场门”幕内白：“列位大人到！”

王有道　有请！

〔唢呐吹奏曲牌<小傍妆台>进士甲、进士乙、柳生春“上场门”上，王有道迎接，互相作揖，进门。柳生春为王有道撣膝，然后进门。进士甲、柳生春站“大边”，进士乙、王有道站“小边”。曲牌止。

柳生春
进士甲　（同白）我等前来贺喜。
进士乙

王有道　有劳各位年兄。啊，柳年兄！

柳生春　年兄。

王有道　有句话儿不知当讲不当讲？

柳生春　有话当面请讲。

王有道　弟有一妹，今年一十八岁，尚未许字，我意欲高攀年兄，不知年兄可允？

柳生春　小弟家业寒素，岂敢高攀。

进士乙　既是同年弟兄，何必推辞！

进士甲　是呀！

王有道　今乃良辰吉日，就在府下完成花烛。就请二位年兄作伐此事。哪位年兄赞礼？

进士甲　（念）（上步）千里姻缘一线牵，
半由人力半由天；
若得金榜题名姓，
须读太上感应篇。

搀新人，拜堂！

〔唢呐吹奏曲牌<小傍妆台>。柳生春抖双袖，提袖，整冠，端带，上步；王有道向

“上场门”内招手；孟月华搀王淑英“上场门”上至正场与柳生春拜堂。

进士乙 一拜天，二拜高堂，夫妻交拜，送入洞房！

〔孟月华搀王淑英“下场门”下。柳生春回原位。曲牌止。

进士甲乙 弟等告辞！

王有道 且慢！就在舍下大家吃杯喜酒！

进士甲乙 弟等就要讨扰！

〔唢呐吹奏曲牌<尾声·合头>。众相互拱手致意，王有道、柳生春“推磨”换位，王有道与柳生春挽手“下场门”下，进士甲、进士乙随下。大幕落。

——剧 终